NF文庫
ノンフィクション

新装解説版

最後の二式大艇

世界最高水準の飛行艇開発史

碇 義朗

潮書房光人新社

本書は、第二次大戦において日本海軍が世界に誇った四発飛行艇、二式大艇の航跡を描いたノンフィクションです。

名戦闘機「紫電改」を生みだした川西航空機は、いかにしてトップレベルの飛行艇を開発したのか。

戦後の海上自衛隊運用機へ連なる若き技術者たちの苦闘、戦場における搭乗員たちの戦いなど、二式飛行艇に携わった人々の姿を綴ります。

最後の二式大艇——目次

第二章　空飛ぶ巡洋艦

第三章　大いなる飛翔

第四章　技術者魂の結晶

第五章　大艇出撃す

第六章 戦火の空に

第七章　限りなき挑戦

第八章　制空権なき死闘

第九章　未完の大器

第十章　落日の賦

写真提供／金子英郎・新明和工業・著者・雑誌「丸」編集部

最後の二式大艇

世界最高水準の飛行艇開発史

プロローグ

真夏の空は抜けるように青かった。

昭和二十年八月十五日正午。四国香川県詫間《たくま》基地。天皇のラジオ放送は戦争の終結を告げていた。

「本当か？」

突然の、信じ難い降伏の知らせに、航空隊士官たちはしばし呆然と立ちつくし、士官室をひとときの真空が支配した。このとき、外では誰かの号泣が引き金となって、感情の暴発がはじまっていた。どなり散らし、泣きわめき、日本刀を振りまわす者などこの基地には、飛行艇隊員のほかに水上偵察機の特攻隊員たちもいた。終戦の放送は、かれらにとって考えようによっては、死刑免除の宣告に似たものがあったにちがいない。ただ一度の出撃の日にそなえて、極度の緊張にあった精神の糸がふっつり切れたとき、若いかれらが度を失ったとしても、誰が責めることができよう。

飛行隊長の日辻常雄少佐は、そっと士官室を出た。みずからの感情を整理すべく黙々と歩いたが、ふと振り返ると、飛行艇隊の士官たちが一団となってかれの後につづいていた。

指揮所には、すでに敗戦を知った隊員たちが集まり、かれの指示を待っていた。すでに一時の興奮もおさまり、なお歯を喰いしばって耐えている者も見られたが、「やるだけはやった。あとは天命にゆだねるのみ」といった、諦観に似た落ちつきが大多数を支配しているのに、日辻は感動を覚えた。

終戦の日、詫間には輸送機型の「晴空」を除き、二式飛行艇は一機もいなかった。飛行艇は図体が大きく、敵機に発見されるおそれがあるので、各地に分散させてあったのだ。

渡瀬昌男飛曹長（指宿市）が終戦の放送を聞いたのは、石川県の七尾の近くであった。最初は島根県の宍道湖、ここが危なくなって隠岐島と転々とした末の落ちつき先で、ふだんは入り江に引き込んでカムフラージュし、任務のあるときだけ詫間に飛来した。

　放送を聞いた翌日、疎開していた三機が詫間に向かったが、途中、天気が悪くて中部山脈を越せず、一機は朝鮮の鎮海に行き、一機は宍道湖に着水したが燃料補給ができず自沈。詫間に着いたのは渡瀬の艇だけで、朝鮮の一機はあとから飛来した。

　詫間で久しぶりに空襲のおそれのない数日を過ごした渡瀬は、日辻に呼ばれて特命をうけた。御真影を返納に上京する司令を輸送飛行艇「晴空」で送り届けよ、という命令だった。

「駿河湾付近は、敵戦闘機が来ているかも知れないから気をつけて行けよ」

　日辻の注意をうけて乗ることになったのはかれの愛機ではなく、別の機体の「晴空」だった。しかも、復員する関東地区出身者が五十四名も便乗するという。燃料は横浜までの片道だけでたいしたことはないが、機内は人間と荷物でいっぱいになった。ふつう、離水の前には重量を計測して、重心位置の計算をやる。だが、かつて二万リッター近く燃料を積んで飛び上がったことを思えば、たいしたことはない。渡瀬にはベテランの自信があった。

　離水するまで動くな、と指示しておいて一気に離水、六十余名を乗せた復員艇はまっすぐ横浜に飛び、葦名橋の近くにあった根岸の大日本航空のブイにつないだ。司令は御真影をもって上京、復員者たちは思い思いに故郷に向かって散っていった。

渡瀬たちクルーも、用のすんだ飛行艇を置き去りにして帰ることにしたが、渡瀬は積んであった自転車で東海道を下った。途中、平塚で雨に遭い、自転車を人にやって、あと汽車で故郷に帰った。

八月二十二日、ひと足先の復員だった。残された飛行艇は、その後、米軍によって艇体に穴をあけられ、根岸の浅瀬に沈められたといわれるが、はっきりしていない。

翌八月二十三日、大艇隊は横浜に最初の航空隊を開設していらい、約十年のみじかいが波瀾に富んだ歴史を詫間基地で閉じた。二百二十名の隊員が訣別の日、ともに戦い傷ついた二式大艇の前に一同正座し、日辻を中に思い切り泣いた。


八月二十三日に大艇隊を解散し、隊員たちの離隊を見送った数日後、急にガランとした基地に残って残務処理を手伝っていた日辻に、第二復員省と名称が変わった旧海軍省から、「飛行隊長日辻少佐は基地を離れて、特命あるまで待機せよ。ただし帰郷するな」という指示をうけた。

約一ヵ月たった九月下旬、ふたたび指示が来た。

「詫間基地所在の二式大艇一機を飛行可能状態に整備し、日辻少佐をふくむ空輸チームを編成せよ。なるべく速やかにその計画を報告せよ」というものであった。寄寓先である岡山県玉島の要務士中山少尉宅から詫間にもどると、整備隊長となつかしい二式大艇三機がかれを待っていた。

だが、一度解散した基地では、整備員はおろか肝心の搭乗員もいない。さいわい、呉の第十一航空廠残務処理隊に大艇の修理経験者が七名いることがわかり、復員省から手続きをとって整備の応援に来てもらうことになった。

「二式大艇がアメリカに嫁ぐならば、日本の名誉にかけて立派なものに仕上げて見せる」

かれらはそう言って、終戦後の困難な状況の中で、戦時中に劣らぬ熱意で修復作業に取り組んでくれた。

一ヵ月半以上も放置されていた二式大艇は、かなりひどいコンディションだったが、二機のいい部品を集めて一機を完全に飛行可能なまでに仕上げることができたのは、十月も末のことであった。

修復作業を進める一方では、空輸のためクルー集めに八方手をつくし、散らばっていた元隊員たちを呼びもどして、なんとか日辻をふくめて七名のメンバーを揃えることができた。

配置	階級	氏名
指揮官主操縦員	海軍少佐	日辻常雄（東京都中野区）
副操縦員	上等飛行兵曹	嵩九十郎（戦後、病死）
偵察員	海軍大尉	奥山寿一（千葉県習志野市）
偵察員	上等飛行兵曹	坂下岩太郎（青森県八戸市）
電信員	上等飛行兵	岩間留男（札幌市）
搭乗整備員	上等整備兵曹	金関輝男（旧姓込山・茨城県土浦市）
搭乗整備員	飛行兵長	野呂成良（札幌市）

十一月はじめ、米軍接収部隊一個小隊がやって来たが、この部隊は基地接収についての検査が目的で、二式大艇の引き渡しには関係なく、かれが到着して間もなく米軍から別の指令が届いた。

『二式大艇一機を米軍機が護衛し、詫間から横浜基地まで空輸の上、米軍に引き渡すこと。その後は航空母艦にて本国に輸送する。

飛行に必要な機材および無線機一台を残し、一切の兵器を除去せよ。

日の丸を消し、米空軍マークに塗りかえること。

空輪員は日辻少佐を機長とし総員七名を選出、その名簿を報告せよ。

燃料は試飛行一時間分のほか、詫間から横浜までの片道飛行分として、合計四時間分を搭載せよ。

空輸当日、米海軍戦闘機六機が護衛誘導に任ずる。

その他については調査団が現地において指示する。なお調査団は十一月十日〇九三〇（午前九時半）ＰＢＹ一機にて詫間に到着の予定』

特別気になるほどの内容でもなかったが、日の丸を消せというくだりに、日辻は戦争に敗れた現実をはじめて実感した。

その日は快晴、かれらは約束どおりやって来た。米軍代表シルバー海軍中尉および飛行艇クルー五名、それに第二復員省深水中佐の一行だった。

「日辻少佐はどなたですか」

シルバー中尉は明確な日本語でたずね、きわめて友好的な態度を示した。

かれは二式大艇を米軍側ではきわめて高く評価していること、日辻の経歴についてはは深く調査済みであること、護衛戦闘機は中止したことなどを説明したのち、今日中に試飛行を実施して結果良好ならば、明十一日午後一時、詫間発で空輸することなどを決めた。

シルバー中尉との打ち合わせにもとづき、引き渡しに必要な資料および機体の点検を実施したのち、日辻以下六名のクルーによって、二式大艇は三ヵ月ぶりに大空に舞い上がった。敵戦闘機との遭遇に神経をすり減らす必要のない、天下晴れての平穏な飛行であった。

着水すると、日辻はシルバー中尉のすすめでかれらが乗ってきたPBY飛行艇を操縦することになった。デリケートな二式大艇にくらべると、PBYの離水はいとも簡単であった。しかし、離水も上昇も舵の効きもすべてが鈍重で、おまけにこのPBYはひどくくたびれていた。日辻はかつての敵機に乗ってみて、あらためて二式大艇の偉大さを確認した。

約三十分の飛行ののち、降りて来た日辻はPBYについての感想を求められた。率直に思ったままを述べると、かれらはさもありなんといったようにうなずいていた。横浜までの空輸に戦闘機の護衛をやめたのは、米海軍の日本海軍ならびに二式大艇に対する最大の敬意のしるしであることをあとで聞かされ、フェアな連中だな、と日辻は思った。

飛翔中の二式大艇一二型（H８K２）。飛行艇の特色である長大な航続力をいかして、戦時中、太平洋の全域で活躍した

予定どおり、十一月十一日、横浜への空輸の日となった。

『横浜上空に到着するまでは先導のPBYを追い越さないこと。もし追い越すようなことがあると、地上待機の米軍戦闘機がスクランブルをかけてくる。

PBYは老朽機なので不時着の心配がある。その時は助けて欲しい。

シルバー中尉は二式大艇のスティックを握ってみたいので、同乗させて欲しい』

米軍側が示した飛行条件だが、PBYを追い越さないようにという項目だけがむずかしいな、と日辻は思った。

午後一時、最後の離水開始。軽々と上がった二式大艇四二六号は、先に上がっていたPBYのあとを追った。たちまち追いついたはいいが、あとがたいへんだった。百五ノットのPBYについてゆくためにフラップを十度おろして見たが、何しろ燃料はわずかで、しかも爆弾も機銃も弾薬もつんでいない軽荷重状態なので、百三十ノット以下にはどうしても落ちない。仕方がないのでジグザグ飛行によって追い越さないようにしなければならなかった。神戸の沖合から川西甲南工場上空にさしかかったとき、ふと感傷をおぼえた日辻の心情を思いやってか、シルバー中尉が言った。

「コマンダー日辻。日本は戦いに敗れたが、飛行艇技術では世界に勝った。日本はいつかふたたび世界一の飛行艇をつくり出すようになるだろう」

窓越しに前方を行くＰＢＹの機影を目で追いながら、さもありなんと日辻はうなずいて見せた。

やがて横浜上空にさしかかった。東京湾を埋めつくすかと思われるほどの大艦隊が、眼下にひろがっていた。横浜航空隊（浜空）のあとには米海軍のＰＢＭ（マーチン）飛行艇がズラリと並び、その沖合では訓練機らしいのが盛んにジャンプしているのが見えた。風は北西。かなり強いらしく、白い波頭がそれを示していた。

シルバー中尉が、さかんに交信している。日辻は米軍の許可をとって、超低空に舞い降りた。日本海軍の二式大艇只今見参！　そんな気負いをこめて、艦隊の列間を高速で縫うように飛んだ。ＰＢＭたちも訓練をやめ、この空の巨人に道をゆずった。

南滑走台に近い海域をえらび、全艦隊の目を意識しながら日辻は機体をすべり込ま

せた。海は荒れていたがジャンプもせず、最高の着水をやってのけた日辻に、シルバー中尉が指を丸めて示しながら、

「ナンバーワン」と賞讃の言葉を投げてよこした。なつかしい母基地の滑走台に機体が引き揚げられたところで、日辻の任務は終わった。昭和二十年十一月十一日、午後三時四十分だったとかれは記憶している。

ここでも日辻は質問攻めにあい、カメラに囲まれた。かれらは日辻を海軍少佐に対する尊敬をもって遇し、ネービー同士の親近感をもって接してきた。

「この飛行艇の出力は何馬力か」と、かれらの一人が質問してきた。

「二千馬力である」（実際は離昇出力千八百五十馬力だったが）と答えると、

「全部でか？」という。

「いや、全部だと八千馬力だ」と答えると目を丸くした。日辻はいささか得意だったが、つぎの瞬間、青くなった。かれらがパイプをくゆらせながら艇内に入ろうとしたからだ。

「ノー、ノースモーキング」

あわてて押しとどめ、艇内は気化したガソリンによって、引火の危険があることを

説明した。かつて川西で修理中の九七式大艇が、このために爆発した事故があったのである。かれらはけげんな顔をして火を消したが、たとえオンボロであっても機内は清潔で、洩れたガソリンによる引火の危険も、衣服にオイルがつく心配もないPBYのことを思い、今度は日辻が肩身のせまい思いを味わった。

引き渡しの手続きを終えたのち、米軍は日辻らの一行を、ジープで横浜駅まで送ってくれた。途中、爆撃で廃虚と化した市中を通ったとき、あらためて敗戦の現実に立ちかえり、行く末が思いやられた。

この飛行後、日辻は一通の手紙をもらった。かれがいた詫間基地近くの市民からのもので、二式大艇最後の飛行の日のことが記されてあった。

「終戦後、三ヵ月ぶりに仰ぎ見る二式大艇の姿に、感涙にむせびながら合掌した。敗戦で打ちひしがれていた気持がこの爆音で奮い起こされ、再建に立ち上がることができた……」

第一章　黎明のうたげ

中島の腹芸?

「近い将来、飛行機から魚形水雷を投下して軍艦を撃沈する時代が、かならずやって来るだろう……」

一水雷艇の機関長となった新前の海軍機関中尉中島知久平の発言は、同僚たちをおどろかせた。日本が国運を賭して戦った日露戦争の興奮もおさまり、世は大正にかわる少し前の明治四十四年（一九一一）のことであった。

バカげたことを！　大艦の艦長や艦隊の長官になって艦隊決戦をと夢見る未来の提督の卵たちは、中島の発言を一笑に付した。

たしかに、前年（一九一〇）にはフランスで飛行機操縦を習って、日本でパイロット第一号となった滋野清武男爵がおり、陸軍の日野歩兵大尉がつくった日野式飛行機は失敗したが、徳川好敏《よしとし》大尉はフランス製のアンリー・ファルマン機で飛行に成功、ついで日野大尉もドイツ製のグラーデ機で飛び、飛行機時代の幕が開かれようとしていた。

だが、その飛行機たるや木や羽布《はふ》でつくられ、空中に上がるのがやっとといったしろもので、とても鋼鉄でつくられた大きな軍艦を沈めるなどナンセンスとしか考えられなかった。

技術の進歩は、つねに一部の、ときの目から見て異端者と思われる人たちによって行なわれる。このころ、外国でも中島中尉と同じ考えで、積極的に実験をすすめていたひと握りの軍人たちがいた。

いずれも成功はしなかったが、その情報はおそらく中島機関中尉の耳に入っていたにちがいない。かれは飛行機の研究を志して海軍大学校の選科学生になり、この間に臨時軍用気球研究会の委員となり、陸海軍共同で製作した軟式飛行船（内部に骨組がなく、ガスでふくらませる気球式のもの）の操縦をやった。飛行時間一時間四十三分、高度四百メートル、距離約三万メートル。当時としては大成功だった。

明治四十五年、大尉で海大を卒業した中島知久平は、この年発足した海軍航空技術研究委員会の一員となり、アメリカに派遣されたりしたが、このころから海軍部内にいるより民間で自由に飛行機の製作をやりたいと考えるようになり、大正六年に海軍をやめてしまった。

　この年の十二月、知久平は郷里の群馬県太田町で飛行機製作をはじめることになったが、貧乏な海軍退役大尉に会社をつくる金などない。そこへ格好の出資者があらわれた。

　川西清兵衛。日本毛織株式会社をみずから興し、一代で資産を築き上げた当時の神戸市では第一流の実業家だ。知人の米肥商石川茂兵衛からさそわれたのが動機で、中島知久平に出資することになった。出資金は五十万円、さそった石川が十万円、これに金のない中島は労務投資というかたちで十五万円、合わせて七十五万円の合資会社日本飛行機製作所が発足した。

　役員は中島知久平、川西清兵衛、川西清司、清兵衛の息子龍三、石川茂兵衛で、翌七年に龍三の慶応義塾大学理財科時代の級友坂東舜

大正6年に海軍を退き、飛行機作りにかけた中島知久平

一が、経理に明るいのと海外事情にくわしいのを買われて、事務長として入社した。

日本飛行機製作所は、中島が海軍から連れてきた人たちによって飛行機の設計製作を開始したが、はじめての経験とあってうまく飛ばず、一号機は墜落大破、二号機も不調で、太田界隈では「米の値段は上がるぞえ、上がらないのは中島の飛行機」とはやされる始末。だが、天才的設計者関口英二や製作の戸川不二男、宮崎達男、佐藤徳太郎らの加入で、四号機はまともに上がった。

これが中島式四型で、大正十年十月に帝国飛行協会が主催した東京~大阪間往復郵便飛行レースに六時間五十八分のタイムで一位となり、その優秀性を示した。

この記録飛行がもとで、陸軍から二十機の注文がきた。それまでは自前で作るか外国機を買っていた陸軍の民間発注第一号で、ホールスコット百五十馬力エンジンをつんだ中島式五型は合計百機も生産され、会社の基盤を強固なものとした。

だが、運命は皮肉にもそれより前、事業家川西清兵衛の夢がようやくふくらみかけて来たとき、共同経営者である中島知久平の不可解な行為が無残にもそれをつみとってしまった。

ことの起こりは、知久平が無断で三井物産との間にアメリカのホールスコット百五十馬力エンジン百台の買い付け契約をしてしまったからで、その総額は当時の金で三百万円。資本金七十五万円の会社にはいかにも無謀であった。しかも社長である清兵衛の知らぬ間の出来事であったから、清兵衛が怒ったとしても無理はない。清兵衛の詰問にたいして知久平は動ずる色も見せず、困った清兵衛は、

「所長をやめるか、工場を十二万円で買うか」と知久平に持ちかけた。しかも買い取り期限を三日後としたのは、そんな短期間に知久平が十二万もの大金をつくれるわけがないとふんだからだったが、かれの思惑はみごとにはずれた。

約束の日、日本飛行機製作所の所長室で対面した清兵衛の目の前に、知久平は十二万円の小切手を無造作に差し出したのである。

「しまった」と思ったがあとの祭りで、やるかたない憤懣を胸に、清兵衛は会社を去る羽目となった。知久平の腹芸《はらげい》、あるいは清兵衛追い出しのための三井物産の陰謀ともいわれているが、知久平の生涯を記述した『日本の飛行機王中島知久平』（渡辺一英著、光人社NF文庫）には、この間の事情を知久平の人間的スケールの大きさを示す痛快な出来事として表現されている。

この結果、清兵衛ら川西側の役員と事務長の坂東舜一、技術者の関口、戸川、宮崎、パイロットの後藤勇吉ら十名が日本飛行機を去ることになった。

この間の事情を坂東舜一は『航空開拓秘話』(小森郁夫編、航空開拓秘話刊行会刊)の中で、つぎのように述べている。

「(中島知久平の)こうした一見無鉄砲さも、あとになって考えると、実は中島氏に遠謀深慮があったわけで、買ったエンジン百台は陸軍から注文があった中島式五型百機分として完全に役立ったわけだが、中島式四型がようやく飛行らしい飛行に成功したばかりの当時としては、川西氏側が恐れをなしたのも無理からぬことであったといえよう」

大空へのロマン

この結末はエンジン百台分三百万円は陸軍が肩代わりし、清兵衛は多数の精密工作機械類と輸入したばかりのホールスコット二百馬力エンジン一台を引き取るということでケリがついたが、清兵衛はよほどこのことがこたえたらしく、飛行機事業には金輪際手を出すまいと考えるようになった。

困ったのは飛行機が好きで清兵衛のもとにやってきた坂東、関口らの面々だった。日本飛行機から引き揚げた工作機械類は神戸市兵庫に移して川西機械製作所を開き、紡績用機械などの生産をはじめたが、関口ら飛行機野郎たちの満たされぬ思いはつのる一方だった。見かねた坂東は、しぶる清兵衛を説き伏せ、一機だけという条件で設計製作を認めてもらった。こうしてたった一台しかないホールスコット二百馬力エンジンをつけて完成したのが川西一型で、記念すべき第一号の誕生は大正十年春、日本飛行機製作所から別れて三年目のことであった。

この成功にようやくショックの癒えた清兵衛は、ふたたび飛行機への夢をよみがえらせ、それまで倉庫の片すみでひっそりと試作をやっていた関口ら技術者たちも、川西機械製作所飛行機部として、晴れて飛行機の仕事を継続してやれるようになった。このあと関口らの仕事は目ざましく、昭和二年七月までの約六年間に川西一一型まで、すなわち年間二台の試作機完成というハイペースであった。

当時、川西機械製作所には、「三ちゃん」とよばれる三人の名物男がいた。「英ちゃん」こと関口英二、「不《ふ》うちゃん」こと戸川不二男、「勇ちゃん」こと後藤勇吉の三人で、「英ちゃん」は設計技師、「不うちゃん」は現場の製作担当技師、そして「勇ちゃん」はパイロットと、それぞれ仕事はちがっていたが、まるで兄弟のように気の合った仲間たちであった。

この三人はそれぞれに特色のある人物だったが、中でも「英ちゃん」こと関口英二は異色だった。かれは、旧制第一高等学校にまなんだ秀才で、飛行機が好きでその方に進みたかったが、まだ大学で飛行機を教えてくれるところがなかった。大正七年に東京帝国大学工学部に航空学科ができるより以前のことであり、やむなく大学進学を断念した関口は、独学で飛行機の勉強をはじめた。

「自分のやりたいことを教えてくれる大学がないから行かない」とは、明治の人の気骨でもあったが、かれの気の強い一面をよくあらわしていた。それが美点であり、短所でもあったが、マイナスに作用したのが太平洋横断機「さくら号」のときだった。


一九二七年（昭和二年）五月二十日から二十一日にかけて、無名のアメリカ人飛行家チャールズ・リンドバーグが、わずか二百二十五馬力エンジンつきのライアンNYP型「スピリット・オブ・セントルイス」号で、ニューヨーク〜パリ間五千八百九キロメートルの大西洋横断飛行に成功したというニュースは、世界を沸かせた。

胴体内はすべて燃料タンク、無線機も方向探知機もなく、頼みはコンパスのみ、空気抵抗を少しでも減らすために整形した前方の視界はゼロ、パイロットはペリスコープと機体の横の窓から外を見て飛ぶという冒険飛行だったが、これが航空発達初期の世界の空へのロマンを刺戟し、つぎは太平洋横断をという気運が盛り上がった。

アメリカには物好きな金持ちが多いとみえて、さっそくサンフランシスコ〜ホノルル間の横断飛行に二万五千ドル出そうという人物があらわれた。ホノルルのパイナップル農園主であったが、応募者も続出して、十六、七機にもなった。しかし、太平洋横断はおろかサンフランシスコ湾の横断もおぼつかないような機体や、計器飛行もロクにできないあやふやな腕のパイロットがいたりで、最終的に審査にパスした機体は六機だった。

この六機がサンフランシスコを一分置きに飛び立ったが、無事ホノルルに着いたのは三機で、あとは行方不明になってしまった。うち一人は女性で最初に死んでしまい、最後に死んだのはホノルル到着後、さらに東京に飛んで太平洋横断一番乗りをやるんだと豪語していた男だった。

こうした海外の動きの中で、太平洋に面した日本でも、太平洋横断をやろうという気運がたかまり、リンドバーグ大西洋横断飛行成功のすぐあと、東京で軍官民の航空関係者たちが集まって、航空懇話会という組織ができた。

この会合では、民間飛行家による単独の太平洋横断飛行計画や、アメリカから飛行機を買い入れて決行しようとする関東飛行士クラブなどの計画が俎上にのぼったが、いずれも資金面のメドが立たずお流れになった。

とどのつまりは一般からの寄付金でまかなうより仕方がないと、一ヵ月あとの第二回会合では、〝太平洋横断飛行は日本人の手で〟をモットーに飛行機も国産機を開発して使用することとなり、綿密なプロジェクトおよび資金計画が打ち出され、この計画実行のために「太平洋横断飛行調査委員会」があらたに発足した。

計画によれば、横断飛行実施は翌昭和三年五月から九月までの間の、夜は月のある時期をえらび、飛行経路は北まわりで霞ヶ浦からカムチャッカ、アリューシャン列島の南寄り、アラスカ南岸を経てシアトルまでの約八千キロメートルで、乗員は二名、機体はもちろん国産機となっていた。

この計画は、発表と同時に全国に大きな反響をよび、小口大口の寄金が多数寄せられて関係者を勇気づけた。一方、肝心の機体の方は帝国飛行協会から中島、三菱、石川島、愛知時計電機（航空機部門をもっていた）、川西の各社に照会が出されたが、どこも消極的でひとり川西だけが張り切って応じた。

各社が気乗りうすだったのは、表面上はスケジュール的に試作が間に合わぬ、軍用機の製作に多忙で手がまわりかねるなどの理由だったが、太平洋横断機などというもうからない仕事に手を出してもつまらぬというのが本心であった。

ひとり川西だけが冒険心にもえ、この仕事に飛びついたのは、社長の龍三をはじめ技術者たちを含めた川西の人たちが、心底から飛行機が好きで、しかも未知の分野に挑む旺盛なチャレンジ精神の持ち主であったからだ。いってみれば、理想主義者で向こう見ずの集団だったからだが、技術はたしかであった。

幻の横断飛行

神戸市兵庫の川西機械製作所（翌昭和三年十一月に川西航空機となった）では、関口英二を中心に、さっそく設計に着手した。エンジンは川崎造船所がライセンス生産していたドイツのBMW六〇〇馬力、機体はリンドバーグの「スピリット・オブ・セントルイス」にならって高翼単葉の単発機で、設計にあたっては前年ドイツから技術指導に招いたカルマン博士がもっていたアメリカ陸軍の機密出版である飛行機設計要領をもとに強度計算をやり、念入りな風洞実験を行なった。

テオドール・フォン・カルマン博士といえば世界的な流体力学の権威で、大正十五年、神戸の工場に当時の会社の規模からは不釣り合いなほどりっぱな風洞をつくったのも、カルマン博士の指導によるものだった。東京帝大航空研究所から入社した小野正三《まさみ》（のちの研究部長）の推薦によるもので、来日は二度目だった。

設計は順調に進んだ。木金混製の骨組に主翼下面の合板をのぞきすべて羽布張りという構造の機体は、全幅十九・〇五メートル、全長十一・六〇メートルで、リンドバーグの機体よりひとまわり大きく、主翼面積は大西洋より広い太平洋を飛ぶために約二倍の五十七平方メートルというレイアウトで、二機の試作にとりかかった。

一方、乗組員については一機二名、予備要員をふくめて二組四名が選ばれた。主任パイロットの「勇ちゃん」こと後藤勇吉をはじめ、藤本照男、海江田信武、諏訪宇一らは、いずれも川西が経営していた日本航空株式会社のパイロットであった。この計画に積極的だった海軍の好意で、四名のパイロットたちは航空航法や長距離海洋飛行についての訓練のため、昭和二年十一月末から霞ヶ浦海軍航空隊に入隊した。

ところが四ヵ月の予定の訓練も最終段階に入った昭和三年二月二十九日、長距離飛行訓練のため、大村海軍航空隊を飛び立って霞ヶ浦に向かった諏訪飛行士操縦、後藤飛行士および航法指導教官の岡村海軍大尉同乗の海軍一三式艦上攻撃機は、出発後二十五分ほどしたころ佐賀県藤津郡の山林に翼を引っかけ、満載した燃料に引火して機体は焼失するという大事故が起きた。

諏訪と岡村大尉は重傷、後藤焼死。かけがえのない名パイロットを失ったことにより、太平洋横断飛行計画に第一の挫折がおとずれた。

後藤飛行士の地元、大分新聞は三月一日付の紙面に東京電話としてつぎのように報じた。

〈太平洋横断飛行計画については、その計画準備について粗雑の点あるため、機体設計上、逓信省と川西との間に面白からざる経緯を発生するあり。是等の点より太平洋横断飛行実行は悲観されている際、後藤飛行士の墜落惨死、諏訪氏の重傷等により横断計画は致命的支障を与えられた訳である。もっとも後藤飛行士は二番機に充当されていたとは云え、後藤飛行士の補充を直ちになすことは困難なるべく、たとえ之を為し得たとしても訓練その他につき容易ならざる障碍があるので、藤本飛行士のみにては横断飛行断行は難事と見られている〉

昭和３年、川西の社長をはじめ技術者たちがチャレンジ精神で挑み、作りあげた太平洋横断飛行計画用の「川西一二型」

後藤飛行士が殉職して約一ヵ月後の三月末、太平洋横断機の第一号「川西一二型」が完成した。神戸から岐阜県各務ヶ原の陸軍飛行第一連隊に送られて、四月中旬、組み立てを終わったが、航空局が耐航証明を出してくれない。新聞紙面にもあるように、機体設計や強度に関する逓信省航空局と川西との間の紛糾が原因であった。

川西一二型の設計開始のころは、特殊な記録機として航空法規の例外を黙認する態度をとっていた航空局が、いよいよ実機が完成してテスト飛行を行なう段階になって、急に例外は認めず一般の商業用機なみの第二種機規格で審査すると言い出した。もしこの規格を適用した場合には、強度上、航続力六千五百キロメートル分の燃料しか積めず、太平洋横断には不足となる。

これではまるで計画を中止せよと言わんばかりの仕打ちなので、関口は怒った。貴様らに飛行機の何がわかるかと、航空局の役人に喰ってかかった。

このころ、航空局の役人は陸軍派やほかの飛行機会社からあぶれた人たちで占められていたので、海軍対陸軍、そして民間会社である川西対航空局と二重の対立があったところへ、関口の強硬な態度が役人の心証を害して、事態は悪くなる一方だった。

こうしたトラブルのために二号機の製作は手間どり、各務ヶ原でのテスト飛行は大幅におくれてしまった。テストは八月二十四日から三日間にわたって行なわれ、一応成功したが、計画をつぶそうと依怙地《えこじ》になっている航空局の態度は変わらず、しまいには燃料満載で8字型飛行を行なえ、などという無理難題を吹っかけてきた。

改造か新規設計とするか、いずれにしてもときはすでに八月の末、予定されていたこの年の最良の飛行時期は過ぎようとしていた。しかも、スポンサーであった帝国飛行協会にも動揺がおきて幹部が総辞職するなど、ついに事態は最悪の段階をむかえた。

このときにあってもなお、民族の冒険として太平洋横断飛行計画にたいする国民一般の支持は変わらなかったが、観客無視のグラウンド上のかけひきにも似た航空局側のやり口は、まったくそれを理解しようとしなかった。

こうした長距離の記録飛行は、当時の技術水準にあっては完璧というわけにはいかず、どうしても冒険の部分が残った。それゆえに国民は沸きもし、川西も採算を無視して、全社を挙げてこの冒険にかけようとしたのだ。悲憤やる方ない海江田操縦士は、内密に飛行をやらせて欲しいと社長の龍三に申し出たが、聞き入れられなかった。国法を犯してまでやらせることは出来ない、と龍三の父清兵衛の断であった。

こうして最後の望みも消え、一時は大きな焰ともえ上がるかに思われた太平洋横断飛行の中止が決まった。

川西としては散々な苦労をしたうえ、川西一二型二機の製作費二十万円を帝国飛行協会へ寄付というかたちで清算し、陰湿な役人根性の犠牲となって涙をのんだが、さらにもう一つ政府によって画策されたいやなことを、川西はのまなければならなかった。

閉鎖の悲運

川西では、大正十二年四月に自己資本による日本航空株式会社を発足し、航空事業に進出していた。前年六月の日本航空輸送研究所の開業、川西と同じ大正十二年一月に開業した朝日新聞社の東西定期航空会についで、日本で三番目の商業航空だが、日本郵船の客船にパーサーとして乗り組んだ経験をもつ取締役支配人の坂東舜一は、この日本航空を将来〝空の郵船〟に発展させる夢をいだいていた。だから大阪〜福岡間の定期航空が一応軌道に乗ると、すぐ外国への航空路開設に乗り出した。

大正十五年に大阪〜京城〜大連を六往復、乗客のいない郵便機で成功すると、翌昭和二年（改元により、大正十五年の翌年）には十七万円でドイツから買ったドルニエ「ワール」全金属製旅客飛行艇による上海飛行を実施した。

「なにわ号」と命名されたドルニエ「ワール」による上海飛行の第一回は、「勇ちゃん」こと後藤勇吉が主任操縦士で、帰路は東シナ海の悪天候に悩まされながらも無事帰着、さすがは「勇ちゃん」とかれの令名はいよいよ天下に轟くことになった。

昭和三年も引きつづいて大連、上海への海外航路テスト飛行が実施されたが、運命は坂東らの努力につれなかった。

「勇ちゃん」を事故で失い、機体の強度規格をめぐって「英ちゃん」と航空局との対立が解けないままに時はむなしく流れ、太平洋横断飛行計画が破局に瀕していた昭和三年十一月ごろ、かねて政府が計画を進めていた国策会社、日本航空輸送株式会社の創立が決まり、昭和四年四月から国内および国外への幹線航空路の運航の一切は新会社によって行なわれることが知らされた。

そうなると、資金や運航の面で多大な犠牲をはらって開拓してきた朝日新聞社東西定期航空会の大阪～東京～仙台線、川西・日本航空会社の大阪～福岡線や京城～大連線、上海線などの航空路はすべて無条件、かつ無償で新会社に譲り渡すことになる。はじめ、政府は民間の航空輸送事業を発展させるため、援助をするということだった。朝日新聞も、川西も、政府の言葉を信じて営々と航空路線を切り開いてきたのに、ようやくその地盤が固まりかけたときに新会社に取って代わられてしまうのでは、泣いても泣き切れない。

当時、貧弱な機材と運航による航空輸送事業はまったくの採算外で、わずかに飛行距離一キロメートルに対し二十五銭から三十五銭程度の逓信省の補助金で、わずかに全損をまぬがれていた状態だったから、財界の強力なバックアップによる資本金一千万円、政府補助金が向こう二十年間に二千万円という国策会社に太刀打ちできるわけがない。

しかも新会社は、使用機も外国の輸入旅客機に統一する方針なので、これまで使ってきた自社製の飛行機は引き取ってくれないし、従業員も別に採用するというのだ。まさに〝政府横暴〟もいいところである。

こうした悲運に直面しながらも、川西の日本航空株式会社は最後の日まで定期航空の運航をつづけ、昭和四年三月末をもってそのみじかい幕を閉じた。

六年間の実績は総飛行距離六十一万七千二百四十九キロメートル、総飛行時間は四千九百十九時間で、この間、無事故で乗客、乗員ともに一人の事故死者も出さなかったことが、報われなかった関係者たちのせめてもの誇りであった。

男の悲願

話はさかのぼるが、まんまと日本飛行機製作所をものにした中島知久平は、川西清兵衛らの退陣とともに、あらためて中島飛行機製作所として発足、関口英二らの置土産となった中島五型の陸軍からの注文を足場に発展の一途をたどり、外国から招聘した技師の指導と自力をつけた技術陣によって、昭和二年の陸軍および海軍の戦闘機競争試作のいずれにも勝ち、陸軍九一式、海軍三式一型として陸海軍制式戦闘機を独占するまでになった。

川西清兵衛も負けてはいなかった。中島に会社を奪われ、川西一二型による太平洋横断飛行計画の失敗や航空輸送事業の閉鎖など、再三の悲運と闘いながらも、昭和三年には航空機部門を独立させて川西航空機株式会社を設立し、息子の龍三を社長にすえた。著名な航空技術者として知られた有坂亮平中佐を海軍から迎えて、坂東とともに常務取締役とし、清兵衛は相談役におさまった。

陸軍にそっぽを向かれ、航空局にいじめられた川西に、海軍はあたたかい手をさしのべてくれた。有坂中佐の入社はそのあらわれだったが、何よりも川西にとって有難かったのは海軍指定工場に認定するとともに、一三式水上練習機や一五式水上偵察機、三式陸上練習機などの量産を発注してくれたことだった。しかも、大型飛行艇メーカーとして育成する方針を打ち出してくれたので、新会社は海軍の意向に沿って大きく前進することになった。

大型飛行艇をつくるには神戸の工場は手狭であり、どうしても新工場の建設を必要とした。このため兵庫県鳴尾付近の海岸地域にゴルフ場の一部をふくむ六万坪余りの敷地を買収し、龍三社長と有坂中佐は飛行機工場の視察と工作機械類の購入のため欧米に出かけ、飛行艇の方はイギリスのショート・ブラザーズ社に試作を発注した。

ショート社は、当時、大型飛行艇メーカーとして世界のトップレベルにあった会社で、双発の「シンガポール」や三発の「カルカッタ」飛行艇の高性能は他の追随を許さないものがあり、すでに英本土とインド、シンガポール、オーストラリアなどの植民地とを結ぶ長距離定期航空に活躍していた優秀機だった。

大型飛行艇に経験のない川西が目をつけたのがこのショート社の「カルカッタ」十五人乗り旅客飛行艇で、製造権と技術移入の契約を結ぶと同時に、「カルカッタ」をベースにした軍用飛行艇「KF」の設計製作を依頼し、小野正三、関口英二、中村正清の三技師を同社に派遣した。海軍も橋口義男造兵少佐を監督官としてヨーロッパに駐在させたが、これはのちに橋口を川西に入社させて設計指導にあたらせるための伏線だった。

ショート社で「KF」飛行艇の製作に立ち合い、設計や製造の新知識をしこたま仕入れて関口ら三技師が帰国したのは、昭和五年十二月、ちょうど鳴尾の新工場完成といっしょだった。

「KF」飛行艇の方はかれらより少しおくれて、翌六年二月に船で神戸に到着し、出来たばかりの新工場に運びこまれて組み立てが開始された。先にショート社から来ていたイギリス人技師たちと関口ら派遣組が中心となって、四月はじめに完成、四月八日にはショート社のテスト・パイロット、パーカーの操縦で初のテスト飛行に成功した。

全幅三十一メートル、全長約二十二メートル、全高約八メートルという当時としては巨人機で、全備重量は十五トン。ロールスロイス製の「バザード」八百二十五馬力エンジン三基を装備し、巡航速度は時速二百一キロ、航続力九時間～十五時間がその性能で、さすがにショート社の傑作「カルカッタ」をベースにしただけのことはあった。

昭和５年12月、兵庫県鳴尾に完成した川西航空機の新工場。大型飛行艇メーカーへの礎となる、東洋一の規模を誇った

満州事変勃発に先立つ四ヵ月前の昭和六年五月末、新工場の落成式が行なわれた。

建設予算は当時の金で約百万円。主体となる組み立て工場は面積二千五百平方メートル、有効高さ七・五八メートルで内部は柱がまったくなく、これに約一万平方メートルの部品工場と八百二十六平方メートルの事務所がつくという東洋一の大飛行機工場だった。

海軍および航空関係者、それに各方面の名士約五百人が招かれて工場の完成を祝ったが、組み立て工場の巨大さとともに、参列者の目をうばったもうひとつのものは、三発（エンジン三基）複葉の「ＫＦ」大型飛行艇だった。

大工場と大型飛行艇。この二つこそは飛行機に賭けた川西清兵衛の悲願であり、中島知久平にたいする男の意地であったが、この意地が十年後に海軍十三試大攻（大型攻撃機）と十三試大艇（大型飛行艇）における中島と川西の対決のさいの川西の勝利につながろうとは、もとより当の清兵衛にとって思いもよらぬことであった。

英国人の薫陶

ショート社から来たイギリス人たちは仕事熱心で、いい先生であったが、川西の若手技術者たちにはいささか物足りないところもあり、かれらはさまざまな疑問をぶつけては自分たちの知識欲を貪婪《どんらん》にみたして行った。

のちに九七式大艇、二式大艇などの設計者となった菊原静男も、その一人であった。

「ショート・ブラザーズの連中が十人ちかくやって来ました。そのリーダーは、リプスコムという人で、わたしが一番よく接触したのは設計屋の二人でした。一人は図面のエキスパート、一人は強度計算関係で、その若い方のボアマン（わたしと同じ歳です）とは、うまがあったというのか仲良しになり、今でもときどき手紙のやりとりをしています。

この時の飛行艇でも、いろいろの話がありました。〝艇体の強度計算は、いったいどんなふうにやっているのか〟、また〝許容応力は……〟と聞いたところ、ボアマンが圧縮の許容応力（最低これだけの強さに耐えられなければいけないという下の限界）は十四キログラム／平方ミリメートルという。そこで〝なぜその値に決めたのか〟と聞きかえしたところ、〝経験から決められた〟という返事で、かれも理由を知りませんでした。太い材料と細い材料、外板と縦通材とでは許容応力は当然ちがうはずで、これは実験でたしかめてみる必要があると考えました。

ショートの飛行艇では、ほかにも随分いろいろと疑問に思ったことがありました。操縦系統に大きなスプロケット（チェーン歯車）と自転車についているようなチェーンを使ってありました。これも、経験上必要ということでした。こちらは何も知らないし、経験もないので、ショートの連中が帰ったあと、九七式大艇の設計をはじめるときにいろんな部分試験をやってみました。自分の考えで細いチェーンと小さいスプロケットを作り、舵面をおさえておいて操縦輪（丸ハンドルの操縦桿だった）をまわ

九〇式二号飛行艇（Ｈ３Ｋ１）──川西はイギリスのショート社から大艇製作の技術を学んだ。写真はテスト中の一号機

してみたら、いくらまわしても、まわしても、とまらない。軽くまわる。調べてみると、途中がのびているので、〝ウエー〟と思いました。軽くしてやろうと思って、真ん中のスプロケットを欲ばって小さくしすぎたので、腕比が大きく、チェーンにかかる力が非常に大きくなる。それでチェーンがのびたわけです。要するに二乗で効くわけです。操縦系統というのは、手足の動きは一定で、途中の索やチェーンの動きは最大限にとっておかなかったら、剛性による影響が大きいということを、はじめて気づいたのです。

　ボアマンは当時、結婚前で、自分のフィアンセの写真を持ってきていました。それをわたしに見せて、どう思うか、といったのですが、外人の女の人は歳はわからないし、まして写真だから、君のお母さんか、と聞きかえしました。これも失敗のひとつです。その後、かれからの手紙で、ときどきこのことをいわれたものです。ボアマンは、その娘さんと結

婚して、現在、アイルランドに住んでいます」（菊原）

技術習得とは別に、「KF」飛行艇のテストも、イギリス人たちの指導で順調に運んだ。かれらは、オーソドックスで堅実な機体と同様、「あまりあたらしいところはないが、キッチリした仕事をする連中」と、イギリスのグラスゴー大学から昭和六年に入社して通訳兼務で現場の組み立て作業にあたった宮原勲は感じたが、かれらの経験の深さについては菊原も切実な体験をしている。

「海軍に引き渡す前の試験飛行で、わたしはいちばんうしろの銃座で、モンキーバンドで体をしばりつけ、頭だけ出して周囲を眺めていた。飛行艇の尾部というのは、随分揺れるものだ、と思いました。降りてから、パイロットのパーカーが、今日は重心がまちがっていたようだ、というのです。実は自分がうしろにいた、と話したら、そんなことをしては操縦がしにくいから困る、と苦情をいわれました。本来、重心付近に居るべき体重六十キロそこそこのわたしが、尾部に移動しただけで、そんなに影響するものかと、おどろくと同時に、パイロットのカンのするどいのに感心させられました」（菊原）

栄光と受難

菊原や宮原たちが感心したように、イギリス人たちは一年半ほどの滞在の間に川西に大きな影響をあたえ、いい印象を残して去った。このあと会社の海江田信武操縦士によってテストがつづけられ、六月には海軍に領収された。館山航空隊での各種実用実験をへて、昭和七年十月、「九〇式二号」飛行艇として制式採用が決まった。

昭和八年までにさらに四機が生産されたが、性能はとくに航続力にすぐれ、昭和七年夏の実用実験中に伊東祐満大尉指揮のもとに館山〜サイパン間の長距離飛行に成功し、優秀性を立証した。

九〇式二号飛行艇は、双発の「F五」、一五式、八九式など、当時海軍で使われていた飛行艇の中ではもっとも性能が良かったが、同時に受難の飛行艇でもあった。

昭和七年秋、まだ館山で伊東祐満大尉らの手で実用実験をやっているときだった。ちょうど横須賀鎮守府の記念行事があり、新鋭の九〇式二号飛行艇は空中分列式の指揮官機としてその勇姿を披露したのち、館山に帰投した。

たまたま土曜日だったので隊員の多くは外出して人手がなく、陸上に引き揚げることができないままにブイにつないで洋上に置かれていた。夜になって南方洋上に停滞していた台風が急に動き出し、日曜夕刻から月曜の早朝にかけて、関東方面に上陸するかも知れないとの予報が出された。

土曜日の夕方は海も静かだったし、隊員たちも疲れていたので、太っ腹な伊東大尉は「明日朝、皆でればいい」と、その夜は洋上繋留のままとした。

昭和７年、川西の鳴尾工場で製作された九〇式二号飛行艇。海軍の後押しをうけて、会社は大きな前進をとげていった

ところが夜半から風が強くなり出し、翌朝、総員で作業をはじめようとしたころには十数メートルの強風とはげしい波浪で、引き揚げは不可能になってしまった。仕方がないのでブイにしっかり繋ぎ止めることとし、あとは成り行きまかせとなった。

間の悪いときは仕方がないもので、予報はピッタリ適中して、台風は正確に関東沿岸を襲った。日曜日の夜半、房総半島を縦断した台風は洋上に繋留してあった九〇式二号飛行艇にすさまじい一撃を加え、艇体の前方を引きちぎって、館山北条の海岸に吹き揚げた。

さっそく責任が追及されて館山航空隊の幹部

数人が懲戒処分されたが、直接の責任者である伊東大尉はこれがもとでしばらく昇進がおくれた。今のUS-1なら、脚を出して自力で陸上に揚がれるが、当時の飛行艇を海上から陸上に揚げるのはたいへんな作業で、それが飛行艇運用上の最大の欠点でもあった。

伊東大尉はのちに少佐になって、ふたたび川西の二式大艇の実験にたずさわることになるが、これはそれより九年も前の出来事であった。

伊東大尉の九〇式二号の台風による破損事故のあと、今度は着水時の事故でもう一機が失われた。

昭和七年暮れ、横須賀航空隊から館山航空隊に転属になった佐藤宗次二空曹（二等航空兵曹）は、ここではじめて九〇式二号飛行艇を見たが、かれは多くの点で従来の飛行艇とのちがいを感じた。

一、胴体が大きい。艇内は船のような感じで、操縦席にはステップを踏んで昇る。

二、単発機にせよ双発機にせよ、離着水には右側を見て操縦していたのに、この飛行艇は左がメインシートなので離着水時の勝手が大分ちがう。

三、双発機のエンジン同調は容易だが、三発機なのでそれがむずかしい。

四、中央エンジンが胴体直上にあるので、艇内および操縦席の騒音がはげしい。
五、艇底が二段になっていて、そのステップ間隔が長いので、下手な着水をすると俗に言うひっかけられ、行き脚の止まる（惰行がなくなって停止すること）までゴツン、ゴツンとして実に不愉快。
六、最後部に銃座があるので機首上げのモーメントが大きい。
七、従来の操縦席は前方ガラスが一枚板だったが、この飛行艇は角張った風房のなかにあり、窮屈に感じる。

居住性、操縦性など、あらゆる点で新しい機体になじむまでには時間がかかる。とくに操縦と運用については、順を追っての慎重な訓練が必要で、まず平穏な海面での離着水や慣熟飛行にはじまって、しだいに高度なものに移ってゆく点はどの訓練も同じだが、飛行艇の場合は失敗すると高価な機材を破損するばかりか、何人もの人命をも失いかねないから、一瞬の油断も許されない。

佐藤二空曹たちの訓練が進んで、波の荒い湾の外での離着水、直上航過、外洋航法などを一ヵ月余りでマスターし、最後の難関である夜間訓練に入った。

昭和八年二月八日、ひどく冷え込む日だった。館山航空隊の水上班では、九〇式二号飛行艇の夜間飛行準備が行なわれていたが、午後になって雨がパラつきはじめたので、隊内拡声器は「本日の夜間飛行取り止め」と報じた。飛行艇分隊員たちから歓声があがった。極度の緊張を強いられる夜間飛行訓練は、だれにとっても気の重いことだったからである。

ところが、午後の課業が終わるころ雨が止み、拡声器はふたたび「飛行艇分隊夜間飛行用意」を告げた。

いったん失った気持の張りを、もとに戻すのは容易ではない。気抜けした分隊員たちは、格納庫にしまった飛行艇をふたたびエプロンに引き出したが、その動作はふだんとは比較にならない鈍いものだった。

この夜の訓練項目は薄暮直上航過、つづいて夜間着水法の研究で、搭乗員は分隊長進《すすむ》信蔵少佐以下十名。冬の鈍い太陽が富士山の彼方に没するころ、飛行艇は滑走台(陸上のエプロンから海面に入って行くコンクリート斜面)を離れ、洲ノ崎方面に水上滑走してから東に向かって離水した。高度を二千メートルにとって引き返し、順番に直上航過を終えてから、離着水訓練に入った。

分隊長進少佐が左側のメインシートで指導、他の三人の操縦員は先任順に右側のサブシートに座り、一人が訓練操作に入ると残る二人が両舷操縦席下部後方にある高度計、速力計、回転計および前後傾斜計を分担して読みとり、記録して最良の夜間着水のデータを見出そうというものであった。

　はじめに最先任の蛯名兵曹、ついで佐藤兵曹がそれぞれ二回ずつ離着水を終え、最後にいちばん若い市川兵曹の番になった。

　一回目は無事にこなし、二回目の着水体勢に入ったときであった。艇が良い姿勢で静かに接水したかと思われたとき、突然、機体がふわりと上昇した。なぜか市川兵曹が操縦輪を軽く引いてしまったらしい。軽いジャンプかと思われたのが意外にひどく、艇は失速して機首をさげたまま急角度で海中に突っ込んだ。

　ショックで艇内の乗員は後方に吹っとばされ、海水がドッと侵入した。この瞬間、佐藤兵曹の脳裏には、以前に横須賀航空隊や館山航空隊で行なわれた格納庫前での殉職搭乗員の葬儀の光景が浮かび、「俺はこうして死ぬのか」と静かに観念した。

　さいわい浅い海だったので艇首は海底につき、ちょうど逆立ちしたかたちで後部胴体が海面上に突き出していたため、暗夜にもかかわらずたまたま付近を通りかかった小型貨物船に発見され、全員が救助された。

　結局、イギリスでの試作機をふくめて五機の九〇式二号飛行艇のうち二機が事故で失われたが、大型飛行艇の設計および製作技術を川西にもたらした点で、特筆すべき機体だった。おもしろいことに、九〇式二号飛行艇とほぼ同時期に、イギリスでもショート「カルカッタ」飛行艇をベースに軍用型の「ラングーン」を試作、一九三一年（昭和六年）から一九三五年（昭和十年）にかけて六機がつくられている。九〇式二号とはもとが同じだから、寸法や重量もほとんど同じだったが、「ラングーン」には尾部銃座がなく、大きいエンジンをつんだ分だけすべての性能において、九〇式二号がまさっていた。自分の国のものよりすぐれた設計を外国のためにしてやるとは、イギリス人も見上げたものだった。

機名呼称あれこれ

ここで日本海軍機の呼称について、簡単に述べておきたい。（飛行艇の歴史については、巻末の「日本飛行艇年誌」を参照）

日本の陸軍と海軍では、試作機の呼称をちがう方法で処理していた。すなわち陸軍が「キ1」からはじまる単純な一連の番号を使っていたのに対し、海軍はその記号にそれぞれ意味を持たせていた。

「九試《きゆう》」とか「十三試《じゆうさん》」とかいうのは、試作年度をあらわしたもので、それぞれ昭和九年度および昭和十三年度を示し、そのあとに艦上戦闘機、陸上攻撃機、水上偵察機、飛行艇など機種呼称がついた。なお、機種呼称については「艦戦」「陸攻」「水偵」など省略して呼ばれるのがふつうで、大型飛行艇もみじかくして「大艇」と略称された。

試作機が軍のテストに合格して制式採用になると、呼称が変わる。制式機の名称は陸海軍とも皇紀年号の末尾二ケタを使い、すべての兵器は何々式と呼ばれた。たとえば九〇式《きゅうれい》飛行艇は皇紀二五九〇年に、九七式《きゅうなな》飛行艇は皇紀二五九七年に、それぞれ制式となったことを示している。もっとも、昭和十五年、すなわち皇紀二六〇〇年になると末尾二ケタが〇〇になってしまうので、この年から末尾一ケタになり零式と呼んだ。有名な零戦《れいせん》——零式艦上戦闘機はこの年の制式機だが、同様に皇紀二六〇二年（昭和十七年）に制式採用になった十三試大艇は「二式」飛行艇となった。

当時は国粋主義で、西暦紀元などはつかわなかったので、西暦をつかっている今の自衛隊の何々式とはいささか意味がちがう。このデンでいくと、たとえば陸上自衛隊でつかっている七四式戦車などは、さしずめ三四式ということになる（西暦一九七四年は皇紀二六三四年にあたる）。

皇紀年号を制式名称につかう以前は、試作名称と同じように大正あるいは昭和の何々年をつかっていた。たとえば一五《いちご》式飛行艇は大正十五年の制式であることを示し、昭和四年（皇紀二五八九年）から皇紀年号の下二ケタに変わったので、この年制式になった飛行艇は「八九式《はちきゅう》」と呼ばれた。

それにしても、試作機時代は昭和年号で、制式になると皇紀年号、そして二ケタの場合、数字の読み方まで変わるとはいささか不合理だった。アメリカでは機体記号の前に試作機はX、増加試作機はYをつけ、そして制式となるとそれをはずすという合理的なやり方をとっていた。

機種呼称のうしろには改造段階に応じて一号、二号といった番号がついたが、のちにこの改造型の区分は、二ケタの数字で機体およびエンジンの改造や変更を示すものに変わった。たとえば九七式大艇三二型といえば、機体は三度目、エンジンは二度目の改良型であることを示す。だが、何々式ではじまる呼称も二式までで、それ以後は各機種ごとにそれぞれちがった系列の愛称が使われるようになった（陸軍は何々式と併用）。

たとえば局地戦闘機は「雷電」「紫電」「天雷」などのように雷または電、爆撃機は「彗星」「流星」「銀河」など星座、輸送機は「晴空」「蒼空」など空のついた名称で、その機種が何であるかがわかるようになっていた。

なお、これらの呼称とは別に「H８K２」といった記号も使われた。

日本海軍の飛行機命名法（二式大艇の例）

十三試大型飛行艇

昭和十三年度試作指示であることを示す

機種呼称

二式飛行艇一二型

機体変更

エンジン変更二度目

機種呼称

皇紀二六〇二年の制式であることを示す

Ｈ８Ｋ２
←改造型式（二番目）
←製作会社川西の略号
←基本番号・海軍として八番目の飛行艇
←機種記号・飛行艇であることを示す

意味は右に示してあるが、主な機種記号では艦上戦闘機が「Ａ」、水上偵察機が「Ｅ」、陸上攻撃機が「Ｇ」、輸送機が「Ｌ」、そして飛行艇の「Ｈ」などがあり、九七式大艇や二式大艇を輸送機に改造したものは、うしろに「Ｌ」記号をつけて区別された。したがって、二式大艇一二型（Ｈ８Ｋ２）を輸送艇とした「晴空」は「Ｈ８Ｋ２-Ｌ」となる。

製作会社の略号としては三菱が「Ｍ」、中島が「Ｎ」、愛知航空機が「Ａ」、川西が「Ｋ」などとなっていた。川西の二式大艇と争って敗れた十三試大攻Ｇ５Ｎは、陸上攻撃機（Ｇ）として五番目の機体で、中島製（Ｎ）であることを示す。

一般に二式大艇には「一二」のあとに「式」がつき、九七式大艇はそれを省略して九七大艇とよばれていたが、これは語呂の関係からでとくに意味はない。また、「大艇」というのも制式名称の飛行艇の略称としてはおかしいが、九七式や二式が大型であるところからそう呼びならわされていたものである。なお、本文中では統一の意味で九七大艇ではなくすべて九七式大艇としてある。

平凡の非凡

九〇式二号飛行艇の製作は、川西航空機にはずみをつけた。これより以前から海軍は、一三式水上練習機、一五式水上偵察機、三式陸上練習機などの生産を川西に発注し、工場は活況を呈していたが、いずれも海軍工廠や中島飛行機設計のもので、川西の自社設計ではなかった。このことは、関口をはじめ誇りたかき川西の技術者たちにとって、耐え難いことだった。

「今に見ておれ」とかれらは静かに燃え、ひそかにそのときを期していた。

昭和七年は日本海軍にとってひとつのエポックを画した年だった。この年の四月、従来からあった海軍航空技術研究所霞ヶ浦出張所、横須賀工廠造兵部の飛行機およびエンジン工場、飛行実験班などを統合するとともに、さらに組織を拡充して海軍航空廠をつくり、海軍航空技術の一大総合研究機関が発足した。

ときの航空本部長は松山茂中将、航空本部技術部長は山本五十六少将、航空廠長はのちに川西の副社長となった前原謙治少将という強力な顔ぶれで、昭和七年から九年にいたる一連の試作計画の一歩を踏み出した。

昭和七年度試作計画、すなわち七試の発注内訳は、艦上戦闘機および艦上攻撃機が三菱と中島（昭和六年に社名が中島飛行機株式会社となった）、三座（三人乗り）水上偵察機が愛知航空機と川西で、いずれも二社による競争試作のかたちをとっていた。このほかに三菱一社指定の双発艦上攻撃機も含まれていたが、成功したのは川西が試作した三座水偵だけだった。この機体は関口英二技師が中心となって、川西のそれまでの設計ノウハウのすべてが注ぎこまれた結果、会社でもおどろくほどの優秀機が生まれたが、設計者たちの努力もまた並み大抵ではなかった。

「その時分に、皆でいろいろ話し合ったときによく出た話は、設計の期間中に、自分のからだがやせ細って軽くなるぐらいに努力しなかったら、飛行機は軽くならん、といったようなことでした。そういうことを一生懸命考えてやっていると、そのこと自体は苦痛ではなかった。まあ、楽しいというとオーバーになるし、苦しいといってもオーバーになるでしょうが」（菊原）

川西七試水偵は競争相手の愛知の試作機を文句なく圧倒し、昭和九年に九四式水上偵察機（E7K）として制式採用になった。

複葉（二枚翼）双浮舟（フロート二個）三座の九四式水偵は、とくに安定性と航続力がすぐれ、水冷の九一式六百馬力エンジン装備の一一型（E7K1）と、空冷の三菱「瑞星」八百五十馬力エンジン装備の一二型（E7K2）合わせて五百三十機が生産された。生産の一部は日本飛行機でも行なわれ、太平洋戦争の直前までつづけられた。

旧式の複葉機ながら、扱いやすい機体として太平洋戦争中も艦載（軍艦からカタパルトで発射される）用および水上基地用としてひろく使われ、戦前にはドイツから製造権を買いにきたほどのすぐれた機体だった。

時速二百七十六キロの最大速度は開戦後でこそ鈍速となったが、出現当時のこの機種としては世界の水準を抜くものであったし、試作機にやたらに新奇なアイデアを盛り込みすぎては失敗する川西としては、めずらしくオーソドックスな設計が、みごとな技術の成熟をもたらしたもので、九四式水偵は川西の自社設計による最初の量産機でもあった。

ラジコン水偵

昭和十五年九月末、いまの原子力船「むつ」（廃船）で話題になった青森県陸奥湾で、軍艦「沖ノ島」のカタパルトから飛び出した一機の九四式水偵があった。なぜか機体は真っ赤に塗られ、通常の上昇から水平飛行、そして上昇や下降、旋回、さらにスピードを上げたりおとしたり、一見はじめてこの飛行機に乗る搭乗員の慣熟飛行のような空中操作をひと通りやって着水した。

ふしぎなことに、着水したこの飛行機の三人乗りの座席には、たった一人しか乗っていなかった。それもそのはず、この飛行機は無人操縦用のテスト機で、「沖ノ島」からと空中に在ったもう一機の水偵によって無線操縦されていたもので、乗員一名は操縦のためではなく各機能が正常にはたらいているかどうかの監視のために乗せられていたものだ。

やがて無線操縦が完全に成功するようになって、この一人も搭乗の必要がなくなったが、それまで搭乗員はいつもあたらしい下着をつけて乗り込んだという。いまでいうラジコンの元祖のようなものだったが、いつ起こるかわからない、〝ノーコン〟（無線操縦がきかなくなること）や誤動作による墜落事故にそなえてのことだった。

飛行機の無人操縦は軍用としていろいろな用途があり、日本海軍は戦前すでにこのような進歩的な装置を完成していたが、実用としては採用されなかった。

問題は機上のラジオですら満足に聞こえなかった当時の日本のエレクトロニクス技術水準と、コストだった。パイロットを一人前に養成するのに要する費用が一人あたり一万円、無線操縦装置が一機で七、八万円かかり、ほぼ飛行機一機の価格に匹敵する。それなら無線操縦装置をつくる費用で飛行機をもう一機つくり、安い人間をつかって操縦させた方がトクという計算が成り立つ。

もっとも、のちに太平洋戦争の末期になって、人間が操縦する飛行機や魚雷による特攻が日本軍によって多用されたが、あながちこれをもって人命軽視の思想とは言い切れない。無線だろうと、人間が操縦しようと、それが成功したときには大量殺戮《さつりく》につながる手段となるのが戦争であり、兵器の宿命であるからだ。

ともあれ〝ラジコン水偵〟は採用されなかったが、数ある海軍機の中からとくに九四水偵がこの実験にえらばれたのも、その良好な操縦安定性能を物語るものであった。

新天地を求めて

傑作となった九四式水偵のあと、海軍は中島、愛知、川西の三社にたいして近距離用水上偵察機の試作を指示したが、各社ともそれまでの双浮舟式から単浮舟式の近代的な形式に衣がえして応じた。

ところが、川西だけはさらに一歩進み、中島、愛知の複葉にたいして低翼単葉とし、まだ外国にも例のない低翼単葉単浮舟式とした。このころになると、菊原静男、足立英三郎、竹内為信ら学校出の技術者もふえ、ベテラン関口の指示で設計は快調なテンポで進み、わずか七ヵ月で試作一号機を完成させた。

設計はオーソドックスな九四式水偵から一変し、美しいテーパーをもった低翼単葉、当時としては目あたらしかった深いNACAカウリング（エンジンを覆う円形リング）など、本来の川西らしさにもどった意欲作だったが、それだけに欠点も目立った。

空中性能は他の二社とくらべてすぐれていたが、はじめての低翼単葉水上機だったので水上滑走時の安定がわるく、深いカウリングのためにエンジンの冷却が不充分で、シリンダー温度が高くなりすぎる傾向があった。冷却をよくするためにシリンダーのまわりを囲う導風板のことなどが、よく知られていなかったからであった。

この競争試作は前作の九〇式水偵を改良した中島機が勝って、九五式水偵（E8N）となったが、川西八試水偵（社内名称P型）の進歩した設計は、高性能水上機時代の到来を予測させるに充分であった。そしてこのP型の設計が、川西における関口の最後の作品となった。

海軍指定工場となってからは軍からの注文もふえて、川西航空機の基盤が確立されたのはよかったが、経営および技術の両部門の上層部の多くが海軍からの人びとによって占められ、少佐以上の階級だけでも二十三人の多きに達した。

これは単なる古手役人の天下りとはちがって、それぞれが川西の社内陣営の強化に役立つものであったが、一面では坂東、関口ら生え抜きの川西マンたちにとって、はなはだおもしろくないことだった。だからといって海軍からの人たちの受け入れを拒否することも、追い出すことも、会社の経営上からできないし、海軍には苦境を救ってもらった恩義もある。社長の川西龍三にとって頭の痛いことだった。

航空機への尽きせぬ志を抱いた川西龍三川西航空機社長

龍三自身、のちに海軍からやってきた副社長の前原謙治のために、苦い思いを味わうことになるのだが、このころは何よりも創業以来、かれと苦労をともにしてきた坂東たちの鬱積した不満をどうさばくか、具体的にはかれの処遇や仕事の配分をどうするかなどが、さし当たっての問題だった。

だが、なにせ海軍からの進駐軍の力は大きく、会社自体も急激な仕事の膨張で人材が不足していたから、社内からの登用だけでは間に合わないという事情もあった。

「このままではいけない。社長も気の毒だし、関口たちの能力を殺してしまうことになる。解決法は別の会社をつくって、そこにかれらを吸収するしかない」

そう考えたリーダー格の坂東は、親友でもある龍三社長に意中を打ち明けて、退社を申し出た。が、それは龍三として心情的にも、また日に日に強まる社内の海軍勢力への対抗上からもしのびないことだったから、首をタテに振らなかった。

といって、このままほうっておくことは事態をますます悪くするばかりだ。坂東はほかから出資者をさがし、新会社を設立して関口、戸川らを引き取ることを条件に、やっと龍三を説得、昭和十二年四月に川西を離れた。

川西とは、二十年の長いつき合いで、中島知久平に乗っ取られて去った日本飛行機いらい二度目の転身であった。

第二章　空飛ぶ巡洋艦

新しき頭脳

坂東が一族郎党を率いて川西を去ったことは、結果的にどちらにとっても好ましいことであった。新天地は関口らの才能を生かす絶好の場となることが約束されたし、川西としても技術の新旧交替が期せずして行なわれたことになり、今までのモヤモヤが一掃されてすっきりしたかたちで動き出したからだ。

事実、菊原をはじめとする若い学卒者たちは、学校で基礎をまなび、組織で仕事をすることを当然とする世代であった。カンと天才とツーカーの間柄を誇った「三ちゃん」時代は去ったのである。しかし、新技術にたいする飽くなき好奇心だけは確実にうけつがれ、失敗も多いがすばらしい成功をもたらすことになる。

昭和五年、不況もどん底の年。東京帝国大学航空学科を卒業した菊原静男は、川西航空機に入社した。菊原は大学に入る前、第三高等学校時代は建築学科にいった先輩の影響で建築に進もうと考えていた。そのうち先輩の製図を手伝うことになったが、やらされたのが仏像や寺院の瓦の復原図をかく仕事で、すっかり建築がいやになってしまった。その反動で何かあたらしいものをやってみたい、と考えて航空をえらんだ。

大学では二年先輩に土井武夫（「飛燕」「屠龍」などの設計者）、堀越二郎（「零戦」「雷電」「烈風」などの設計者）、木村秀政（東大航空研究所員、航研機などの設計者）らがおり、同期には谷一郎（東大教授）、近藤政市（東工大教授）、守屋学治（のち三菱重工社長）、長野喜美代（のち川崎重工社長）らがいて、東大航空がさかんになりつつあるときであった。

卒業設計は当時の世界航空界のメイン・イベントだったシュナイダー杯《カップ》用競争機で、東京工大の先生になった近藤政市と組み、近藤がエンジン、菊原が機体のコンビでレーサーの夢を追った。

家が姫路で近かったこと、卒業設計で水上競争機であったことなどが、強いてあげれば川西に入った動機だった。入社試験のとき、面接した社長の川西龍三から、「先行きどうなるかわからない、飛行機はたいへんだぞ」と念を押された。

冷えきった世間の景気も、若い情熱には意とするにあたらなかった。やりたいこと——飛行機さえあれば、どうでもよかったのである。設計には関口、研究には東大先輩の小野がいて、教わる師にはこと欠かなかった。とくに小野からは、流体力学の実際をまなんだ。東大航研からきた小野は学者肌の一面、特殊なグライダーを飛ばしたり、イギリスのラージのオートバイを乗りまわしたりする行動家でもあるところに、菊原は共感をおぼえた。

たとえ大学出であろうと、生産工場である川西に入ったからには、ひととおりの現場実習をやらなければ一人前になれない。見習社員だった菊原とて例外ではなく、最初やらされたのは、ワイヤーロープの端の撚りをもどして索眼に巻きつけ編み込んでいく、いわゆる船員編みの仕事だった。むかしの飛行機はワイヤーがいっぱい使ってあったし、それでなくても水上機の会社だった川西では、海にちなんだ作業は基本的なものであったの

昭和5年に川西へ入社、飛行艇設計の第一人者菊原静男

かも知れない。

つぎにやらされたのは陸《おか》の仕事。鉄鋳物の小さいかたまりをタガネとハンマーで削り、ほぼ平らになったところで、ヤスリで仕上げる実習だった。手元ばかり見ているとタガネの先がすべり、先を見ているとハンマーで手の甲をたたくいやな仕事で、手は傷だらけ。ヤスリをかけると真ん中が高くなって端がダレる。現場の班長に〝真ん中がへこむようにヤリスをかけろ〟とどなられ、さすがの菊原もため息をついた。

仕事はきびしかったが、会社の空気は大らかだった。「さすが大きな飛行機をやる会社はちがう」と、川西に入ったことによろこびを感じた。古いかたちの大型機が一機、工場の天井の一角につるしてあった。かつて川西と帝国飛行協会で計画した太平洋横断機の「さくら号」で、学生時代には菊原もこの壮図に胸おどらせた一人だった。「さくら号」の胴体の中には、横断飛行に使うはずだったゴム製のりっぱな救命いかだがつんであった。殉職した後藤「勇ちゃん」とともに、「さくら号」で飛ぶはずだった海江田操縦士が、「おれがさくら号のいかだをとってくるから、海の上でマージャンをやろう」と菊原をさそった。ちょうどマージャンをおぼえたての菊原が、自分で木を削ってつくったパイを持っていたからだ。

ゴムボートを須磨の沖に浮かべ、下宿から持ち出したチャブ台をすえてマージャンをはじめたが、いくらもやらないうちに波が来てボートはひっくり返り、菊原たちはパイといっしょに波間をただよう羽目になった。

七試三座水上偵察機、のちの九四式水偵の設計がはじまったとき、菊原はフロートと脚支柱と胴体の骨組みの設計を担当した。この飛行機の胴体は当時の飛行機に多く使われていた鋼管熔接構造——クロームモリブデン鋼のパイプを熔接して枠組みをつくり、その外側を木の骨で整形して表面を布でおおう（羽布張りとよんだ）構造様式だった。

熔接枠組み胴体の強度計算書は海軍で決めたものだが、強度計算書によると、枠組みのパイプ結合部はパイプを割り込んでさらに板を入れて熔接した剛体結合構造であるにもかかわらず、ピン結合——軸で止める結合構造として計算するようになっていた。計算を簡単にするための便宜的手段であったが、入社後間もないころ、この強度計算書を見た菊原は、果たしてこれでいいのかためしてみる必要があると考えた。

〝何ごとにも好奇心を起こさなければいけない〟は、かれの信条であった。そこでピンではなく固定された結合部としての計算法について、いろいろしらべてみた。枠組みというのは橋や建築などに見られる梁《はり》、柱、斜めのすじかいなどの組み合わせのことで、まともにやろうとすると気の遠くなるような回数の計算をやらなければならなかった。さいわい、さるドイツの建築学者が書いた「四モーメントの定理」という本に近似値を求める省略法が使われているのを見つけ、完全な固定という条件で式をたてることができた。

だが、出てきたのは十二元連立一次方程式、つまり十二ものちがった条件を同時に満足させる複雑な式で、たとえ省略法とはいえ当時の紙とエンピツとスライド式の計算尺ではやり切れない。当時、手に入る最新の計算機といえば、タイガーの卓上用手まわし計算機で、菊原は龍三社長にねだって買ってもらった。

「おおよそ一ヵ月かかったと思いますが、朝、会社へ来てから帰るまで〝ガリガリチーン、ガリガリチーン〟と辛抱づよく計算機をまわして、やっと出来た答えをもとの式に入れてみたら計算が合わない。結局、ずいぶん長くかかったけれども、この方程式を解いてみた結果は、部材に起こる引張力や圧縮力は、ピンジョイントとして計算したものとほとんどちがわない。むしろ、従来の計算法は安全側にあることが、はっきりしたのでした」（菊原）

非常にまわり道をしたようであるが、菊原はこの計算によって自分の疑問が解けたことに充分満足した。このことから、七試水偵の胴体構造の計算は自信をもってやることができたが、離着水のアシとなるフロートは別の方法でやらなければならなかった。

「フロートはリング状のフレームにしましたが、あまり自信がありませんでした。というのは荷重に自信がなかったからです。波の中でどんな荷重がかかるかわからないので、少しこわれるかも知れないという程度にしておいて、毎日、飛行機を陸にあげたあとでフロートの中に入って、どこが曲がりはじめているか懐中電灯で見て、こいつはちょっと怪しいというところは、補強を入れてもらうというようにして、だんだん仕上げていきました」（菊原）

頭で考えて計算でたしかめ、それをまた頭にフィードバックする思考プロセスは菊原の得意とするところだったが、計算はつねに万能とは限らない。強度上の条件がつかみにくいとき、はじめ弱くつくっておいてあとから必要な部分を補強していくやり方は、重量にシビアなものに有効で、省資源、省エネルギーで軽量化がやかましい最近の乗用車の車体設計などもこうした方法で設計されている例が多い。

脚支柱すなわち胴体とフロートの結合部は、それまでの水上機にくらべて支柱の数をへらした。余分な部材をなくして計算のしやすい簡単な構造とする菊原の設計理念にもとづくもので、九四式水偵の脚支柱がそれまでの双浮舟式水上機にくらべてすっきりして見えるのはこのためだ。

演習もどき

昭和八年、関口らが八試水偵の設計にかかるころ、設計課長は橋口義男、関口がその下で主任だった。橋口は海軍時代に飛行艇の設計や改良に関係し、九〇式二号飛行艇の前身である「KF」試作のときは、監督官としてヨーロッパに駐在し、ショート社だけでなくひろく海外の飛行艇事情にくわしかった。海軍が橋口を川西に送り込んだのは、かれの経歴を買って飛行艇開発を指導させようという意図からだった。

だから競争試作の八試水偵とはべつに、海軍は川西にたいし一社指定で大型飛行艇の試作を命じた。昭和八年度の発注だから八試大艇で、社内ではKR－1とよばれたこの飛行艇の試作内容は、設計図と木型（木で作った実機の模型）のみという変わったものだった。

つまり、実機はつくらなくてよろしいが、金を出してやるから大型飛行艇の設計演習をやれ、という親切な海軍の配慮だった。身内を沢山入社させた川西に対する見返りといえなくもなかったが、それよりも海軍としては作戦上の要求から切実に大型飛行艇を欲していたのである。

アメリカ海軍を仮想敵と考えていた日本海軍は、南洋諸島を拠点として洋上遠くアメリカ艦隊をキャッチするための高性能飛行艇が必要だった。

九〇式一号飛行艇（Ｈ３Ｈ１）。海軍の広工廠で試作された野心的な全金属製の三発単葉機だったが性能は振わなかった

このころ、作戦につかえる飛行艇はショート社設計の九〇式二号飛行艇が三機と、海軍で設計して川西で生産中の九一式飛行艇（川西で十七機、広海軍工廠で三機生産）があるだけで、あとは旧式の八九式飛行艇と使いものにならない九〇式一号飛行艇が一機残っているだけの貧弱な陣容だったからだ。

九一式飛行艇（Ｈ４Ｈ１）はＲ式（ドイツ人ロールバッハ技師の設計）、一五式、八九式など飛行艇技術の経験豊富な広海軍工廠が、失敗に終わった三発単葉の九〇式一号飛行艇（Ｈ３Ｈ１）のあとに設計したもので、東京帝大にまなんだことのある和田操中佐や岡村純造兵少佐ら、広工廠

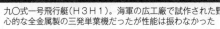

技術陣のそれまでの技術の集大成ともいうべきものだった。九〇式二号とほぼ同クラスの三発だった九〇式一号を双発にして小型化したような設計で、機体構造もそっくりだった。

もっとも大きな特徴は、主翼にワグナーの張力場ウェブ理論による箱型構造を採用したことで、この方法は金属製飛行機のもっともすぐれた構造様式として、今のあたらしい飛行機にも受けつがれているほどだ。

それまでの飛行機の構造は強い骨格で強度をもたせ、外側に張られた羽布や外板は単なる整形のためのものとしか考えられていなかったが、ワグナーという人が金属板をつかって板そのものにも強度を受けもたせることにより軽くて丈夫な構造とすることを思いつき、有名なワグナーの張力場計算理論を発表した。ドイツ人らしい難解な論文だったが、そのすぐれた点に着目して日本にもたらしたのは、ロールバッハ技師が設計した全金属製大型機の技術調査のため、大正十一年にドイツに行った和田操大尉だった。

和田大尉が設計した九〇式一号飛行艇の主翼には、ロールバッハ飛行艇からまなんだワグナー梁箱型構造がつかわれ、同じ構造の九一式飛行艇を生産した川西には、九〇式二号による、ショート社の技術とはちがった設計上の恩恵をもたらした。薄板を張力場として使うワグナー理論は、主翼だけでなく機体の他の部分にも応用でき、川西だけでなく、以後の日本の金属製飛行機構造はすべてこの理論にもとづくものに変わった。

九一式一号飛行艇（Ｈ４Ｈ１）。広工廠が設計し、制作を担当した川西はショート社の技術と異なる設計の恩恵をうけた

菊原はちょうどショートによるイギリス流の設計と、九〇式および九一式によるドイツ流の設計の両方を、居ながらにしてまなべる好機に入社した。イギリス人の設計でとくに菊原を感心させたのは、シンプルで頑丈な艇体構造だった。

これは菊原の考え方に共通するものだったから、のちにかれが関係した九七式大艇、二式大艇などの艇体は、同じ流れをくむ構造とした。だが、野心的な川西の技術者たちには納得しかねる部分も多く、かれらはしばしばイギリス人の先生たちと議論を闘わせた。

内容のある議論は収穫も多い。かれらは議論の間に自分たちの意見をたしかめ、修正しながら、つぎに自分たちが設計するときはかくあるべしという構想を、頭の中に発展させていった。しかも、イギリス人たちとはまた一味ちがうドイツ式設計の九一式飛行艇が、社内の工場で生産されていたのである。

そこへ海軍からの設計トレーニング的な八試大艇の試作発注だった。川西としては初の大型飛行艇への挑戦だが、成功へのお膳立てはすっかり出来上がっていた。

米国派遣視察

軍縮条約——それはいつの世にも兵器の進歩と軍備の拡大競争への不安から生ずる軍事大国間の、不可思議な政治的駆け引きであるが、第一次世界大戦が終わったあとの最大の焦点は、新興国日本の軍事力の急激な増大による脅威であった。

とくに日露戦争で世界最強といわれたロシアのバルチック艦隊をやぶった日本海軍の増強ぶりは目ざましく、超ド（ドレッドノート）級戦艦八隻、巡洋戦艦八隻を基幹とする有名な八八艦隊計画が着々と進められていた。日本海軍の仮想敵は、ロシアから太平洋をへだてて対峙するアメリカへと変わっていたのである。おそれをなしたアメリカおよびイギリスは、大正十一年二月のワシントン条約で、主力艦の比率を米英のそれぞれ五に対して、日本を三とすることに成功した。

さらに昭和五年三月のロンドン軍縮会議では補助艦艇の削減を迫り、その決定をめぐっていわゆる統帥権干犯問題など国内に大きな波紋を巻き起こしたが、日本の国力や世界情勢などを冷静に考えた首相浜口雄幸は要求をのむことを決断した。

このことから海軍は制限外艦艇の充実、航空兵力の整備充実に力を入れることになるが、同じ「八試」として川西の大艇とともに三菱に発注された双発の長距離陸上偵察機「八試特偵」は、艦隊の〝目〟として文字どおり海軍試作計画の目玉であった。興味ぶかいのはどちらも制式にならず（三菱の八試特偵は実際に作られて飛んだ）、つぎの成功作九七式飛行艇と九六式陸上攻撃機への貴重なステップとなったことだ。

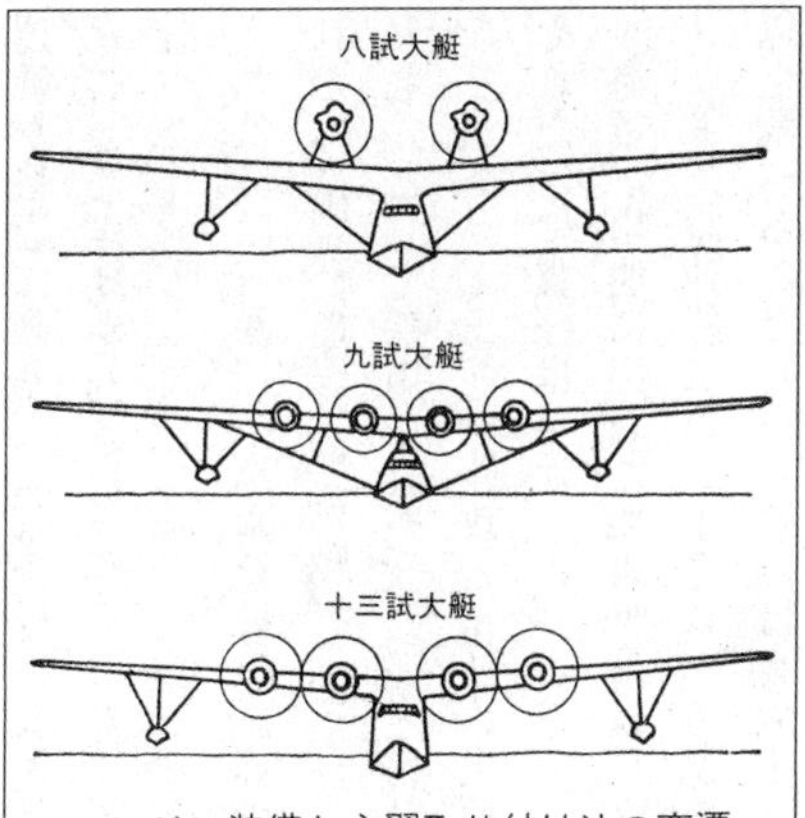

エンジン装備と主翼取り付け法の変遷

昭和九年、海軍は一連の試作機計画を決め、各社に発注したが、昭和七年にはじまった試作三ヵ年計画の最終年度にあたるこの年の試作は海軍のプロジェクト計画の運営が軌道に乗り、これを受ける民間各社の技術力のいちじるしい向上と相俟って、みごとな成功をおさめることとなるが、川西に発注された九試大艇もそのひとつであった。

九試には三菱、中島両社競争試作の艦上戦闘機（三菱が勝って九六式として採用された）、両社に海軍航空廠を加えた三者による競争試作の艦上攻撃機（中島が勝って九七式として採用された）、三菱一社指定の陸上攻撃機、川西一社指定の大型飛行艇などがあり、三菱の陸攻と川西の大艇はそれぞれ八試の実績にもとづく一社指定で、それだけに責任は重かった。

海軍が川西に出した要求性能は、九名の乗員と哨戒に必要な兵器を積んで、百二十ノット（時速約二百二十キロ）の巡航速度で二千五百カイリ（四千六百二十五キロ）以上飛べること、最高速度は百六十ノット（時速二百九十キロ）以上、上昇力は高度三千メートルまで十五分以内、攻撃力は航空魚雷二本を積むことができること、などであった。

「決してやさしい数字ではなかったが、当時の気持としては要求性能のいかんにかかわらず最高のものをつくろうと考えていたから、とくに気負うこともなかった」（菊原）という川西の設計陣にとって、九試大艇の正式な設計開始は試作命令をうけた昭和九年一月十八日ということになるが、実際はすでに前年に着手していた八試の延長のようなものだった。

八試から九試大艇設計の初期、もっとも問題になったのはエンジン装備をどうするかだった。それまでの飛行艇では、九〇式二号のような複葉機では上下翼の間、九〇式一号や九一式のような単葉機では主翼上に組まれたやぐらの上に決まっていた。

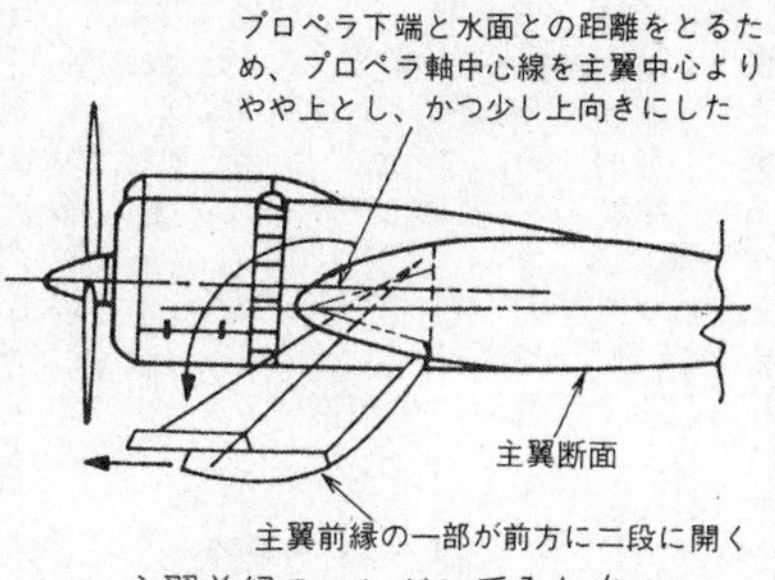
プロペラ下端と水面との距離をとるため、プロペラ軸中心線を主翼中心よりやや上とし、かつ少し上向きにした
主翼断面
主翼前縁の一部が前方に二段に開く
主翼前縁のエンジン手入れ台

この形式はプロペラ位置が高いので、離着水のさいの飛沫でプロペラが叩かれないこと、エンジンの手入れが容易なことなどの利点があった。

八試は四発だったので小型にするため、古いロールバッハやショート「シンガポール」飛行艇のように、エンジンを推進式と牽引式の串型配置とし、前からは双発に見えるような配置をとり、九試もはじめはこの計画で進むことになっていた。

このころ、海の向こうのアメリカではマーチン、ボーイング、シコルスキー、コンソリデーテッドなどの各社で大型飛行艇を手がけており、中でもシコルスキー社の四発飛行艇をはじめとする新しいエンジン装備法が川西の技術者たちの関心をひいた。それはエンジンを主翼の前縁に取りつけ、プロペラを水面から離すために主翼を胴体から離して高くするもので、空気抵抗が減ることと、プロペラの回転によって生ずる空気の流れが揚力を増加させて離水が早くなるという二重のメリットがあった。

このエンジン装備法については、すでに翼の前方に星型エンジンをつける場合の最適位置について、大型風洞をつかった実験レポートが、アメリカのＮＡＣＡ（国立航空研究所、今のＮＡＳＡに相当する）から出されており、川西と海軍航空廠で同時に検討されていた。

しかし、飛行艇に採用する場合には、翼から前方に突き出たエンジンの手入れ用の足場をどうするか、プロペラ先端と水面との間隔をどのくらい離せばいいか、などの点に疑問があった。そこで実際に見てこようということになり、設計課長の橋口と河野博技師がアメリカに派遣された。

二人の帰朝報告をまって、エンジン装備法は主翼前方とすることが最終的に決まり、設計は大きく前進した。

翼にやぐらを組んでいる場合は、エンジンの手入れは翼の上にあがってやれるが、翼の前にエンジンが突き出している場合は手がとどかない。アメリカのシコルスキーがうまい方法でやっていたのを橋口らは見て来た。エンジンのナセル（整形覆い）両側の翼の前縁部分を一小骨間隔ぐらい切って蝶つがいをつけ、前方に開いて翼の前方に伸ばし、そこに人が乗ってエンジンの手入れをやっていた。

そっくりこのアイデアをいただき、さらに足場の部分にスライド式の板をつけて、もう一段前の方に出るように改良した。

このころはエンジン始動は手まわしのハンドルによるものだったので、この板の先に整備員が乗り、手で何回もまわしたところで操縦席でスイッチを入れて、スタートするようになる。この手入台はワイヤーで吊られ、使用後は折りたたんで主翼前縁の一部を形成するようになっていたが、ゆれる海上で片手でワイヤーにつかまりながらの作業は、整備員たちにとってかなりスリリングなものだった。

プロペラ下端と水面との間隔を二メートルぐらいにするため翼を上に持ち上げ、水面との間隔を少しでもかせぐため、エンジンも中心をやや持ち上げ、さらにわずかに取り付け角をつけて上向きとした。このためプロペラと水面との間隔は充分となり、離水時に飛沫でプロペラがたたかれて曲がるという事故は起きなかった。

より安全な艇体を

九試大艇の主だった設計メンバーは主翼が浜田栄、羽原修二、竹内為信、艇体が海軍からきた山本伸治(のち戸塚栄)と菊原静男、艤装がこれも海軍からきた山口勝治に足立英三郎、勝部庫三、動力艤装が河野博技師らで、全体では五十人余り。

責任者は設計課長の橋口だったが、実質的には研究課長の小野の考えで進められた。その小野のもとで菊原は基礎計画や艇体の水槽実験などをやっていた。

飛行艇の胴体――艇体が陸上機とちがうところは、艇体そのものが降着装置の役目をすることで、水面に接触する部分の形が非常に重要となる。もしこの形が悪いと水の抵抗が大きくなり、離水が困難になったり、飛沫が高く飛んでプロペラやフラップなどを破損することがある。最悪の場合は水上滑走中に不安定となり、いわゆるポーポイジングを起こし、安全な離着水ができなくなってしまう。

ポーポイジングというのはイルカ(ポーポイズ)運動のことで、飛行艇が水上滑走中に機首を持ち上げてはねるように飛び上がり、上がり切ったあたりから機首を下げて水面に落ちる様子がイルカの泳ぐ姿に似ているところから名付けられたものだ。これがおさまればいいが、段々ひどくなると、しまいには機首から水面に突入し、沈没して飛行艇はもちろん乗員も助からないことが多い。

飛行艇が滑走をはじめると、はじめは一度三十分とか二度ぐらいの角度だが、ある速度でこの角度が最大となり、そのあとはふたたび低くなって、速度の増加とともに揚力がふえて離水することが出来る。

ポーポイジングは姿勢角が小さいときに起きやすく、逆に姿勢角が大きすぎると、スキッピング（はね上がること）を起こしやすい。この両者の中間に安定な姿勢角の範囲があり、ふつうは昇降舵で姿勢をコントロールするが、その角度範囲が広いほど離水中の水上安定を保つのが容易となる。

艇体の形状については、九〇式二号や九一式などの先例があるにはあったが、例によって菊原は理論的に自分が納得のいく形を見つけようとして、外国の文献をあさった。だが、かれの満足するようなものはなく、わずかに艇体の大きさと重量の関係を示すビーム・ローディング（幅荷重）という係数があっただけだった。

ビームとは、メートルであらわした艇体断面の最大幅で、トンであらわした機体の総重量をビーム寸法の三乗で割った数値がビーム・ローディングだ。たとえば、最大幅三メートルの艇体で総重量二十七トンの飛行艇なら27／3^3（＝27）で、ビーム・ローディング係数は1となる。

ちょうど八試大艇をやるころに実験用の水槽が研究部にできた。長さ九十メートル、幅三メートルの細長い水槽で、ここに艇体の模型を走らせて飛沫の状態を観察したり、力を測定したりする実験設備だ。

「それで、この飛行機の大体の重量の見当をつけて、水槽実験をはじめたのです。できるだけシステマチック（組織的）な実験にしたいと思ったが、なにぶん初めてやる艇体の実験のことで、そううまく計画どおりにいかない。

各部分の関係寸法を少しずつ変化させ、艇体の底の形で新規に模型を作ったのは、三十数個。その作ったのを、それぞれ実験の結果を見ながらいくらかずつ修正していき、その全部に番号をとって、結局八十何番目だったと思うのですが、この底の形でいこうと決めました。

その実験中に一番困った問題は、ポーポイズすることでした。その原因とか理由が、なかなかよくつかめないので、それを直す方法も全然つかめない。結局、いろんなことを順次変えていくという方法で、実験に一年半もかけて、最後に安定性のあるものが見つかったのが、のちの九七式大艇の、あの形です」（菊原）

水槽実験場は、屋根も壁もトタン板が張ってあるだけだった。真夏には強烈な太陽がトタン板を焼き、午過《ひるす》ぎには室温が四十度にも上がった。水槽での実験は水面が平滑であることが基本だから、実験中は風が入らないよう、窓は締め切ったままだからたまらない。一日中実験をつづけていると、暑さで頭がもうろうとなった。

冬がまた、たいへんだった。真冬になると水槽の水に氷が張る。それを叩き割っての実験だが、ガランとした大きな建物に小野、菊原ら数人しかいないから寒さが身に沁みた。

「われわれも、暖冷房設備よりも、むしろ計測装置や実験用模型の数のふえる方を望みました。苦しいことも、過ぎれば楽しい思い出と変わる。三十年以上もむかしのこの実験が心に焼きついて忘れられないのは、あるいは暑さ寒さにいためつけられたせいであるかも知れません」（菊原）

ドイツのドルニエＤｏ26飛行艇。八試大艇と同じく推進式と牽引式の串型配置の四発機で、前方からは双発機に見えた

菊原は基礎計画にあたり、指定された装備エンジンの三菱「金星」四台と必要な積載量から、要求の航続距離二千五百カイリを満足する機体の総重量（自重プラス搭載重量）を約十八トンに見積もった。

これは、もっとも長距離の哨戒飛行に必要な燃料満載時の総重量で、この重さで水面から飛び上がれなければいけないということだ。

これを過荷重重量というが、このころの飛行艇設計の慣習として、正規重量の二十パーセント増しを過荷重とすることが多かったので、十八トンから三トンを差し引いて、十五トンを正規重量と決めた。つまり、軍からの要求性能をギリギリに満足するためには、この二つの重量を基準に設計すればよいことになる。

ここで菊原は考えた。軍用機は、完成後の用兵上の要求の変化や、兵器の進歩にともなって、かならず搭載量の増加を要求されるようになるだろう。そのときになって総重量増加の余裕のないものは行きづまってしまう。

そこでこの余裕をさらに自重の十パーセント増しの一トン半と考えて、先行き最大離水重量を十九・五トンまでふやしてもいいように、はじめから計画に見込んでおくことにした。実際に制式採用されたこの飛行艇の最終型の総重量は、二十トンをややオーバーするほどになり、菊原の見通しのたしかだったことが証明された。

ビーム・ローディングをいくらにするか、つまり、全体の重量にたいして艇体の最大幅をどのていどにするかについては、菊原なりの考えがあった。ビーム・ローディング係数を低く押さえる——艇体幅を広くすれば、水上での性質は良くなる。係数を高い数値にとる――艇体幅を狭くすると、水上安定性は低下するが空中での性能は良くなる。一般に飛行艇が陸上機にくらべて性能が劣るとされてきたのは、ビーム・ローディングを低くとってきたためだから、できるだけこの係数を高くして、なお水上で悪い性能が出ないような設計ができれば、かならず陸上機を上まわる性能の飛行艇となるはずだ。

しかし、菊原は冒険をさけた。たとえ前例のないことでも、理論や実験で良しとする結果が出る見込みがあれば、あえて冒険に踏み込みもするが、ビーム・ローディングにはまだ未知の部分が多過ぎた。研究所のテーマとしてはすばらしいが、納期のある軍用機では悠長な研究など許されない。それでも海軍が八試で約一年の先行期間をとってくれたことは、ありがたかった。

当時、ビーム・ローディングでは〇・七程度が適当と言われていたが、失敗の許されない一社指定であることと、将来の重量増加などを見込んで、ずっと低い数値とし、最終重量と予想される十九・五トンでも〇・六をわずかに下まわる程度に押さえた。

あたらしい設計の場合、飛躍の部分と既成技術とのかねあいがむずかしいが、このときは後者にウェイトが置かれ、のちの二式大艇では逆になった。二式の場合は要求が高すぎ、尋常のやり方では達成不可能だったからである。

発想の転換

艇体の形状決定は、水上で離着水する飛行艇に特有のもので、いってみれば陸上機の降着装置に相当するが、飛行機としての空中性能を左右する最大のものは主翼だ。

主翼の形状を決めるにあたって、菊原は航続距離に重点を置き、設計努力のすべてをここに集中しようと考えた。

かねてから、何でもできる飛行機というのは、何をやってもたいしたことはない飛行機になる、と考えていたかれの設計理念にもとづくもので、この考えは技術者としては当然であり、傑作機を生む重要なポイントだが、要求する側はついあれもこれもと欲張りたがる。その典型的な例が、九試大艇の三年後にはじまった三菱十二試艦上戦闘機だ。

十二試艦戦は、それまでの九六艦戦の後継機として計画されたものだが、海軍は速度二割増し、航続力倍増、そして空戦性能は同等かそれ以上という難題をもちかけた。短距離と長距離のランナーに格闘技の選手をも兼ねさせ、しかもそれぞれに世界一流を要求したのだから無理もいいところで、さすがの堀越二郎技師も、どれかひとつの要求を下げて欲しいと訴えたが、聞き入れてもらえなかった。

この結果、堀越技師以下の身を削るような苦労から、海軍側の要求のすべてを満たした奇蹟的な零戦が生まれることになるが、その反面にはげしい急降下をする機体の強度に不安があり、防弾装置がないため被弾すると弱い、ギリギリの設計のため、より大きなエンジンに積みかえて性能を向上する余地が少ないなどの欠点が残った。

堀越は大学で菊原の二年先輩だったが、一年後輩の久保富夫（のち三菱自動車工業社長）がやった陸軍百式司令部偵察機の場合は、まったく逆だった。

久保は三菱航空機で、大学先輩の本庄季郎技師や堀越のもとで経験をつんだのち、この飛行機の設計主務者となった。陸軍は試作を命ずるにあたって、要求性能を一に速度、二に航続距離とし、防御火器などはできるだけ減らして、敵戦闘機にまさる速度で攻撃を振り切ればよいというはっきりした考えを示した。

制式となって百式司偵とよばれたこの飛行機は、国産機としてはじめて時速六百キロメートルを超えた高速機だが、設計上の重点、いいかえれば思想がはっきりしていたために傑作機となった好例であった。

ともかく、航続距離に設計の重点を置くことに決めた菊原は、この件についてはどの教科書にもあるようなありきたりのやり方に徹することにした。

「翼を造るのに、どういう風に考えたかといいますと、アスペクト比（タテヨコの割合）をできるだけ大きくしようと思ったのです。スパン（翼幅）が四十メートルで、面積が百七十平方メートルあったと記憶しています。一般に、飛行機の巡航時の空気抵抗の約半分は形状抵抗とか摩擦抵抗ですが、あとの半分は誘導抵抗、つまり、翼に揚力が発生していることにともなって起こる抵抗です。誘導抵抗というのは、重量を翼幅で割った値の二乗に比例します。ですからスパンが大きいと、巡航時の抵抗を減らす一つの手段になり、航続距離を伸ばすのに非常に役立ちます」（菊原）

このほかエンジンの燃料消費率、プロペラ効率などを、要求の巡航速度百二十ノットで最高になるようにすれば、航続距離は伸びるはずだ。もちろん、総重量のうちで機体をできるだけ軽くつくり、燃料を余計につむようにすることは言うまでもない。

主翼のスパンを四十メートルとしたのは、鳴尾の組み立て工場の柱の間隔がちょうど四十メートルだったので、それに合わせる意味もあった。

飛行機設計のひとつの目安である翼面荷重（総重量と主翼面積の比）は一〇〇（キログラム／平方メートル）を目標とした。このころの陸海軍戦闘機の翼面荷重が八〇から九〇だったのにくらべると、やや高目ではあるが、総重量にたいする燃料の目方の割合が大きい大型機としては順当な数値で、このくらいなら速度が速すぎて離着水がむずかしくなるおそれもない。そこで主翼面積を百七十平方メートルと決め、翼面荷重は正規重量で八八・三、過荷重状態で一〇六とした。

翼面荷重とともに、もうひとつの性能の目安となる馬力荷重（総重量とエンジン総出力の比）は、過荷重でも約四・五（キログラム／馬力）だったので、馬力と翼面積はいずれも若干の余裕があることになり、機体重量さえ目標値におさまれば、これまでの飛行艇にくらべてかなりの性能向上が期待されることがわかった。

機体を軽くすること、とくに面積が広くてスパンの長い単葉翼をもっとも軽くつくる構造の研究は、艇体の形とともにきわめて重要な研究テーマだった。もし、機体の自重が予定を大幅にオーバーするようだと、基礎計画が根底からくつがえされてしまうからだ。

むかしから主翼の構造には数多くの様式があったが、菊原は構造がもっともシンプルで、強度計算法がはっきりしている二本桁《けた》箱型構造をえらんだ。「計算の複雑なもののほど余分の重量を食う。計算の簡単なものは必要充分な部材を決めやすいから軽くなる」というのがかれの考えだった。

二本桁箱型構造というのは、前後の桁（梁）の間を平板でつないで箱型断面とする主翼の主要部分の構造のことだが、菊原はこのやり方にムダがあることに気づいた。

一般に、飛行機の主翼には曲げとねじり力が作用する。ふつうの箱型では、主翼に揚力が発生して曲げ作用をうけると、上面の板はしわができて遊んでしまい、単にねじりを支えるだけとなってしまう。

これでは不経済だから、曲げとねじりの両方に有効にはたらくものはないかと考えた末に思いついたのは波板だった。波状のなまこ板を使い、凹凸の山が翼幅方向と平行になるように張れば、曲げを受けてもしわができず、桁といっしょに力を支えてくれる。波板の外側には薄い平板を張っておけば、空気抵抗はふえない。下面の外板はいつも引っ張られていることが多いからしわにはならず、したがって平板のままでも力を支えてくれるから波板にしなくてもよい。

これが波板主翼構造の基本的な考え方だったが、このような構造はあまり前例がなく、資料もないので、実施には解決すべき多くの問題があった。

「わたしは、桁のフランジ材（板曲げ材の重ね合わせ）の圧縮強度と、波板の圧縮強度をそろえるのが一番経済的だと考えました。そのためには、少なくとも桁フランジ材と同等の圧縮強度をもった波板の、形と厚さを見つけることです。いろいろな波板で実験してみましたが、ある数値でとまってしまい、どうしても桁フランジ材と同じ強度を得ることはできませんでした。このころは、こういうものの強度計算のやり方がはっきりしていなかったので、自分たちでいろいろ計算方法を考え、その精度をチェックしながらやるという方法をとりました」（菊原）

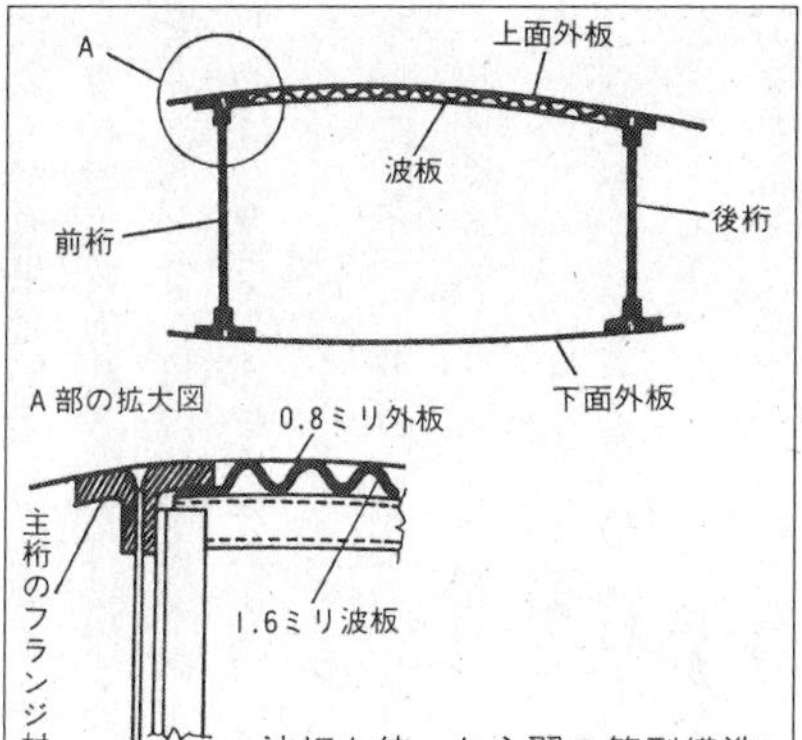

波板を使った主翼の箱型構造

部分的な構造の二分の一のものをつくり、それに荷重をかけ、力のかかり具合をはかって計算結果とくらべるやり方で、実物大のでやろうとすると、荷重が大きくなって実験もたいへんだが、二分の一模型なら、荷重はその三乗の八分の一ですむ。

菊原たちは理論的な計算方法をみずから考え出し、実験でそれをたしかめ、実物での強度試験を省略するという思い切ったことをやった。

今のように油圧装置とコンピューターを組み合わせて、ほとんど人手いらずでやるのとちがって、仰向けにした主翼の上にバラスト（おもり）を少しずつのせていく当時の強度試験法は、手間も時間も相当なものだったから、これは大きな成果といえる。

これで主翼の基本構造は決まったが、つぎの問題はこの波板をどうやってつくるかということで、竹内技師以下の主翼係はあらたな課題にチエを絞ることとなった。はじめはジュラルミン材をつくっていた住友金属に注文してみた。住友では凹凸の型をつくって、波型を一本ずつプレスして成型するやり方をこころみたが、ピッチが不ぞろいになって、板のつぎ合わせ目がうまく合わない。

専門の材料メーカーでやってうまくいかないのだから、とあきらめてしまえば、せっかく考え出した九試大艇の主翼構造は成り立たなくなる。

さんざん考えた末、最後にトタンぶきの屋根に目をつけた。波板で広い面積をおおっているが、板の合わせ目が少しも狂っていない。そこで、トタン板をつくるやり方を真似したらよかろうということになり、大阪のトタン板工場に行って見た。いわゆる発想の転換であった。トタン板工場では、二つの大きな波型ロールの間にトタン板をはさみ、ロールをグルッとまわすと、五秒に一枚ぐらいの割合できれない波板が出てくる。

「これだ、これだ」

スタッフたちの目が輝いた。さっそくジュラルミンの板を持ち込んでやってもらった。うまく出来る。ところがやわらかいトタン板とちがい、ジュラルミン板は弾力があるのではね返り、寸法が少し変わる。その変わり方も板によって若干の差があり、そのままでは使えないことがわかって一同ゲンナリ。

だが、これしか方法はないので、自分たちで同じような機械をつくってみようと、飛行機ならぬロール機械の設計をはじめた。

結局、一度波型ロールを通したあともう一度仕上げのロールにかけるというやり方を、何回も失敗した末に二年がかりで完成した。この間、倦まずに実験と工夫に明け暮れた主翼係羽原修二技師らの辛抱の成果であったが、この構造の採用によって得られたかなりの重量軽減は、かれらの苦労に充分見合うものだった。

波板をつかったのは、曲げられたとき圧縮力がかかる翼の上側だけで、下面はふつうの平板、上面は波板の外側にもう一枚の平板を張って表面をなめらかにした。

この上面の外板はほとんど強度をうけもたず、単なる整形のためという考えから、はじめは〇・六ミリの板をつかったが、あとで実機が飛んでみると翼表面にシワが発生することがわかった。すぐに板厚を〇・八ミリにふやしたが、たとえわずかでもムダな重量をさけたいとする設計者たちの努力は、涙ぐましいばかりであった。

柔よく剛を制す

主翼の構造および工作法とは別に、細長い大きな主翼をどうやって支えるかは、基礎設計の段階での重要なテーマだった。飛行機の形としては、アメリカのマーチンM-130「チャイナクリッパー」のように、艇体上部にらくだの背中のようなこぶを設けて片持翼(支柱を使わない支持法)とする方法は見た目にスマートだし、空気抵抗も少ないが、翼自体は重くなる。

九試大艇は巡航速度があまり速くないので、支柱で支えるようにして翼を軽くつくった方が全体としてとくになると考え、その姿が日傘をさしかけている様子に似ているところから俗にパラソル型とよばれる形式とした。

艇体の上部に三角形に組んだ支柱を前後二組もうけ、三角形の頂点で主翼中央部と結合する。これとは別に艇体側面から前後二本の長い支柱を斜めに張り出し、片翼のほぼ中央あたりで支えるようにする。古いやり方ではあるが、力の受け持ちを単純化することによって、正確な強度計算ができる手がたい設計が狙いだった。この場合、ヨーイング(偏揺れ――機軸に対して左右方向の揺れ)に対しては、斜め支柱はほとんどはたらかず、艇体上部中央の二組の三角形枠組みだけで力を受けることとなる。四十メートルのスパンがある長い翼を、わずか前後二メートルほどの間隔の二点で支えるだけで、ヨーイングを止めようという菊原の構想にたいし、「これでは翼と胴体がねじれてしまうのではないか」と設計内部から懸念の声があがった。

「絶対大丈夫」

菊原はガンとして耳をかさなかったが、言われてみるといささか心配になった。

一号機の組み立てがはじまり、翼が艇体に取りつけられたとき、菊原は待ちかねたように組み立て工場に足を運んだ。足場にのぼり、右側の翼端をゆすってみた菊原は青くなった。翼が簡単にぐらぐらと動くのである。気のせいではないかと、今度は目をこらして見たが、やはり動く。運搬車の上に乗っているせいかも知れないと、運搬車に歯止めをしてゆすってみたが、やはり動く。そんなに力を入れなくても軽く動くのだ。

「えらいことになった」

頭にのぼる血を押さえていろいろと考えてみたが、さっぱり見当がつかない。理由がわからないままに、今度は翼を固定して艇体の後部をゆすってみた。ぐらぐらしない。そこで菊原はハタと思いついた。

「よく考えてみるとこれは当たり前の話なんで、翼の方は慣性能率（moment of inertia）がうんと大きい。それで艇体を固定して翼をゆすぶると、ゆっくりぐらぐらするが、翼を固定して艇体をゆすぶっても、あまりぐらぐらしないわけです。

飛行機は空中に浮いているから、翼の慣性能率と艇体の慣性能率を弾性のある棒でつないでいるようなもので、地上で艇体を固定して翼をゆすぶるのと、その振動数に非常な違いがあります。それで、ああ助かったと思ったような次第でした。

しかし、方向舵をとったら（カジをきかせること）艇体だけ、こっち向いていたというのでは困ります。

それで方向舵を突然とったときに、艇体と翼の相対位置がねじれるようなことが起こりはしないかと考えて、そのようなことを考慮に入れて、方向舵の急操舵時の弾性のはいった運動を計算してみましたが、その結果は、翼の変動周期は非常に短く、飛行機の運動周期は長いので、同調するおそれはなかったのです。

けれど、前部斜め着水をすると、ちょうど私が地上で翼をゆすぶったような結果になるだろうと思ったので、その計算もしてみました。その時分には、艇体の衝撃が、どの程度の時間で発達するか、いい資料がなかったし、うちでも測れなかったのですけれども、コンマ何秒のオーダーで衝撃がずっと立ち上がってくることは分かっていたので、それを入れて、今でいう衝撃割り増しの計算をしてみたのです。そしたら約二倍になりました。それで私は、二倍ぐらいになるんだったら、三角支柱を少し丈夫にしなければいけないと思って、せっかくできあがっているものの上側に、厚い鉄板をあてました。

そういう案をこしらえて、これでやりたいといって小野さんのところにもっていったら、〝何で、今ごろになって、そんなことをするのか〟とえらい剣幕でしかられました。

〝着水のときの衝撃割り増しの計画をした結果、今のままでは折れると思いますから、これをつけたいのです〟と、計算の時期がおそ過ぎたことを、おわびして、そういったら、〝ああ、そうか、それならよろしい〟と許してもらえたので、鉄板をあてました。

そのことは、はじめから気になっていたけれど、最後まで、はっきりしなかった問題でした」(菊原)

この結果、翼と胴体の結合は菊原の案どおり進められたが、あとで事故がおきたことは一度もなかった。事故というものは、このようによく考えてやった場合にはおこらず、注意を怠ったときにおこることが多い。

菊原が自分の考えに自信をもち、つねにあたらしい技術的発想に取り組むことができたのも、こうしたひとつひとつの貴重な経験の積み重ねによるもので、その経験のチャンスは設計の間じゅう次々とおとずれた。

日本には古来から「柔よく剛を制す」という諺《ことわざ》がある。ちょうど飛行機の構造にもあてはまることで、外からの力にたいして適当にたわむような、やわい構造にしておく方法がしばしば使われる。とくに日本の飛行機設計者たちはよくこの方法を使い、軽くて性能のよい飛行機をつくった。

零戦や「隼」戦闘機が、急降下や急旋回時の翼の表面にしわが寄ったといわれるが、これは大きな外力にたいして翼がたわむためだった。翼はたわむことによってかかる力を受け流し、外力が小さくなればもとにもどる構造である。これに対し、アメリカのグラマン「ヘルキャット」やP47「サンダーボルト」戦闘機などは厚い板をつかい、ガッチリした構造とした。このために、エンジンが大きいせいもあったが、全体の重量は零戦や「隼」の二倍以上の六トン前後の重い機体になった。

「艇体の底部の構造は、その時から、あまりガッチリした構造にしてはいけない、という考え方でした。今のPSやUS（いずれも海上自衛隊でつかっている大型飛行艇）も柔らかい構造です。米国のマーチンP5M飛行艇の艇体はそうではなく、押し出し型材のストリンガー（縦通材）をつかって、その上からフレームをつけているので、あまりふわふわしません。従って加わる衝撃や水圧が高いのですが、PSとか九七式大艇、二式大艇は、艇底がいくらか曲がってくれるから圧力が低いのです。底板は一番厚いところでも、一・六ミリ以下でした。それは先ほどの主翼についても同じでした。

離着水のとき、床をめくってよく底を見ていたのですが、接水したところから前の方へ、音と一緒に、波が伝わっていくように底板の動いていくのが見えたほどです。薄いところは〇・八ミリだけでした。〇・六ミリを張ったのは、翼の波板の上だけでした。初め、底板も波板にしたらどうかという考えが起こったのですが、現場といろいろ相談した結果、水密が困難だということで、底板を波板にすることは止めました。

ちょうどそのころ、アメリカの飛行機雑誌を見たら、あれは多分マーチン社の大型飛行艇だったと思いますが、翼の構造が九七式大艇とそっくりなのがあって、これが艇体の底も波板にしていました。これは多分、水密の問題で困ったことだろうと思います」(菊原)

こうしたやわらかい構造の有利さに、アメリカは戦後気づいたようだ。主翼を極端に薄くし、全体がしなうような構造を採用したのが、一九四八年に出現したボーイングB47ジェット爆撃機で、あとのB52も同じ構造を採用することによって、高性能を得ることができた。この方法は現代の大型旅客機のすべてに採用されており、窓から主翼を観察していると翼端が大きく上下に揺れているのがわかる。

九試大艇が完成して実施部隊に配属になってからの話だが、エルロン（補助翼）を操作すると翼がたわむという苦情がでた。四十メートルもの長い翼で、構造上からたわんでも一向にさしつかえないのだが、パイロットたちの不安をなくそうというので、部分的に補強を加えた。

このテストのために海軍航空廠飛行実験部の近藤勝治中佐は、低空で垂直に近い急旋回をやってみせた。大きな飛行艇の思いもよらない飛行ぶりに、下で見ていた関係者たちは肝をつぶした。翼がたわんでも安心だということを示すため、近藤中佐がとくに極端な飛行をやって見せたのだが、それ以後、不安がる者はなくなった。

軽く強く安く

設計の進行とは別に、小野課長の研究課では、風洞実験および水槽実験がたゆみなくつづけられ、構造設計が進むと強度試験場では、部分的な構造の強度試験や使われる機能部品などの試験が行なわれた。

トタン板で囲われていた水槽実験場にくらべると、先に出来ていた風洞実験場は建物もりっぱで、田中大三郎係長ら五人の係員が、木でつくられた精密な縮尺模型に高速の風をあてて、空気力学的な性質の解明に取り組んでいたが、基本設計がしっかりしていたのと、とくにあたらしさを狙わなかったことから、こちらの方はほとんど問題はなかった。

試作機の計画から完成して領収するまでに、海軍では何段階もの審査を行なった。

一、計画一般審査　基本計画の適否を判定。

二、木型審査　実物模型で、主として艤装兵装の適否を審査。

三、図面審査　主要構造部を図面によって判定。

四、構造審査　試作第一号機工事進捗三十パーセントおよび九十パーセント程度の二期に分けて実施。

五、強度審査　強度試験用機体いわゆるゼロ号機で破壊試験を実施、強度の適否を判定。

六、完成審査　第一号機完成時期、前各号審査の成果を総合審査した上で剛性試験および振動試験を実施、飛行安全度の適否を判定。

七、飛行審査　軍に領収の上、慣熟飛行、性能試験、実用飛行試験、実用整備試験、兵装実験を実施。普通、試作機約八機がこれに当てられる。

このうち、木型審査というのは木でつくられた実物と寸分ちがわない模型によって、エンジン装備から兵装、無線装置、乗員配置の具合、装備品の使い勝手などを事前にチェックするもので、審査は一次、二次、ときには三次まで行なうこともあり、全体だけでなくエンジンまわりとか操縦席まわりだけを部分的に行なうこともあった。

この木型審査によって、悪いところを洗いざらい見つけ出し、設計にフィードバックして実機を注文する側の要求に合った、より完成度のたかいものにするのが狙いだ。

木型は別名を実大模型あるいはモックアップともいい、設計者たちにとっても、自分たちがこれからつくろうとしている飛行機を、立体としてはじめて見る機会でもある。

菊原より一年おくれの昭和六年に入社した足立英三郎は、設計の艤装係として木型を担当していたが、腕のいい木型工たちによって、しだいに形をととのえていく九試大艇の仮の姿を、毎日、胸おどる思いで眺めた。

長く大きい主翼。これも細身の艇体は尾部に向かってわずかな反りを見せ、それまで工場で生産されていたやや太目の九一式中型飛行艇にくらべて、柳腰美人のおもむきがあった。

木型審査もとくに大きな問題点はなく、設計の進行とともに図面は試作工場にまわされて部品の製作がはじまったが、ここには足立と同じ昭和六年入社組の宮原勲がいて試作の指導にあたっていた。

設計室からまわってくる図面のなかには工作上の考慮が不充分で、つくりにくいものが多い。設計的に菊原が苦労した主翼を支える三角支柱などは、その最たるものだった。この支柱は艇体上部の二点から上方に伸び、三角形の頂点で主翼中央にある金具とピン結合されるようになっていたが、構造が複雑でつくり難いので、現場でいい顔をしない。

設計と現場の間に立って両者の意見を調整する立場の宮原は、しばしば設計変更を申し入れたが、もっとも苦手だったのは菊原で、理論的に諄々《じゅんじゅん》とやられると、とうてい太刀打ちできる相手ではなかった。これに反し、おなじ設計課でも河野博や浜田栄は現場の意見をよく聞き入れてくれた。

しかし、菊原としても、ただやみくもに現場の意見を拒否したわけではなく、全体をまとめる立場にある者として、ひとつのフィロソフィ（哲学）にもとづいていた。

「初号機は官給品を除いて六十万円でできました。これと同じ時期に、双発のよく似たようなタイプの中艇（中型飛行艇）というのを、空技廠がつくったのですが、その方は、全備重量は九七式大艇より小さいが、費用は大艇よりも高かった。その理由は多分、両者の構造設計の相違にあったと思います。

当時、私たちの設計室には昭和七年ごろつくった〝軽く、強く、安く〟の標語と一緒に、材料の価格表をはりだしていましたから、ジョイント（接手）が多くなると重くなる、あるいは標準サイズをはずれた大きな板を使おうとしてこの表を見ると、〝ワー高いナ〟ということになって、板を継ぐような図面にしました。

だから価格のことを念頭に入れず設計したら、それがつもりつもって、べらぼうな価格になってしまいます。このことは、これから先やっていく場合に、よく考えておかなければいけません。

能率向上、治具の改良など、現場でがんばって安くなる面もありますが、ほとんどの価格は設計の段階で決まってしまうのです。図面ができてしまってからだと、なかなか変えるのが困難ですから、初めによく考えることが大切です」（菊原）

前にも述べたように、九試には九六式艦上戦闘機、九六式陸上攻撃機をはじめ、多くの優秀機が生まれたが、飛行艇は二種あった。ひとつは川西の四発大艇だが、もうひとつは海軍航空技術廠の設計による中艇（中型飛行艇）だった。

昭和七年に海軍は研究、設計、試作から飛行実験までを一貫して行なえる総合実験研究機関として海軍航空廠を横須賀航空隊のとなりに創設した。この航空廠はのちに航空技術廠と改称され（略して空技廠）、器材の整備、修理、補給などを受けもつ他の航空廠と区別されるようになった。

九試中型飛行艇、略して九試中艇は、飛行艇ではもっとも経験豊富な広海軍工廠の設計試作部門が空技廠に移ってから手がけた最初の飛行艇で、設計は主として広工廠いらいのベテラン岡村造兵中佐らによって行なわれ、試作は広工廠が担当した。

試作の責任者は、のちにドイツに派遣されて、大戦末期ドイツのUボートで帰国途中ドイツの降伏を知り、捕虜になるのをいさぎよしとせず、艦内で自決した庄司元三造兵大尉（のち中佐）だった。

九百五十馬力の三菱製空冷「震天」エンジン装備の双発機で、パラソル型の主翼支持法をとった全体のレイアウトは、四発と双発、ひとまわり小ぶりである点を除けば、川西の九試大艇とそっくりであった。さすがに経験ゆたかな設計陣が全智全能を結集してつくり上げただけに、空中性能はよかったが、ポーポイズや艇首の波かぶりなど水上性能に難があって、その改良に手をやいた。しかも生産性やコストの問題には不得意な軍工廠の設計とあって、構造が複雑でつくり難く、機能部品の故障も絶えなかった。

さらに不運なことに、昭和十三年七月二十三日午前、空技廠飛行実験部の土橋大尉操縦の試作一号機が、排気から引火した炎で主翼の桁中央部が熔けたため、空中で翼が二つに折りたたんだかたちになって追浜沖の海中に突入、実験関係者全員殉職のいたましい事故をおこした。殉職者の中には、みずから考案した「補助翼の効き」計測装置をテストするために同乗していた海軍航空技術界の至宝、島本克己造兵少佐もいた。

海軍には川西の九試にたいする〝官側〟のメンツがあったし、あわよくばコストの安い双発機で四発大艇に匹敵するものを、という考えに固執しすぎた結果、九試より二年もおそく九九式飛行艇（H５Y）として制式採用としたけれども、川西の九七式大艇にくらべて性能も劣るうえに、肝心の「震天」エンジンの生産を三菱がやめてしまったこともあって、総生産機数二十機で打ち切られてしまった。

順調な運命をたどった川西九試にくらべて薄幸の飛行艇だったが、理想を追いすぎるあまり、生産性や整備性、コストの追求などが甘い海軍の部内設計機共通の欠点はその後も改まることなく、のちに生まれた艦上爆撃機「彗星」（D４Y）、陸上爆撃機

「銀河」（P1Y）にも受けつがれ、生産を担当させられた民間会社や、配備された前線部隊を悩ませることになった。

設計陣の凱歌

双の翼を思い切り伸ばし、真あたらしいジュラルミンの肌を夏の太陽にまぶしく反射させながら、九試大艇試作一号機は静かに息づいていた。

設計課長の橋口はじめ、この日を目指して苦労をともにして来た人びとは、その美しさに一様に讃嘆した。切れ味のよい日本刀を思わせる設計の冴えが、見る者をひきつけて飽きさせなかった。

昭和十一年七月十四日、設計開始から約二年半、設計試作にかかわった人たちにとっては永くみじかい月日であった。

九試大艇完成の報はいち早く海軍航空本部にも飛んだ。この報《し》らせを誰よりも待ち望んでいたのは、すでに少将から中将に昇進し、航空本部技術部長から本部長になっていた山本五十六だった。

数日後、山本は武庫川尻の鳴尾製作所にやって来た。まだ飛行はできないが、スベリ（滑走台＝陸上から斜めに海中に突き出したコンクリート部分）から飛行艇を海中に入れ、海に浮かべて見せた。吃水が沈み、静かに海上に横たわる九試大艇の姿態は一段と映えた。

山本はそういって関係者をねぎらい、みじかい時間の視察ではあったが満足して帰った。もと海軍軍人だった橋口にとって、最高の感激であった。

「御苦労だった」

第一回の試験飛行は七月二十五日だった。試験飛行に先立ち、組み立て工場前に巨体を横たえた九試大艇の進水式が行なわれた。海軍側と川西側の関係者が全員列席し、型どおりの神主のお祓いや玉串奉奠のあと船の進水式にならって、設計責任者の橋口の手によって艇首にシャンペンがぶつけられた。いっせいに拍手がわいたが、じつは本物のシャンペンは高いというので、シャンペン・サイダーで間に合わせたものだった。

最初の試験飛行は空技廠飛行実験部水上班長、近藤勝治中佐によって行なわれた。この試験飛行で、菊原にとってもっとも気がかりだったのは、艇底のステップの位置だった。ステップというのは、離水の際に水の切れをよくするため、艇底の中途につける段のことで、この位置をどの辺にもって行くかは、水槽での模型実験では細かいことをつかむことができなかったからである。

ふつう、ステップの位置は機体の重心よりややうしろというのが常識で、このステップと重心の相互位置によって、飛行艇の水上における性質がいろいろに変わる。重心よりステップがうしろに行くほど、機首を下げようとする傾向が強くなり、前のめりの姿勢になる。ステップ位置を前にもって行くと、機首を上げてジャンプする傾向が出る。実際にどこがいいかは飛んでみなければわからない、というのが実状だったのだ。

九七式飛行艇（Ｈ６Ｋ１）。航空兵力の充実を急ぐ海軍が九試大艇として試作計画、川西が造り上げた近代的大型飛行艇

もちろん、水槽実験を入念にやって、最良と思われるステップ位置は決めたものの、飛ん結果で改造することをあらかじめ見込んで、ステップはややみじか目に前の方にしておいた。そして、あとでつぎ足しができるよう三百ミリと五百ミリの二種のステップと同じ厚さのブロックを用意して、慎重を期した。

最初の飛行はつぎ足しのないまま行なわれた。案の定、着水直後にゴボーンとジャンプした。テスト・パイロットの近藤中佐は飛行艇のベテランで、海軍はじまって以来の名パイロットといわれた人だ。いくらのつぎ足しをつけようかとの設計の質問に、即座に、「長いのがよかろう」と答えた。

さっそく待機していた工員に五百ミリのステップのつぎ足し工事をやらせ、すぐ飛んだ。今度は前のめりもジャンプもせず、スムーズに離着水ができた。このほか空気抜きが不充分だったために、翼端浮舟が内外の圧力差でやせ馬のあばらのようになる出来事もあったが、すぐ対策可能なこの二点をのぞき、とくに問題となるようなことはなかった。

試作機は最初のうち中島製の「光」エンジンを装備していたが、のちに三菱製の「金星」に変わり、海軍側は近藤中佐のほか中島大三少佐、寺井邦三少佐ら、会社側は太田与助操縦士といったメンバーが交互に操縦し、試験飛行が引きつづき行なわれた。空中性能も水上安定性も良く、はじめて設計を手がけた大型飛行艇にしては、拍子抜けするほどの順調な仕上がりだった。

「それまでの飛行艇は、一般に、非常に性能の悪いのが多かったので、海軍でも、計画要求を決めるとき、まあ、このぐらいなら、なんとかできるだろうということで、比較的やさしい性能要求でした。

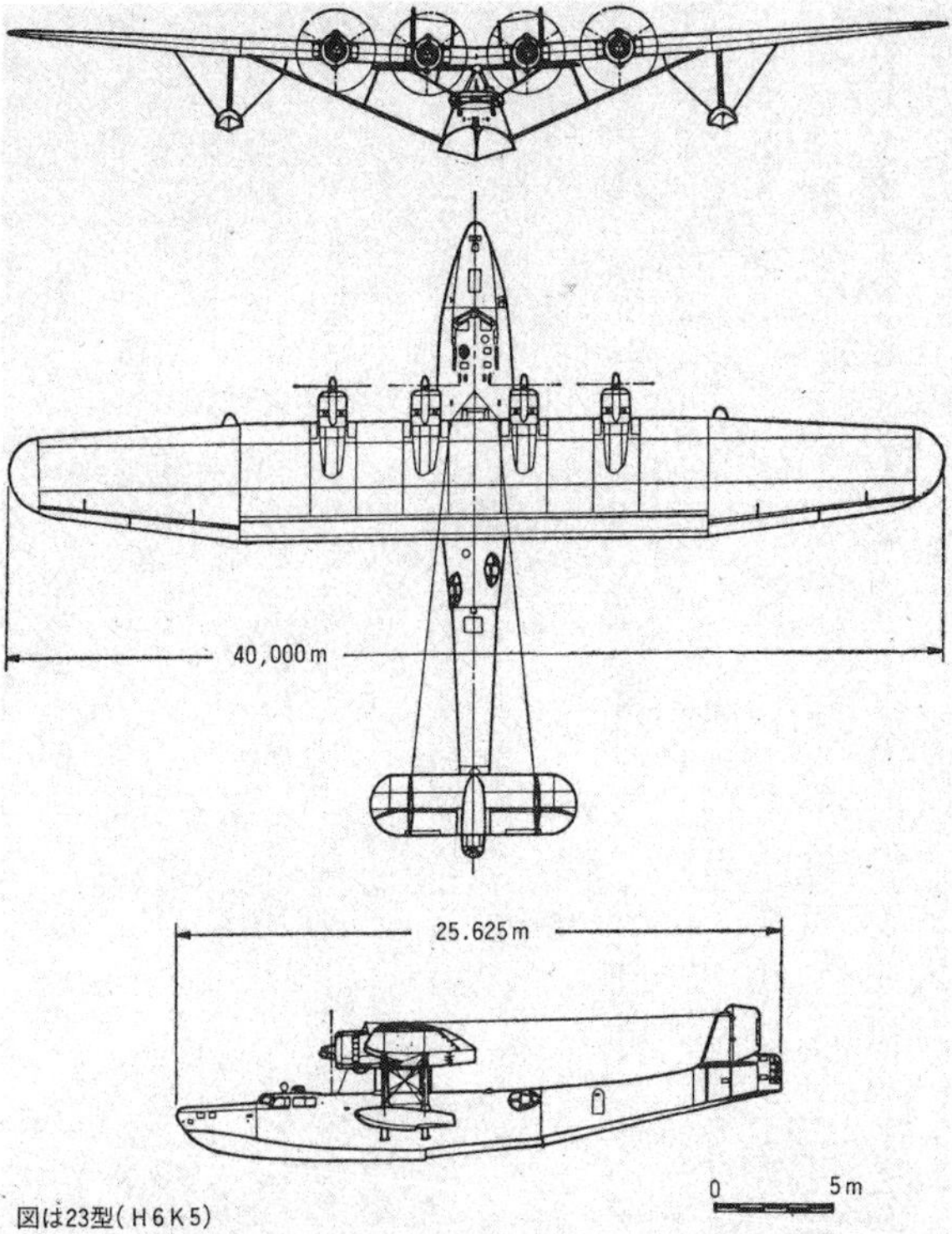

図は23型(H6K5)

九七式飛行艇11型(H6K2)

寸度 全幅40.000m、全長25.625m、全高6.27m **主翼面積** 170㎡ **重量** 自重10,340kg、総重量16,000kg **発動機** 三菱「金星」43型　空冷複列星形14気筒×4、離昇1,0000馬力/2,500rpm、公称990馬力/2,400rpm/2,800m **プロペラ** ハミルトン定速3枚羽根、直径3.20m **燃料** 7,765ℓ **滑油** 702ℓ **性能** 最大速度179ノット〈332km/h〉/2,100m、巡航速度120ノット〈222km/h〉/1,000m、着水速度50.2ノット〈93km/h〉、上昇時間5,000m～13分58秒、実用上昇限度7,600m、航続距離2,230カイリ〈4,130km〉 **乗員** 9名

離着水の要求にしても、離水に要する秒時ぐらいで、波高についての要求などは、全然なかったのです。その時分の飛行艇は、ずいぶん走らないとあがりませんでした。ずっと走ってきたら、燃料が減ってきて、軽くなるからあがるといった具合のものもありました。

航続距離、スピード、上昇率、離水、すべてに要求を上回ることができました。翼が大きいので、わりあい操縦しやすく、飛びやすいものにする余裕があったのでしょう。余裕をとっても充分に要求を満足できたのは、要求が低かったからなのですが、実はこのことが、つぎの二式大艇のときに逆にかえってきて、ほとんど実現不可能とも思える性能要求がでてきました」(菊原)

九試大艇の性能の中で、とくに出色だったのは上昇力で、海軍側の要求であった高度三千メートルまで十五分にたいし、高度五千メートルですら十三分で到達した。航続距離に重点をおいてアスペクト比九・四という細長い主翼にしたこと、いいかえれば翼幅荷重を小さくしたことが、主翼の誘導抵抗を小さくする結果となり、副産物として上昇力を大きくしたのだった。つまり細長い主翼は、航続距離の増大と上昇性能の向上という一石二鳥の効果をもたらしたのである。

思ってもみなかった九試大艇の好成績によろこんだ海軍は、さらに三機の増加試作機を加えて実用試験をかさねた結果、昭和十三年一月、制式採用が決まり、これら四機の試作機は九七式一号飛行艇（Ｈ６Ｋ１）とよばれることになった。

さらに量産型として、九七式二号（Ｈ６Ｋ２）が川西にたいして発注され、鳴尾の巨大な組み立て工場はにわかに忙しくなった。

「上司の技師に連れられて、海岸の、当時は東洋一の大組み立て工場の建物に一歩踏み入った瞬間、さながら空飛ぶ巡洋艦にも似た巨艇の声なき威圧に足がすくんだ。いつの間に、こんな途方もないマンモス航空機が日本に生まれていたのか、私は驚愕の声を呑みこんで、しばし絶句した」

昭和十三年に川西に入社し、はじめて九七式大艇を見たときの感動を、中川辰二（芸能記者、当時は電気装備の専門係）はこう述べているが、日本はじまっていらいともいうべきスケールの大きな四発飛行艇の量産光景は、若者の血をたぎらせ、目をうばうに充分であった。

第三章　大いなる飛翔

飛行艇乗りは紳士

横浜駅前から市内バスに乗り、杉田のバス停で降りて、砂利を敷きつめた歩きにくい県道をしばらく行くと、左手に横浜航空隊の標識が目に入る。

そこを左に折れると四間幅の道路が、海側に向かってやや下り気味につづく。両側が山林に閉ざされた道をしばらく行くと、突然、展望がひらけ、一群の建物が目に入る。四間道路の行きつく先に横浜航空隊（略して浜空）があった。

かつての参議三条実美の別荘地跡で、隊門を入ると右が営庭、手前が本部庁舎、つぎが二階建てのスマートな兵舎、海に面して巨大な格納庫が二棟、近所には山林のほか人家はほとんどなく、地勢的には悠々とした場所だった。

遊び場所はなかったが、近くには中国の陶淵明の帰去来の辞から名をとった春及園、三渓園などの名園や、杉田の梅林があり、航空隊の突堤ではセイゴがよく釣れた。

横浜航空隊が、日本最初の大型飛行艇専用実施部隊として開隊したのは昭和十一年十月一日で、はじめのころは一五式、九〇式一号、九一式など、雑多な機種の寄せ集めで編成されていた。それでも日本の委任統治領となっていた南洋諸島への長距離飛行訓練などで頑張っていたが、何といっても本格的な活動を開始したのは、九一式いらい実に六年ぶりのモデルチェンジに相当する九七式大艇になってからだ。

九七式大艇はまだ九試のころに実用実験ということで、昭和十二年なかばごろから二機が配属になったのを皮切りに、川西での生産があがるにつれて機数もふえ、昭和十四年にはすべて九七式大艇のみで編成されるようになった。

当時の司令は三木老人のあだ名があった三木森彦大佐、副長は皇族の久邇宮朝融王殿下、飛行長は豪傑の三田国雄中佐、九七式大艇隊十八機の隊長には長谷川栄次（旧姓田村）、福岡秀作、中込由正ら、そうそうたる少佐クラスのベテランがそろっていた。海軍当局が久邇宮に航空畑の勤務を経験させるための最初の任地として浜空をえらんだのは、東京に近くて便利であることのほか、幹部の人たちの人柄によるものだった。

元来、航空部隊には暴れん坊が多い。だが水上機関係の人たちは、パイロットにしろ、地上員にしろ、おとなしい常識人というのが海軍一般の定評となっていた。とくに飛行艇乗りにはおっとりした紳士が多かったから、久邇宮の浜空副長就任を聞いた士官室での、「おれもどうやら人事局から人品骨柄が宮様なみと認められたらしい。まんざら捨てたものでもないわい」といった冗談も、あながちウソではなかった。

菊原たちがのちに飛行艇をやめて「強風」や「紫電」などの戦闘機をやるようになったとき、はじめてつき合った戦闘機のテスト・パイロットたちに戸惑いを感じたのも、それまでの飛行艇の担当者たちがあまりにも紳士的だったからであった。

かれらのそうした資質は、第一に扱う飛行機が他の機種にくらべてとび抜けて大きく、飛び方も鷹揚だったこと、第二に行動範囲が長大であったことから、自然に気宇も大きくなるなど、仕事の性質によって形成された部分もあるが、海軍当局の機種に応じた性格の振り分けが適切だったことによるものだろう。

飛行艇のように、十人前後のクルーを必要とする機種にあっては、何よりもチームワークが大切であり、長時間の飛行をものともしない忍耐心は欠かすことのできない性格のひとつであった。

それまではとかく実験の域を出なかった飛行艇隊の長距離行動訓練は、九七式大艇の配備をまって本格化した。まず昭和十四年に入って、一月末から飛行艇の耐寒訓練が実施されることになり、九七式大艇四機が青森県大湊に進出した。

ところが、この訓練には妙な指令がつけ加えられたので、指揮官の田村少佐は首をかしげた。その指令によると、

「各種の耐寒訓練を実施すると同時に、航法訓練をひんぱんに行なうこと。そのコースはかならず小樽上空を南から北にえらび、高度は一千メートル以下が望ましい。北から南へ帰る時は小樽の上空を避けて、はるか洋上を飛ぶか、あるいは北海道を一周してもよい……」となっていた。

「何だ、これは？」

おかしいとは思ったが、命令のことゆえ、意味不明のまま田村は飛行訓練に入った。とくにこの指令は飛行隊長の田村と分隊長にしか知らされなかったので、なにやら秘密めいたものが感ぜられたが、なんといっても今は平時。それより低空を飛んで北国の人たちにこの九七式大艇の勇姿を見せれば元気づくにちがいないと考え、そこで北海道を半周するだけでなく、〝の〟の字を画くような一周飛行、ときには樺太《カラフト》のソ連との国境近くまで羽根をのばしたりした。

約一週間の耐寒訓練を終えて横浜にもどった田村少佐は、海軍省の情報士官から、「浜空の小樽北上飛行は相当効果があったようだ」と聞かされた。

その効果とは、そのころ行なわれていた日ソ漁業交渉に関するものだった。漁業交渉の難行はむかしも今も変わらないが、そのときも日ソ両国の間で意見が対立し、新聞紙上には連日のように交渉の険悪な様子が報ぜられていた。ところが、浜空の九七式大艇隊による飛行訓練が終わるのと前後して、交渉は一転して妥結に向かった。

当時、北海道の小樽や札幌方面にはソ連側のスパイがかなり潜入しており、現地の情報を刻々と本国に打電していた。その中に、「日本の大型機がさかんに北上している。もし交渉が決裂したときの、何かに備えているものだろう」という意味の電信があったのを、日本海軍の諜報機関が傍受したが、おそらく浜空飛行艇隊の行動が心理的な圧力を与えたことによって、漁業交渉を早期妥結の方向にみちびいたにちがいないというのだ。

思わぬところにデマや謀略が存在するものだと、元気いっぱいの田村隊長も、このときばかりは目に見えない国際間の緊張にちょっぴり触れた気がして、いささか考えさせられた事件だった。

浜空と南洋踊り

　このことがあった同じ年、今度は暑い時期に暑い南の地方で、浜空飛行艇隊の訓練が行なわれることになった。目的地は日本の委任統治領になっていた南洋諸島で、五月某日、浜空三木司令と久邇宮副長付の寺井義守少佐が呼び出しに応じて、東京霞ヶ関の軍令部第一部に出頭した。

　そこで聞かされた「横浜航空隊の南洋方面特殊行動に関する訓令」についての説明は、二人の予想をこえた重要なもので、まるで戦争を前にした作戦予備行動とも受けとれる大がかりなものであった。

一、横浜航空隊は七月上旬から約一ヵ月間、九七式大艇六機をもって内南洋方面を行動し各種訓練を行なうとともに、主としてマーシャル諸島方面の基地調査を行なうこと。

二、この行動を支援するため商船衣笠丸を徴傭して横浜航空隊に所属させること。なお、現地において必要の場合、小型船艇の徴傭も考慮し得ること。

三、横須賀防備戦隊（軍艦「沖ノ島」ほか一隻）も同時期、同方面を行動するにつき、互いに協力支援を行なうこと。

四、右行動終了後、引きつづいて飛行機隊は赤軍部隊として小演習に参加すること。

七月上旬といえば、行動開始まで一ヵ月しかない。六月に入ると、南洋行動は官房機密第三三一五号訓令による実験事項として正式に発令され、実験委員を命ぜられた寺井少佐はにわかに多忙になった。マーシャル諸島といえばこれまで海図でしかお目にかかったことのない寺井にとって、ひとつの思い出深い出来事があった。

前年の十二月末のことだった。海軍では毎年十二月になると恒例の大異動があり、それが終わって翌年度の顔ぶれがそろったところで顔合わせ兼大懇親会が開かれるならわしがあった。浜空とて同じこと、とくにこのときは皇族の副長を迎えたとあって大張り切り。准士官以上が関内《かんない》にあった横浜一流の料亭「八百政」に集まっての盛大な宴会となった。

宴会に先立ち、幹事役の三田飛行長と先任隊長の田村少佐が相談、料亭の者はもちろん芸者にも殿下の出席はマル秘とすること、宴席でも副長でとおし、殿下の「デ」も言わぬことなどを決めた。これを聞いた久邇宮は大いによろこび、御付武官の岡村於菟彦《おとひこ》少佐はしぶい顔をした。

浜空は上下の和合がことのほかよく出来ていたが、その夜もいつものとおり無礼講のドンチャン騒ぎがはじまった。こんなにぎやかな宴会は初めての久邇宮副長は雰囲気がお気に召したらしく、上座の三木司令のとなりで楽しそうに座を眺めている。酒はあまりいけない方で、上座の主賓とあって芸者たちが司令、副長にしきりに酒をすすめるが、司令はかなり飲むのに、副長はなんのかのといってことわるばかり。おさまらないのはS吉（海軍の隠語で芸者のこと）どもだった。

「お兄さん、となりのおじさんは飲まれたのに、わたしのお酌は受けて下さらないの」

と若い芸者がいえば、年増芸者も、

「わたしのような年寄り芸者のお酌じゃ、だめだというの、そうじゃないのなら一杯ついで……」

と、ふつうの客に対するのと同じ調子でからみかかる。それでもニコニコ笑っているのに業を煮やした一人が、

「年寄り芸者に恥をかかせるもんじゃござんせんよ」

となおもしつこくすすめる始末に、いささか田村も心配になった。

「これは高貴なお方であるぞ、無礼を申すな」と、講談か今どきテレビの水戸黄門ならすむことだが、この際、自分で言いだして決めたことを破るわけにはいかない。

だが、副長は一向に気にする様子もなく、これもまた下々《しもじも》の趣向かと楽しくてたまらない風情。さすが高貴の方はわれわれ庶民とはちがうわい、と田村が感心している

うちに、宴会はいよいよ盛り上がり、浜空恒例のクライマックスである〝南洋踊り〟の時間となった。

「こんなときこそ浜空飛行科の元気のあるところを、殿下にお目にかけるんだ」と、三田飛行長にいわれた田村はちょっと尻込みしたが、こうなれば破れかぶれと別室で裸になり、準備がととのうや、満座の中に勢いよく飛び出した。

待ってましたとばかり、総員、ヤンヤの手拍子と大合唱。

飛行長、隊長の順にあやしげな手つき腰つきで、下座からしだいに上座に踊ってまわる。やがて正面の司令、副長の前に出たとき、かねて打ち合わせておいたはやし方がこのときとばかり一段とにぎやかにはやし立てる。浜空と南洋踊りは一身同体だった。

副長はと見れば、いとも珍し気な様子。そのわきで御付武官岡村少佐の苦り切った顔。だがここは宴会の場、しかも幹事役であり、隊の中心人物である飛行長と隊長が先頭になってさわいでいるとあっては、どうにもならない。

踊り終わって別室に引き揚げ、もとの素顔にもどって副長の前にそろって出たら、「飛行長も、隊長も、隊内では虫も殺さぬ真面目な顔をしているが、なかなかやるじゃないか……まあ一杯」とたいへんな御機嫌だった。朝融王はよほどこの南洋の裸踊りが気に入ったらしく、宴会はまだか、いつやるのかと、その後しばしば催促されて御付武官をハラハラさせた。

昭和15年10月11日、横浜沖で行なわれた紀元2600年特別観艦式で飛ぶ九七式飛行艇。開戦前、飛行艇隊の全盛期だった

南洋踊りの故郷である南洋諸島進出の準備は、資料収集や兵員の教育などと並行して、急ピッチで進められた。一万トンの商船衣笠丸は、飛行艇母船としての準備を終えると、基地員と必要物件を積んで一足先に出発し、飛行艇部隊はややおくれて七月上旬に浜空を発《た》ち、サイパン経由マーシャル諸島ヤルート島に進出して合流した。

マーシャル諸島は陸地の起伏がほとんどない固いリーフ（岩礁）で出来ているので、地形を利用して施設を隠蔽《いんぺい》することはほとんど不可能で、地下貯蔵のために穴を掘るとすぐ海水が湧き出した。それでも施設の方は鉄材とセメントをふんだんに使えば可能だったが、戦争になって最前線基地となった場合の補給不足に備えるため、貯蔵のきかない生野菜の自給は大問題となることが予想された。

基地調査班の寺井少佐は、滑走路や耐爆施設の構築などの戦闘準備とは別に、こうした点にも心をくばっていたので、現地に行く前にあらかじめ野菜類の種を送っておいた。

ところがついてみると、カボチャ類が一部不満足ながら成育した程度で、あとはほとんどが失敗だった。発芽直後のまだひ弱な苗は、赤道直下の強烈な日光とスコールで枯れてしまうものが多く、運よく枯死をまぬがれた苗もサラサラのリーフ砂では根の保持力が弱く、おまけに肥料分に乏しいので、その後の成育もかんばしくなかったのだ。

しかし、近くの鳥糞でできた燐鉱土質の離島に現地人が播いた葉菜類は、一ヵ月で約一メートルほどのみごとな成育ぶりを示し、この土地でも適当な方法によれば野菜の栽培は可能であることがわかった。

客土による土質改善と化学肥料の投与、発芽期の日覆いの必要など、寺井は海軍大学校の課目にはない多くのことをまなんだ。海軍としても、この問題の研究には真剣に取り組むべきであったにもかかわらず、農業の真似事なんぞといった気分が強く、せっかくあげた基地調査班の貴重な研究成果も、あとを引き継いでやる者がないままに放置されてしまった。

太平洋戦争がはじまり、日本の旗色がわるくなり出してから、寺井らの懸念は現実となったが、戦闘第一主義でとかく補給や支援といった地味な任務を軽視した日本軍の欠陥は最後まで直らなかった。

ともあれ浜空隊員と横須賀鎮守府派遣技術員とからなる基地調査班は、ヤルート、ミレ、メジュロ、マロエラップ、ウォッゼ、ウートロック、クェゼリン、アイリングラブラブ、エニウエタックなど、マーシャル諸島のほとんどの環礁を調査したが、広大な海面に散在するこれらの島々には飛行艇で調査班を運び、日帰りで調査を終えるなど、飛行艇の能力がフルに発揮された。

飛行艇隊は衣笠丸を母船として環礁の写真偵察、調査員の輸送などで基地調査班に協力する一方では、本来の各種訓練にも精を出した。

とくに現地での整備、発進、収容などの基地諸作業、外洋での飛行艇の離着水、洋上での母船からの燃料補給、夜間飛行訓練などに重点が置かれたが、これとは別に三木司令はヤルート島の南東およそ三百カイリにあるギルバート諸島中のマキン、タラワ両島の隠密写真偵察という特殊任務を与えられていた。

ギルバート諸島はイギリスの委任統治になっていたので、あからさまに偵察をやることはできない。もしそんなことをすれば国際間のやっかいな問題となることはあきらかなので、出発に際して三木司令は軍令部からくれぐれも隠密偵察を旨とするよう念を押されていた。それも道理で、三木は浜空にくる前の第二連合航空隊時代に、アメリカ砲艦パネー号を誤爆して撃沈した事件の苦い経験の持ち主だった。

むずかしいこの任務は、第二飛行隊長福岡秀作少佐が行なうことになり、好天の一日をえらんで、九七式大艇が日本委任統治境界海面を超えて南下した。ところが、目指すギルバート諸島一帯は密雲におおわれ、高々度写真偵察など思いもよらぬ悪条件。福岡少佐は一千メートルまで高度を下げて雲の下に出ると、そのまま島の上空を通過して写真撮影と目視を終え、意気揚々と帰途についた。

帰ってきた福岡の報告を聞いて、三木司令は仰天した。「何ということを……」と思ったが、ほかの搭乗員の手前もあって隊長を叱るわけにもゆかず、すぐに通信長を呼ぶと、ことの始終を軍令部に打電させた。パネー号事件の苦い経験から、先方からクレームがくる前に早いとこ処置を講じてもらうためだった。

それにしても、司令にとっては頭のいたいことになった。あれほど隠密にと念を押されていたことを、白昼堂々と高度一千メートルでやってしまったのだから、目茶苦茶もいいところだった。といって出先ではどうにもならず、何よりも張本人の福岡が、「どうも御心配をかけてすみません」と口先では言いながら、一向に悪そうな様子もなく、「実際現地に行った者でなければ、その心理状態はわからんよ。あの場合、そのまま手ぶらで引き返す手はないさ」と、あっさりしたものだから、始末がわるい。

福岡は学習院から兵学校に進んだお坊ちゃんで、細かいことにこだわらない大らかな性格のため、エピソードにはこと欠かない人物だった。なかでも傑作だったのは、中尉時代の操縦訓練中の出来事。ふつう飛行機は風に向かって着水が原則だが、福岡は何を勘ちがいしたか追風で着水し、機体を大きくジャンプさせてしまった。上官から叱られた福岡は、でも吹き流しの流れる方向に着水しましたといって、さらに大目玉を喰ったという。

ギルバート諸島の強行偵察も、かれ一流の無頓着が生んだものだったが、結局、この件についてはイギリス側が気づかなかったのか、抗議もなく、司令一人がやきもきしただけに終わった。

太平洋戦争がはじまるとマキン、タラワ両島は日本が占領し、戦争後半には連合軍によって奪い返され、両島の日本軍守備隊は玉砕した。

浜空の南洋行動終了後にアメリカ駐在武官となった寺井少佐は、ワシントンで日米開戦をむかえたが、昭和十七年二月、アメリカ機動部隊がギルバート諸島を攻撃したとき、かれらが撮ったクェゼリン、ルオット両島の航空写真が新聞にのっているのを見た。戦前に寺井らが計画した基地と寸分違わないものであることを知り、深い感慨をおぼえた。

空前の壮挙

川西航空機（現在の新明和工業航空機部）の記録によると、昭和十一年七月十四日に初飛行した一号機をふくめて、昭和十三年までに試作機は四機つくられ、九七式一号飛行艇として制式採用となった。あとの量産型は九七式二号一型とよばれ、昭和十三年に八機、十四年に二機つくられたのち、武装を七・七ミリ機銃四、二十ミリ機銃一梃に強化して九七式二号二型（Ｈ６Ｋ４）となり、昭和十四年に二十機、十五年に三十三機がつくられた。

さらに二型のエンジンを三菱「金星」四三型からパワーアップされた「金星」四六型に変えたものが九七式二号三型として昭和十六年八月に制式となり、十六年中に六十五機という大量産をやって、太平洋戦争に突入した。

二号二型も三型も、ともにH６Ｋ４の略号で、一号、二号といった呼び方は改められ、以後九七式一号および二号一型は一一型、二号二型および二号三型は二二型とよばれるようになった。

ついでに言うなら、エンジンをさらに離昇出力千三百馬力の「金星」五一〜五三型に変えたものが昭和十七年八月に二三型（H６Ｋ５）として制式になり、九七式大艇の最終量産型として十七年中に四十九機つくられたのち、つぎの二式大艇に引きつがれた。

九七式大艇は軍用型として合計百八十一機つくられたことになるが、うち二機が試験的に輸送機に改造されたので、実際は百七十九機ということになる。この輸送機型は昭和十四年に生産された二号二型の最初の二機、すなわち第十五および十六号機を改装したもので、民間輸送会社である大日本航空の南洋航路に使うためであった。

当時、太平洋および大西洋航空路は飛行艇の花ざかりで、イギリスはショート「エンパイア」、アメリカはシコルスキーS44、マーチンM130、ボーイングB314「クリッパー」など、三十人から五十人乗りの四発大型飛行艇を盛んに飛ばしていたので、おくればせながらわが国でも、九七式大艇を使って海外航路開拓をという狙いだった。

計画によると、航路は内南洋およびオーストラリアに近いチモール島の首都デリーに至るもので、距離は六千キロに及ぶ日本としては空前の壮挙であった。

輸送艇への改造はまず武装を取り除くことからはじめられた。九七式大艇は、胴体中央部に搭乗員の休養のため、羽根ぶとん付きの折りたたみベッドが四個ついていたが、後部キャビン内に十人分の座席をあらたに設け、ベッドを折りたたむと十八人の乗客を運べるようにした。はじめての旅客機とあって、内装は全部、高島屋飯田にたのみ、床には住之江のカーペットを敷くというなかなかの豪華版だった。

この二機の旅客用改造型はH6K3とよばれ、完成早々、南洋定期航路が開始された。

イギリス海軍のショート「サンダーランド」飛行艇。川西の名機二式大艇に似た外観だが、性能は遙かに及ばなかった

もっとも、これ以前にH6K2のうち二機を輸送用に改造し、浜空の指導で大日本航空乗員の訓練をやったり、松永寿雄海軍少将を日航海洋部長に就任させるなど、早くから準備は進められていたし、日航のパイロットといっても皆かつて海軍にいて満

期になった連中ばかりだったから、何ということはなかった。

第一回の定期航空飛行は昭和十四年三月末に行なわれた。といっても一般の乗客はなく、浜空の飛行隊長中込少佐が指揮官で、搭乗員は浜空隊員と日航乗員の混成陣、客には浜空司令市丸利之助大佐、南洋庁の堂本内務部長、航空局や日航の上級幹部などいわば内輪の者ばかりだった。

それでも初の民間定期航路の開設とあって、華々しい見送りを受けて横浜を出発した。途中、サイパンに一泊、翌日、パラオに着いて大歓迎、まずまずの飛行であった。

横浜からは折りから咲きはじめた桜の枝を持っていったが、教科書にある「サイタサイタ　サクラガ　サイタ」の本物をはじめて見た現地の児童たちは大よろこびで、あちこちの小学校に見せてまわったという。

その後、定期航空は浜空司令指揮のもとに、毎週一便就航し、昭和十四年末に横浜の根岸海岸に大日本航空が自社の水上基地を完成して自主運航を開始するまでつづいたが、この間にさまざまな出来事があった。

飛行には指導のために海軍から二、三人同乗することになっており、何回目かの飛行で田村栄次少佐（のち長谷川姓）が乗り込んでいたときのことだ。平穏なときの南洋飛行はまことにのどかで、おまけに通いなれた航路に操縦は人まかせとあって、田村少佐はすっかりくつろいだ気分だった。

サイパン経由でパラオに行き、その帰途、サイパンの手前のテニアン島にさしかかったとき、なにげなく窓外を見ていた田村は、一隻の大きな軍艦がゆっくり航行しているのを認めた。

「今ごろ日本の軍艦がこんなところに来るはずはないが」といぶかった田村は、機長にコースを変えさせて、その軍艦に近づいた。先方もこちらの飛行艇を発見したらしく、急いで沖合に変針した。白い航跡がふえ、あきらかに増速してテニアンから遠ざかろうとしている様子なのだ。真上を航過しながらよく見ると、何とアメリカの巡洋艦らしい。

さっそく上空からお手のものの写真をとり、打電してサイパン着水後、サイパン支庁にも報告した。さらに横浜に帰って写真を現像してみると、まぎれもなくアメリカ巡洋艦だった。サイパンとパラオの途中にはアメリカの統治領のグアム島があるが、これほど日本統治領の近くを航行するのはあきらかに違法だ。

じつはこのアメリカ軍艦は、そのころアメリカで死亡した斎藤駐米大使の遺骸を、わざわざ日本に送りとどけ、〝日米親善〟の大役を果たした帰りの巡洋艦アストリア号で、日本で受けた大歓迎を仇で返すスパイ行為であった。

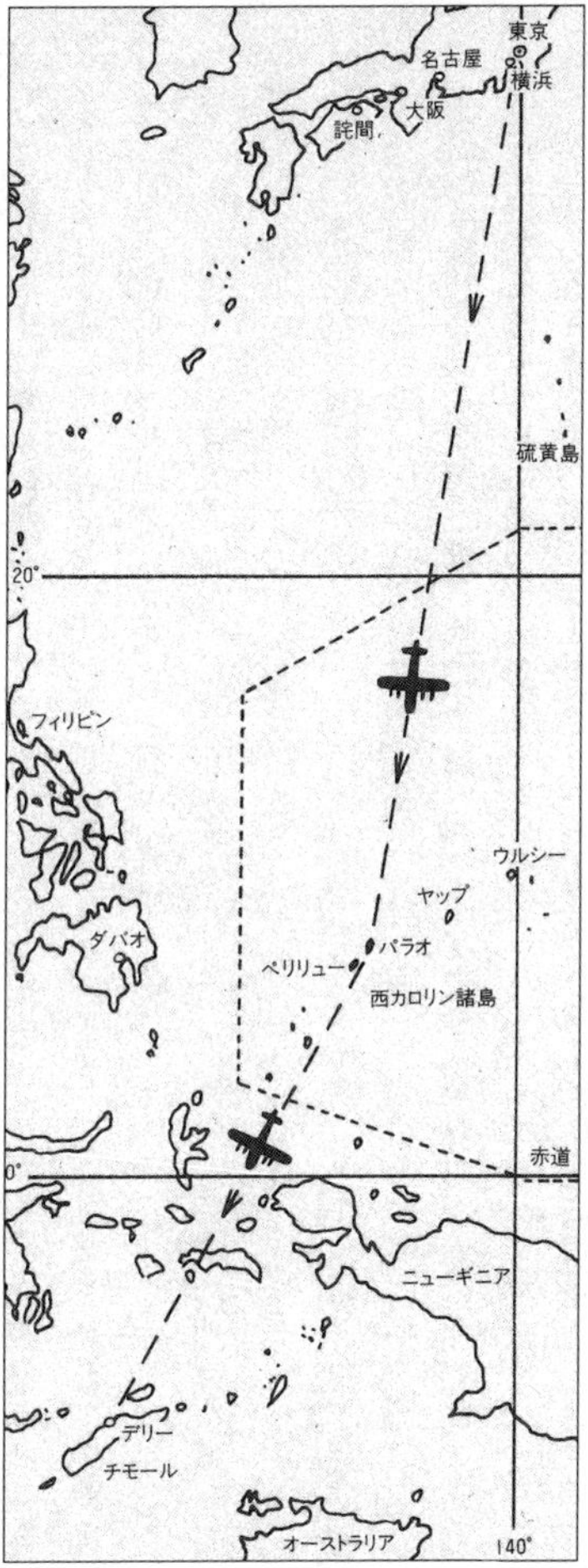

しかし、田村の乗った飛行艇も、グアム島沖を通過した際にアプラ港の望遠写真を撮っているので、どっちもどっちであった。

グアム島は開戦三日目の昭和十六年十二月十日に日本軍が占領、サイパンとテニアン島はグアム島とともに、昭和十九年夏、アメリカ軍に占領された。これらの作戦に互いのスパイ偵察がどれほど役に立ったかは分からないが、九七式大艇がもたらしたとんだハプニングだった。

そこはかとなくロマンを誘う南洋航路へのあこがれは、日航機につけられた「綾《あや》波《なみ》」「叢雲《むらくも》」などの名前とともに、しだいに戦争への重苦しい雰囲気を感じていた国民大衆に明るい希望をあたえ、九七式大艇が主役の映画「南海の花束」がヒットした。

トラック島の日本総督夫人が盲腸炎にかかったとき、手術のために内地に空輸して〝人命救助の九七式大艇〟と内外の賞讃をあびたのもこのころであった。

飛行機に水洗便所をつけたのも、この九七式大艇が最初で、旅客用に改装するため、トイレの設計をやらされたのは、艤装係の足立の下にいた奥野義夫（のち藤アルミニューム工業社長）だった。飛行機用トイレなどの資料も経験もなかった当時のことで、奥野は会社のトイレに通っては研究した。

ところが、輸送機型一号機が完成して川西から横浜の日航基地に回送する途中、とんでもないことが起きた。同乗していた日航の人が使おうとしたとたん、放出した小便が逆流して霧のように吹き上げ、自分の出したものをモロにかぶる仕儀となったのである。ウンの方でなくて運がよかったが、あとで排出孔に流線形のカバーをつけることで解決した。ちょうどトイレのあった位置が艇底の第二ステップから一メートルぐらいのところで、ステップで気流が乱されて発生した渦のいたずらであった。

南洋航路には経験のために、川西からも設計と現場から一名ずつ交代で乗ったこともあるが、これとは別に菊原も九七式大艇で南洋に飛んだことがあった。

「九七式大艇がたくさん使われるようになってから、これをどんな風に使っているのか、いちど見たいと海軍に申し出て、演習のときに乗せてもらいました。横浜を出てサイパンまでの約九時間、わたしは艇体後部の寝台、といってもキャンバスですが、そこにすわっていました。たまたま、そのときヤップ島の上を通って、サンゴ礁を見ましたが、深さによって海の色がちがい、実にきれいだったのを、今でも思い出すのです。

サイパンからパラオへ、その途中には、グアム、ヤップ、ウルシー島があります。ヤップから、またサイパンを経て、横浜へ帰ってきたのですが、この間、二週間ほど九七式大艇に乗っていました。いろんなことを学びましたが、〝ワーこれは大変だ〟と思ったのは、ご承知のように南の海にははげしいスコール（驟雨《しゅうう》）があり、このスコールの中へ突入すると、天井から水が漏ってくることでした。これは、その後、いろいろなおして、ついには漏らないようになりました。それを三十年後に作ったPS（海上自衛隊の飛行艇）が同じようなことになっている。これはよくなおしておかないといけません。

パラオでも、サイパンでも、繫留しているときに毎朝毎夕、艇内の湿度を測ったのですが、大体百パーセントでした。だから離水して上へあがると水滴がついてくる。水滴は蒸留水みたいなものですが、電気のところでも、スイッチなど、水に浸っているのです。これは海面につないでおくので、どうしても避けられないものです。写真機でもレンズがくもっていました。飛行艇を設計するときには、気をつけなければならないことの一つです」（菊原）

チモール島までの航路延長は、主権をもつポルトガルとの折衝が長引いて、実現は昭和十六年になってからだった。それまではいわば内輪の海洋航路で、これをもって川西の日本航空輸送いらいの初の国際航空路の開設となったわけだが、太平洋戦争のために短時日に終わった薄幸の航路だった。

チモール島は昭和十七年二月二十日、日本陸海軍部隊によって占領され、その後のオーストラリア方面爆撃の重要な基地となったが、こちらは南洋航路の経験が大いに役立ったにちがいない。

なお、九七式輸送飛行艇はＨ６Ｋ２-Ｌ、Ｈ６Ｋ４-Ｌ（Ｌは輸送機の略号）合わせて三十六機が生産され、大日本航空では十八機を装備した。

第四章　技術者魂の結晶

闘志の炎

川西は昭和六年にショート社の技術によって九〇式二号飛行艇を完成した。五年後に出現した九七式大艇は純国産設計で、外形はオーソドックスだが細部にあたらしい設計思想を入れて、性能は世界の水準をやや上まわるところまで達することができた。

しかしこの先、おそらく五年後に実用されることになる新型飛行艇は、世界の水準をはるかに超えるものでなければならないであろうことは、川西の技術者たちの誰もがひそかに考えていたことであった。それは九七式大艇によって、川西の飛行艇技術が予想外に高かったことを知った海軍とて同様だった。

九試大艇の試験飛行が成功裡に進み、試作二、三号機も完成途上にあった昭和十二年の七月、海軍航空本部は「航空軍備に関する研究」なる意見書をまとめ、将来の海軍航空は艦載用航空機、母艦用航空機と、基地用大型航空機とを必要とする旨を部内に力説した。

艦載用というのはフロート付きの水上機で、戦艦や巡洋艦などに積まれてカタパルトから発射される飛行機、母艦用は航空母艦の甲板から発進する車輪つきの飛行機で、どちらも小型機。基地用大型機とは、陸軍でいえば重爆撃機にあたるものだが、海軍では爆弾だけでなく魚雷攻撃もできるものを陸上攻撃機とよび、母艦用の艦上攻撃機と区別していた。

当時の思想として、艦隊決戦の勝敗を決するのは大砲の数であった。軍縮条約によって米英にたいして劣勢を強いられた日本海軍は、一艦あたりの装備の充実と「月月火水木金金」と称された猛訓練によって、その差を縮める努力をしてきたが、いかに訓練で質を向上させたところで、一定の限度を超えることはできない。

とすれば、敵艦隊とぶつかる前に相手にある程度の打撃をあたえ、数の上での不利をとりのぞいておく必要がある。

そのためには潜水艦が考えられるが、機動力の点で充分な効果は期待できない。艦上攻撃機による空からの攻撃は有効だが、航続距離の関係で、航空母艦はかなり敵艦隊に接近しなければならないから、決戦直前でなければ使えない。

海軍が陸上の飛行場から発進する陸上攻撃機なる機種を考えたのは、敵のアウトレンジ（手のとどかないところ）から攻撃しようという発想からだった。当然、長大な航続力が要求され、双発以上の大型機となる。この場合、問題になるのは飛行場で、中型機なら南方基地でも何とか発着できるが、四発クラスの大型機ともなるとそうざらにはない。

この点、飛行艇なら南方のいたるところにあるサンゴ礁が格好の基地となるし、潜水艦での洋上補給を考えれば行動力は無限にひろがる。だが、そのころの常識からすると、飛行艇は陸上機にくらべて性能が劣る点に難があった。

もともと飛行艇は大きな図体をもち、翼端フロートなどという余計な荷物をぶら下げているからで、速度がおそいため相手からは絶好の標的となるおそれがあった。

しかし、もし速度が速ければ、敵艦隊に突っ込んでいっても、損害をあたえる確率は高くなる。戦艦、巡洋艦、あるいは航空母艦あたりとなら、たとえ飛行艇二十機とさしちがえても損はない。しかも軍艦一隻つくるのに二、三年はかかるが、飛行艇なら流れ作業で一週間でできる。

基地用大型航空機について、海軍部内では意見が割れた。それは九七式大艇（昭和十三年一月制式採用）の高性能が、飛行艇にたいする認識を改めさせ、同時に能力以上の期待をいだかせる結果となったからである。

海軍は、さきの意見書にもとづいて川西にあらたな大型飛行艇の試作を命じたが、予想どおりその要求性能は、それまでの飛行艇からは考えられない苛酷なものとなった。

昭和十三年八月二十一日付で出された試作命令によると、九七式飛行艇にくらべて、性能および兵装を飛躍的に向上させ、三年後においても本艇が列国の飛行艇に劣らぬほどの性能を有すること、最高速度二百四十ノット（約四百五十キロ）以上、巡航速度百六十ノット（約三百キロ）、航続力毎時百六十ノットで四千カイリ（約七千四百キロ）以上、武装二十ミリ旋回銃五（うち二連装動力銃架二基）、七・七ミリ機銃四、一トン爆弾または八百キロ魚雷二、発動機は片舷二基、減軸してかつ水平飛行可能なこと、搭乗員九名といったところが主なものだった。

そして、とくに〝雷撃を容易にする〟ために操縦性は小型機なみとすること、という項目が加えられてあった。

速度、航続距離、武装など、すべての点で格段の飛躍であり、しかも水上に発着する関係から艇体が大きくなりがちで、艇底の形状も空気抵抗の点で決して有利ではない大型飛行艇にたいするこの要求は、あるいは不可能とも受けとれるものであった。海軍が民間会社に要求性能を提示する場合、決していきなり出すようなことはしない。事前に双方の技術サイドで充分に検討をし、会社の実力を考えた上で決定されるが、ときに作戦上の必要から要求水準は無理を承知でかなり引き上げられることがある。

この十三試大艇の場合がまさにそれであったが、さすがに最高速度は前後して中島飛行機に発注された十三試大攻（大型陸上攻撃機）より五ノットおそくしてあった。

海軍側との事前打ち合わせには、主として課長の橋口のほか十三試大艇の連絡係（他社の設計主務者に相当する）となった菊原、艤装担当の足立らがあたったが、かれらは海軍の過大な要求にひるむどころか、逆に闘志の炎をかき立てられる男たちだった。

「九七式大艇の場合、今から思うと、海軍の出した計画要求内容は、その時分の技術レベルに比べてやや低かったようでした。だから相当余裕のある設計というか、あちこちに余裕をもったままで設計して、比較的楽に、いくらかオーバーして要求を満足させることができたということは、前に言ったとおりです。

ところが、二式の要求の出たのはちょうど九七式の要求が出てから四年ぐらいたったときで、今度は、逆に要求、とくに性能要求の内容がきびしいというか、程度の高いものになってしまって、その時分の技術レベルから考えて、おそらく、精一杯、あらゆる工夫をして、ようやく満足させることができるという、きびしい要求でした。航続距離の要求は、完全武装で四千カイリでしたが、当時そんなに長距離を飛べる飛行機は少なかった。

この二式の要求が出る前に、海軍は自分の手で、大型の陸上機を試作していました。それで海軍部内に、陸上機か飛行艇かいずれがよいかという議論があって、結局、両方つくって比べてみようということになったのです。その性能要求内容はほとんど同じもので、片方は陸上機、片方は飛行艇という条件が違うだけでした。陸上機の試作は中島飛行機、飛行艇の試作は川西航空機へきました。

わたしは、前から、三十トンから四十トンぐらいの飛行機になれば、陸上機の同クラスのものに比べて、飛行艇の方が性能的には、むしろ上回るものができるというように、その当時思っていましたから、たまたま、二式の時に、それを実証するよいチャンスだと思い、よしきた、という気持で非常に張り切りました」(菊原)

宿縁のライバル

設計は橋口課長（のち部長となり、後任に浜田栄技師が設計課長になった）のもと、主要メンバーは主翼、尾翼が兼務で浜田、ほかに竹内為信、羽原修二、艇体が戸塚栄、大沼康二、エンジン装備が河野博、操縦装置、油圧その他雑装備が勝部庫三、奥田博、電気設備が進藤鈔、武装が足立英三郎、重心重量見積もりおよび艤装配置が兼務で足立、風洞、水槽テストが田中大三郎らの各技師で、空力および水力関係を担当する研究係長の菊原が連絡係として、入社早々の馬場敏治を助手に全体のまとめをやるという構成だった。

各部門の担当責任者はいずれも専門部門の課長、係長クラスであるが、こうした新機種の設計に際しては、プロジェクト・チームの一員として参加するシステムをとっていた。

このころ設計の人員は、製図工や女子のトレーサーまで含めてざっと二百四十名くらいだったが、他機種をやるメンバーとしては三十名くらいしか残らなかったから、ほとんど設計の総力をあげて十三試大艇に取り組んだといってよかった。

連絡係として、菊原は九七式大艇のときよりさらに重い責任を負うことになったが、かれにとって悲しい出来事が、設計がはじまる直前に起きた。

それは九七式大艇をはじめ、すべての川西機の設計に際して側面から強力な援助を与え、とくに風洞や水槽実験では文字どおり手をとって教えてもらった、菊原にはかけがえのない師である、研究部長小野の死であった。

もともと小野はあまり丈夫な方ではなかったが、九七式大艇がものになったころから、健康状態が思わしくなくなった。病状が悪化して危篤に陥ったとき、奥野義夫ら元気な者ばかり七、八人が、芦屋にあった小野の自宅にかけつけ、輸血をした。だが、若い血の移入も、小野の命をつなぎとめることはできなかった。

小野は新しい考えの持ち主で、ドイツからカルマン教授を呼んで社員に勉強をすすめ、神戸にはじめて風洞を、鳴尾に水槽実験場をつくり、川西の技術の基礎をつくり上げた。

「不意に前途の道しるべを見失った気持」と、小野のもとで強度試験をやっていた清水三朗は嘆き、「この人がもっと生きていたら、川西もずいぶん変わったものを」と、宮原勲はその死を悼んだ。

「あたらしい設計にかかるとき、いつも小野さんのことを思い出した」という菊原にとって十三試大艇はいわば亡き師の弔い合戦であり、会社としても宿縁の中島飛行機にたいする雪辱のチャンスでもあった。

入社して八年目、九〇式二号、九四式水偵、九七式大艇とやってきて経験をつんだ菊原は基本設計の手順として、まずエンジンの選定から入った。十三試大艇に限らず、性能要求そのものが非常にむずかしい飛行機の設計にあたり、その基本になるのはエンジンだ。

「どういう発動機（エンジン）が利用できるかということで、飛行機の内容が決められてしまいます。発動機より機体の方が先行すると大抵は失敗します。飛行機はやはり発動機の進歩のあとをついていくという形のもので、そうしないといけません。過去にそういう幾つかの実例がありました。その当時、発動機をいろいろ調べてみたところ、三菱の『火星』というのがあって、それが一番適当なようでした。

離昇馬力（離陸あるいは離水のときに出せる最大出力）が千五百馬力です。その発動機をつけることを大体決めて調べてみると、エンジンの減速比が気に喰わない。減速のしかたが足りないのです。減速比を少し下げないと、プロペラの回転が速く、そのままでは、二式にあう大きなプロペラを使うことができないのです。

そこで、まず三菱にかけ合い、それから航空本部にかけ合って、とうとう減速比を変えてもらいました。当時、プロペラは、住友金属がハミルトンの特許を買って一手に造っていたわけです。そこで住友にプロペラの相談をしたところ、向こうから、これはどうですかといって持ってきたのが、みんなハミルトンの出来合いのプロペラばかりで、その内容が必ずしもわれわれを満足させるものではなく、この方も相当がんばって、川西でブレードの設計をして、それを住友で作ってもらうということで一応落ち着きました。

そこで、推進機関について、発動機の減速比とプロペラそのものは、こちらの望みどおりになりました。

こういうことから機体全体の設計にとりかかったのですが、やはりそのポイントは、非常にきびしい航続距離を満足させることでした」（菊原）

航空技術で日本が欧米に劣っていたのはエンジンとプロペラであったといわれているが、このころは欧米でもまだ二千馬力級のエンジンは完成しておらず、三菱「火星」の離昇出力千五百馬力はりっぱな数字だった。

これにたいして中島の十三試大攻は、自社製の中島「護《まもり》」をえらんだ。離昇出力千八百七十馬力、当時できたばかりの最新最強力のエンジンだったが、実際の出力はかなり下まわった上、トラブルが多くて、のちに十三試大艇と同じ三菱「火星」に変える羽目になった。

あるとき、菊原は龍三社長に、なぜ川西でもエンジンをやらないのか、と聞いたことがあった。三菱も中島も川崎も、一流の飛行機メーカーはみんな機体とエンジンの両方をやっていた。川西がこれらのメーカーに伍して行くためには、エンジン部門をもった方がいいのでは、という菊原の疑問であった。

理由はふたつ、海軍が量産上不利になるため、エンジンの種類をふやすことを避けたことと、はじめはやりたがっていた龍三社長も、設計者に自由に選択できる幅をもたせた方がいいと考えるようになったからだ。

そして、このことは九七式大艇で適中し、十三試大艇でも成功をおさめることとなった。中島のようにエンジン選択にあたって、まず自社製品を採用しなければならないという機体設計者の精神的制約が、まったく不要だったからである。

さて、設計がはじまった。

もちろん川西と中島両社はライバル同士だから、互いに手の内は明かさないが、それでも海軍関係その他から、相手がどういうものをやっているかが、何となくわかってしまう。

川西の設計室にも、中島では海軍がアメリカから買い入れた旅客機ダグラスDC4を引きうつしにしてやっているということから、〝主翼はそっくりで面積は二百平方メートルになるらしい〟〝胴体もかなり大きいそうだ〟〝胴体上部に二十ミリ動力銃座がつくそうだ〟など十三試大攻の情報がいろいろ伝わって来た。

数字との格闘

この年入社した馬場敏治は、菊原の八年後輩だったが、菊原はかつて先輩の小野から受けたかずかずの設計者としてのしつけを、若い馬場に課した。

「菊原さんはアイデアの多い人だった。何か行きづまっても、一日たつとあたらしいことを考えて来た。そういうクセをつけさせられ、バスや電車の中で考え込んでいるうちに、乗りすごしてしまうことがよくあった」（馬場）ほどに、彼は菊原の感化をうけた。

菊原の命令で、大体のデータから中島機の抵抗を計算してみた馬場は、どうも機体表面積の大きさで性能が決まりそうだと思った。だから陸上機をしのぐ飛行艇とするためには、できるだけ機体の表面積を減らす――コンパクトな設計としなければならない。それと機体重量、これも軽ければ軽いほどよい。寸法と重量の関係は三乗で効く。つまり寸法が二倍になれば重量は八倍になる計算だ。

そこで馬力荷重（機体総重量／エンジン総出力）や翼面荷重（機体総重量／主翼面

積）その他いろいろな設計上の基本データを決めるため、計算をやったり考えたり、必要に応じて実験をやったりしながら、アウトラインを固めて行った。

結論的にいえば、主翼面積を九七式大艇の百七十平方メートルより十平方メートル減らしたのだが、これにはいろいろ紆余曲折があった。というのは、あまり主翼を小さくする――すなわちスパン（主翼幅）をみじかくしすぎると、航続距離を伸ばそうとする上では不利になるからだ。

ジェット機でなく、プロペラ機の場合の航続距離は、揚抗比（L／D）とエンジンの燃料消費率とプロペラ効率の三つで決まる。巡航速度と飛行高度と飛行機の重量が決まると、そのときの主翼の揚力係数（C_L）が決まり、これに対応するL／Dも自然に決まる。この数値が大きいほど航続距離がのびる。L／Dは、飛行機全体の形状抵抗と摩擦抵抗と誘導抵抗の和、すなわち全機の抵抗（C_D）とそのときのCLとの比だから、摩擦抵抗や誘導抵抗をできるだけ小さくすることが望ましい。その上で、L／Dの値が巡航速度で使うC_Lのところで最大になるようにするのが理想だ。

これが翼面荷重を決めるひとつの要素で、この巡航速度で飛ぶときのエンジンの燃料消費率とプロペラ効率も同時に最良になるように、飛行機全体の設計を調和させることが、最大の航続距離を実現するために必要だ。しかも主翼面積によって尾翼の大きさも決まるので、尾翼の重量にも影響する。こうしたことがまわりまわって総重量に関係してくる。一方、翼面荷重をあまり大きくすると、離水がむずかしくなるので、この辺のかねあいが設計のもっとも重要なポイントになる。

これらのことを考え合わせながら、菊原の研究係で基礎設計が進められたが、当時としては破天荒ともいえる四千カイリの航続距離を実現するための数字との格闘は、なみ大抵ではなかった。

菊原が課題を出す。馬場が方程式を立て、計算をやる。かつて入社当時、菊原が毎日やっていたように、〝ガリガリチーン〟とタイガー計算機をまわす作業を今度は馬場がやった。計算機のハンドルをまわしながら、ときどき中島の十三試大攻のことが馬場の頭をかすめる。計算の結果は主翼面積百六十平方メートルでいけそうと出た。九七式大艇の約九十パーセントにあたり、ライバルの中島機より二十パーセントも小さい。

「しめた!」

菊原に計算結果を報告する馬場の顔は輝いた。既成機の翼を流用した中島のやり方にたいして、こちらは新規設計だからこそ小さい翼面積を設定することができた。このことは、もし艇体を中島と同程度に仕上げることができれば、確実に機体表面積は中島機より小さくなり、摩擦抵抗が減って、全体の抵抗値も低くなるはずだ。とすれば性能は、すでに戦わずして勝算ありといいたいところだが、やるべきことはまだ沢山あった。

尾翼、すなわち水平尾翼と垂直尾翼も、機体表面積をへらすという大前提から、できるだけ小さくする方法がとられた。

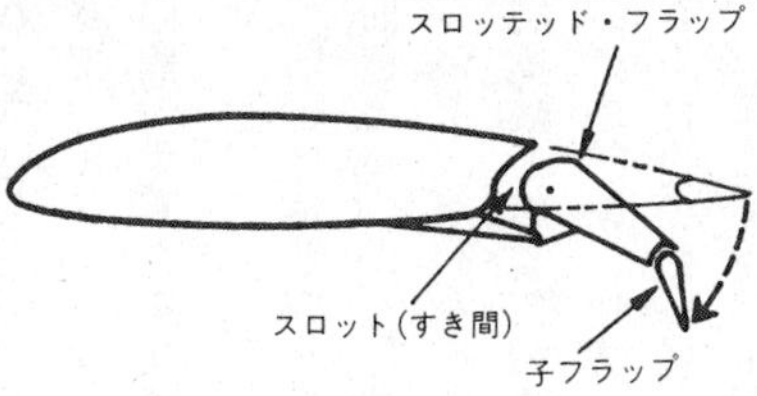

小さな主翼で大きな揚力を発生するために考案された——二式大艇の〝親子フラップ〟

しかも、雷撃をやるために小型水上機なみの舵の軽さが要求されていたので、面積の決定はふつうの飛行艇とちがった考え方をしなければならなかった。なぜなら、一般に飛行艇にとって重要なのは方向安定性であり、十三試大艇のような無茶な舵の効きを要求されることは、まずあり得ないことであった。

「二式の場合はそのような考え方で、最も小さい尾翼はどれかを詳しく調べてみて、その時分の標準よりもいくらか小さくしました。だから二式の尾翼容積（Tail Volume）は小さいのです。小さいということは、一般的に重量、抵抗ともに小さくなることを意味しています。しかし、四発機に共通した一つの条件は、片舷二発停止した時にも、巡航速で飛べて、なおかつ生きているエンジンの側へ旋回できるということです。それが垂直尾翼の大きさや、方向舵の大きさを決める一つの条件になるわけです」(菊原)

尾翼容積というのは、主翼のある数値(主翼面積と平均翼弦の積)にたいする尾翼面積と重心から尾翼中心までの距離の積の割合のことで、そのころの標準で〇・八ぐらいだったのを〇・五近い数値にした。もちろん机上で充分に安定計算をやり、風洞実験を重ねての決定であった。

この結果、中島の十三試大攻にたいする主翼面積の八十パーセントをさらに下まわる割合の小さい尾翼となり、川西側の作戦はまた一歩前進した。

「つぎに艇体ですが、実は、これがあとで非常に問題を起こしました。九七式大艇より艇体の幅をせまくしたのです。ビームの幅が三メートルでした。

三メートルのビームというのは、その当時の考え方では、この飛行艇の重量に対しては非常にせまかったのです。このせまいビームを使って、しかも九七式大艇の艇の形と相似の形の艇底としました。その辺に後日問題を起こす種が残ったわけです」(菊原)

馬場の計算によると、機体の重量は十五・五トン、いろいろ積んだ正規重量が二十四・五トン、過荷重は二十八トンで、中島の十三試大攻よりはかなり軽くできるはずだったが、それでも空《から》の重量が九七式大艇の過荷重の見積もりと同じだからかなり重い。

にもかかわらず、離水のときにもっとも水の抵抗の少ない形ということで、水槽実験で決めた三メートルのビーム幅は、ずっと軽い九七式大艇より一割ほどせまい数値だったのである。重い機体を幅のせまい艇体で水面に浮かべることは、それだけ吃水が深くなり、水上での運動が過敏になって、ポーポイジングを起こしやすくなる。

ひと口にいって冒険だったが、海軍の要求性能があまりにも高すぎたことと、ライバルの中島の陸上機に負けたくないという気持が、あえて火中の栗を拾わせる結果となった。しかも新技術ということになると、生き生きする川西の技術者たちの旺盛な好奇心が、それに輪をかけた。

主翼は前後桁間の翼上面に波板と平板を重ね、下面を平板とした箱型断面構造で、九七式大艇のそれを踏襲したが、フラップ（主翼の揚力を一時的にふやすための小翼）は単純な下げ翼では間に合わないので、すき間フラップをはじめて採用するとともに、その後端にさらに小さなフラップをつけるようにした。

すき間フラップについてはNACAの文献にたくさんのっていたのを参考にしたが、親子式フラップは菊原の独創だった。だいぶあとになって、NACAレポートに同じようなのが出るようになり、つづいてダブルスロッテッド（二重すき間）フラップやファウラーフラップが出た。

こうした空気力学的な問題については、菊原の同窓である東大航空学科の谷一郎教授が、かれをバックアップしてくれた。

こうして基本設計の段階で川西が海軍に提出した十三試大艇の諸元は、全幅三十八（四十）メートル、全長二十六・八（二十五・六三）メートル、翼面積百六十（百七十）平方メートル、過荷重重量二十八（二十一・五）トン（カッコ内は九七式大艇）、そして機体の形式は当時の近代的飛行艇の定形となりつつあった、艇体上部から直接主翼を張り出す高翼単葉となっていた。

武装の権威

足立英三郎。武装、重心見積もりおよび艤装配置の係。仕事がら菊原同様、全体を見わたせる立場にいた。入社は菊原より一年あと、宮原勲らといっしょだったが、かれの経歴はちょっと変わっていた。

出身は今の大阪大学工学部の前身である大阪高等工業学校で、卒業時に学校の大学昇格が決まった。もう二年やれば大卒の免状をもらえたが、同じことをやっても仕様がないとそのまま卒業。徴兵で軍隊に行くまでには一年あり、その間、勉強しようと考えた。やるなら自動車か飛行機だが、飛行機の方が将来のびそうだ。飛行機なら東大ということで、兵隊までの一年間を聴講生として通うことになった。

聴講生だから学年に関係なく、うまく時間表を組み合わせて、ほとんどの専門課目を聞いた。航空学科には、三年に菊原、二年に佐貫亦男、久保富夫、一年に高山捷一、永盛義夫らがいて、久保とは同じ下宿の食堂でよく顔を合わせた。

兵隊から帰って川西にはいり、一年前に入社した菊原といっしょの仕事をやることになった。

「その当時のことですから、機銃を搭載しているわけです。これは二十ミリのエリコン型です。銃座は動力銃座で、油圧モーターで回転させ、機銃の上げ下げも油圧です。

これは、川西で開発したのではなくて、デュバーソンという会社がつくったのを、海軍が輸入して、それを見本にして海軍で設計して、川西航空機の姉妹会社の川西機械で製作したものです。これは半球形で艇体の背中につけました。後端にも動力銃座をつけましたが、これは川西航空機で開発しました。艇首は七・七ミリ機銃と記憶しています。

翼の後縁、艇体との付け根の方にも、また艇底にも銃がつけてありましたが、これは七・七ミリでした。そして爆弾と魚雷をエンジンの間に下げました」（菊原）

武装は足立の担当で、かれは会社に入ってからずっとこの道ひとすじにやっていたので、海軍の担当者とはすっかりなじみになったばかりでなく、民間側の武装の権威として、海軍航空技術廠を自由に出入りできる門鑑《もんかん》をもらうほど信頼が厚かった。

十三試大艇の基礎設計がかなりすすんで実大模型にかかったころ、足立は海軍の担当者から、「中島でやっている大攻の二十ミリ動力銃座を指導してやってくれ」と言われ、群馬県小泉にある中島の海軍機工場におもむいた。そこにはライバルである十三試大攻の実大模型が、いかにも巨人機といった感じで横たわっていた。

設計主任の松村健一技師は足立が東大航空学科に聴講に行っていた当時の知り合いで、互いに意見や苦心談の交換をしたが、足立の感じでは〝十三試大艇よりひとまわり大きそうだが、これで重量が予定どおりおさまるかどうかが心配〟であった。

どんなものをどこに積み、どう配置するかを決め、それぞれの重量見積もりをやって重心計算をやるのはかれの仕事だったから、まずそのことがピンと来た。そして、なまじ海軍がDC4などというサンプルを与えてくれたばっかりに、かえって設計の自由度をうばわれている松村に同情した。

のちに中島の大攻は、重量が予定よりかなりオーバーとなり、失敗作となったが、はじめて四発大型機を手がける松村健一技師にくらべると、先に八試計画、九七式大艇と経験をつんでいる川西にいてよかったと足立は思った。

四千カイリの航続距離要求を満足するには、厖大《ぼうだい》な量の燃料を必要とする。燃料タンクの収容が当然大きな問題となるが、ここでも九七式大艇の経験が役立った。

「燃料タンクは、九七式大艇のときと同じ考え方で、艇内の床下にずっと入れ、翼のタンクは集合タンクだけにしましたが、燃料の量は二万リットルで、二万リットルといえば、十五トン余りです。床下に全部入れました。アルミの熔接でつくった丸いタンクで、中央に通路を残し、その両側に並べました。これにつけた燃料計は、普通の電気式がぼつぼつできはじめたころでしたが、依然としてガラスチューブのも残しておきました」（菊原）

ガラスチューブというのは燃料タンクのわきにジュラルミン管で保護して取りつけられ、目で見てタンク内の水位がわかるようにしたもので、九七式のときに採用した艇体内燃料タンクと同じ燃料計であった。

十三試では電気式になり計器板上で見られるようになったが、目で見えるのが正確で正直という理由であえて残したのであった。

艇体は幅のせまい背の高いものだったから、艇体のところどころには下半分ぐらいの隔壁が設けられ、たとえ二ヵ所ぐらいに孔があいても沈まないよう工夫されてあった。

六千馬力の轟音

昭和十四年（一九三九）九月一日、ヒトラーのドイツはポーランド侵入、英仏が対独宣戦布告して、ヨーロッパは戦争状態に入った。

イタリアとともに日独伊防共協定を結んでいた仲のドイツの戦争開始とあって、そのきなくさいにおいは日本の朝野に充満した。対米戦近し、の緊張感はいやが上にも増し、海軍の軍備計画はにわかにピッチが上げられることになった。しかも、中島の大攻はこの年の暮れ、ひと足先に完成し、飛行に成功した。

昭和十五年に入ると、航技廠長和田操少将から本年中に十三試大艇を完成せよという厳命が下され、設計室にも試作現場にも緊張度が一層高まり、一時、菊原が倒れて入院するというハードな作業の連続となった。

そして年も押し迫った十二月二十九日午後五時、鳴尾工場の大きな扉を割って十三試大艇がロールアウトした。制作に要した図面がざっと九千枚、部品点数は約五万点、川西航空機が総力を傾けた二年半の高価な成果であった。

試験飛行は、さっそく翌三十日に行なわれた。最初のテストは、会社から海軍に依頼して伊東祐満少佐にやってもらうことになった。正操縦士が左の席で伊東少佐、右の席に会社のテスト・パイロット太田与助操縦士が乗り、ちょうどその真ん中ややうしろに菊原が立ったまま乗った。

海軍の関係者と川西全社員が見守るなかを、十三試大艇は静かに滑走台から海に入り、海面を走りはじめた。しかし、水上を走りまわっているばかりで、なかなか離水しない。慎重な伊東少佐は、九七式よりも翼面荷重が大きいこの機体を引き上げるのに、フラップを何度下げたらいいか、角度をいろいろためしていたのだった。

そのうち、最適な角度を見つけたらしく、エンジンを全開するとスピードを上げ、六千馬力の轟音と壮大な水煙をあげて浮かび上がった。この日のために苦労を重ねてきた数百の人びとの間から、期せずして拍手と歓声があがった。

鳴尾の空に浮かんだ十三試大艇は、細身の九七式大艇を見なれた目には、〝空飛ぶ巨鯨〟といった表現がピッタリだった。

伊東少佐は早くも舵の具合をつかんでしまったらしく、急な旋回や上下運動など、初飛行に似つかわしくない大きな運動をやって見上げる人びとをハラハラさせた。およそ三十分ほど飛びまわって、十三試大艇は着水した。

このような大型でしかも速い飛行機になると、舵が重くなるので人力での操縦がむずかしくなる。ちょうど大型乗用車にパワーステアリングがつくようなもので、操舵力を軽くするために何らかの機械的な装置を使うことが真剣に取り上げられ、川西でも菊原の一年先輩である勝部庫三技師らの艤装班で進められていた、油圧による補力操縦装置がほとんど完成していた。

にもかかわらずそれを採用しなかったのは、雷撃のために操縦性は小型水上機なみ、という海軍の要求があったからだ。今ならもっと応答性のいいものが出来るが、当時の技術ではパワー操縦装置は、フラップのように操作のゆるやかなものにしか使えなかったからだ。

初飛行を終えて、伊東少佐が設計に要求したのは、「空中での方向安定不足、昇降舵もオーバーバランス気味だが、まず方向舵を直すのが先決」であった。

尾翼容積をできるだけ小さくするのが設計方針で、垂直尾翼も、水平尾翼も、面積は外国機の統計をとってギリギリの最小にしてあったから、伊東の指摘はある程度予想されたことだった。そこで、パイロットが空中でやった操作で、機体がどのような運動をするか、すぐ計算による検討がはじめられた。

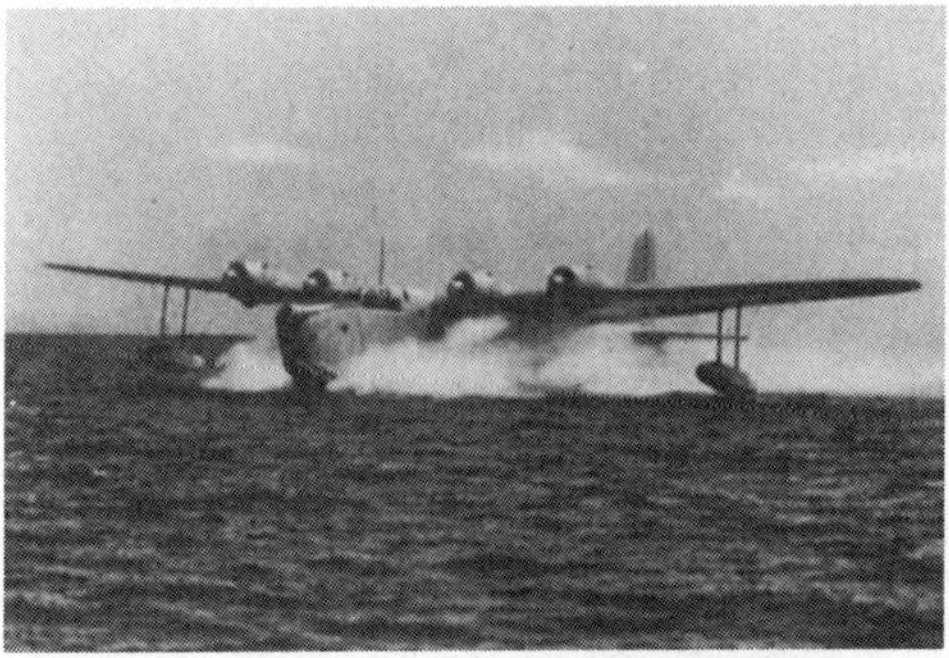

昭和16年、波しぶきを上げ離水滑走する十三試大艇一号機。スマートな九七式大艇を見なれた目には〝巨鯨〟に見えた

「飛行機が水平を保ったまま方向舵を踏むと、まず機体は頭を振って、やがてサイドフォース（横方向の力）によって進路が曲がりはじめます。その途中で、横すべりによって方向舵を軸まわりにもどそうとする力がはたらくので、舵が非常に重くなります。ところが、やがて旋回がはじまって、横すべりが少なくなると、軸まわりの力が弱くなり、舵が急に軽くなって、逆に操縦桿をとられる

ようになることがわかりました」（菊原）

自動車でいえば、急なコーナリング中にアンダーステアから、突然、オーバーステアに変わるようなもので、きわめてコントロールのむずかしい現象だ。

十三試大艇のような大型機ともなると、尾部に乗っている者は振りまわされて、艇体の側壁にからだをぶっつけたり、一瞬、外板にシワが発生するなど、必要以上に危険な印象を抱くようになる。

「計算とともに風洞実験もその日から始めました。十二月三十日からです。三十一日には、ずっと風洞実験をやりました。元旦には飛ばしてやろうと思って、大工さんや現図場の人に待機してもらいました。三十一日の夕方になっても、実験は終わらず、ついに三十一日は夜どおしで朝まで風洞実験をやりました。

元旦の朝になって、やっと、これで飛んでみようかというところまでになり、ただちに現図場で画をかいてもらいました。それに続いて、大工さんが木をつけて削るのです。朝になって、正門の守衛さんのところへ行ったら、正月の餅、どうですかといって、ストーブの上で餅を焼いて食べさせてもらいました」（菊原）

縦方向の安定をよくするためには垂直安定板（垂直尾翼の前方の動かない部分）の上方をつぎ足して面積をふやし、方向舵のオーバーバランスにたいしては、回転中心より前の部分にマスバランス（釣り合い錘）をつけることにした。

しかし、こちらの方は正月休みで工作をやってくれる工員がいないので、設計室にあった鉛の文鎮をもって来てとりあえず代用させた。

水平尾翼はスパン十メートルで、当時の戦闘機の主翼よりわずかにみじかいという大きなものだが、水平安定板の前を少しつぎ足し、昇降舵は弦長（前後方向の幅）を減らして効きを軽く水平尾翼全体としてはやや面積をふやした。増積はバルサ材（模型飛行機などに使われるもっとも軽い木材）を削って既成部分につぎ足し、表面に羽布を張ってドープを塗るという応急策がとられた。

十三試大艇の初飛行のテスト・パイロット、伊東祐満少佐

元来どの飛行機でも、尾翼はもっとも変更の多いところで、これものちに昇降舵と方向舵だけで数十種の改造をやったうちの、ほんの序の口に過ぎなかった。

第二回の試験飛行は、昭和十六年一月四日に行なわれた。六甲の山なみに見まもられながら、晴れ上がった正月の空に上がった十三試大艇はかなり安定した飛行を示し、ひとまず飛行テストをつづけるのに支障ない程度に改善されていた。

飛行を終えた伊東少佐は、前回とは打って変わって、「この飛行艇は、ものになりそうだ」と語った。飛行機の運命は、最初のテスト・パイロットの印象に左右されることが多い。伊東のこのひと言は、設計者たちにとって何よりのはげましだったが、そのやすらぎもほんのつかの間であった。

第一回の試験飛行で早くも大カジを使って空中安定不良を見つけ出したように、伊東のテスト方針は早い時期に極端な状態の、したがって危険なテストをやって欠点を洗い出してしまおうというものだった。だから、第二回の飛行テストから一週間もたたないうちに、とつぜん、「満載で離水実験をしよう」と言い出した。

第一回のテストでも指摘されたことであったが、空中だけでなく離水時の水上安定の不足は、ビーム・ローディングを大きくした（機体重量にたいして艇体幅がせまい）この飛行艇のもっとも懸念された点であった。

第一回、第二回ともに、比較的軽い状態だったからよかったが、満載となると艇体の吃水はいっそう深くなり、離水時の艇体の上げる飛沫やポーポイズの傾向が強調されるようになる。

伊東の言葉を聞いたとき、不意にある不安が馬場の胸をよぎった。

まだ基礎設計の段階で、現場に水槽実験用の模型図面を出すときだった。飛行艇でも舟でも同じだが、滑走をはじめると、へさきから波が膜になって出る。十三試大艇ではちょうどこの膜波の高いところがプロペラ回転面の下あたりに来るので、波の高さによってはプロペラを叩くおそれがあった。本来なら係長の菊原に相談すべきところだが、あいにく菊原が病気で不在だった。

気兼ねして菊原に聞かなかった代わりに、設計や水槽の何人かの先輩たちに聞いたら、プロペラが飛沫を吹き飛ばしてくれるから心配ない、と言う人もいて、そのまま出してしまった。さいわい水槽実験では問題なかったが、縮尺模型による水槽実験と実機とのちがいについては、たえず気にかかっていた点だった。

必ず道はひらける

過荷重重量二十八トンによる離水テストは、一月十一日に行なわれた。この日、海は冬のシケで波浪は高く、海に浮かんだ十三試大艇は、まるで潜水艇がもぐりかけているように見えた。伴走のモーターボートから見ていると、波は飛行艇を呑み込まんばかりに頭からかぶさり、回転をはじめたプロペラを叩いて割木がはじけるような音を立てた。

「これはひどい！」

滑走前からこの状態に、馬場は慄然とした。やがてエンジンを全開した大艇は猛然と滑走を開始したが、猛りくるった海神はプロペラの先端を折り曲げ、ついに離水を不可能にしてしまった。

不安は適中した。縮尺模型のときは、膜波は石鹸膜のようなうすいきれいな膜だったが、実機では全部しぶきとなり、それも具合のわるい水のかたまりになって、プロペラ回転面内に飛び込んで行くのだった。

このあと開かれた対策会議は、何とも重苦しい雰囲気となった。主翼の位置を持ち上げるか、エンジンの取り付け位置を高くするか、艇体の高さを増大するかなどの案が出され、論議は夜おそくまでつづいた。とくに悲愴だったのは設計側で、菊原たちの眼は真っ赤になっていた。

結論として、「艇体の高さを五百ミリふやして、現状の四・五メートルから五メートルにする。それでも足りなければ、主翼をさらに二百五十ミリかさ上げして、合計七百五十ミリ高くする。このときの尾翼との関係も検討しておくこと」などの対策が決まり、深夜散会した。そのあと、ガランとした会議室には設計だけが残り、すぐに検討をはじめた。

「どうも五百ミリぐらいでは足りんぞ。膜波をプロペラ先端から相当離すようにしないとダメだ。前にやった実験はまちがいだったらしい」

さすがの菊原も声をおとして力なく言った。もしこれがダメだと、設計を根底からやり直さなければならなくなる。責任者としてもっとも辛い立場に、かれは立たされていた。

菊原は実験の過程をもういちど、振りかえってみた。前の実験では、プロペラが回転面に相当する位置に丸い針金のリングを取りつけ、艇体のわきからでる飛沫がこの中に飛び込むかどうかを判断した。馬場と二人でやったこの実験が実際とちがうのは、プロペラが回転範囲を示しているだけで静止していることだった。

「そうだ、プロペラをまわして見よう」

そう思いついて、風洞の中に模型を置き、水面板を置いてプロペラをまわしてみた。といっても、当時は風洞に入れられるような小型のモーターがなかったので、風洞の外に置いた大きなモーターでピアノ線を介してまわすというやっかいな方法をとった。

風洞の中でプロペラ付近の空気の流れをはかってみると、思ったとおり前方の空気が猛烈な勢いでプロペラに吸い込まれて行くのだ。つまり、プロペラのまわっていない水槽模型ではよくても、プロペラがまわると空気の流れが変わるために、飛沫がプロペラ回転面内に飛び込むことがわかった。

菊原はホッとした。原因が突き止められればあとは対策を考えるだけだ。たとえそれがどれほど困難であろうとも、すくなくとも五里霧中をさまよう不安と焦立たしさからは解放される。解決のはっきりしたメドはなくとも、これまでそうであったように、必ず道はひらけるという自信のようなものはあった。

水槽模型でプロペラをまわして実験をやることができない以上、ある仮定をつくって近似の実験をやるより仕方がない。

そこでひとつの標準をつくった。実際のプロペラ半径Rより〇・五倍だけ大きい、つまり一・五倍の大きさのリングを、実際のプロペラ位置よりこれも〇・五Rだけ前方に置いた。これにはスプレー（飛沫）リングと名付け、これに入る飛沫は離水のときに吸引力でプロペラ回転面に入るという簡単な原則をつくった。逆にいえば、このスプレーリングに飛沫が入らないような艇底のかたちを見つけだすことだ。

だが、原因はわかったものの、かんじんの飛沫は一向に止まらず、このままでは十三試大艇は実用にならないおそれがあった。

パイロットの伊東少佐と実験室の水槽のわきに置かれたベンチに腰かけて、水槽を走る模型を目で追っていた菊原は、しだいに気が滅入るのをどうしようもなかった。どうして飛沫があがるのか、その理論的根拠がわからないのだ。

来る日も来る日も、かれは寒い水槽実験場に通い、そして考えつづけた。ある日、ついにひとつの結論に到達した。

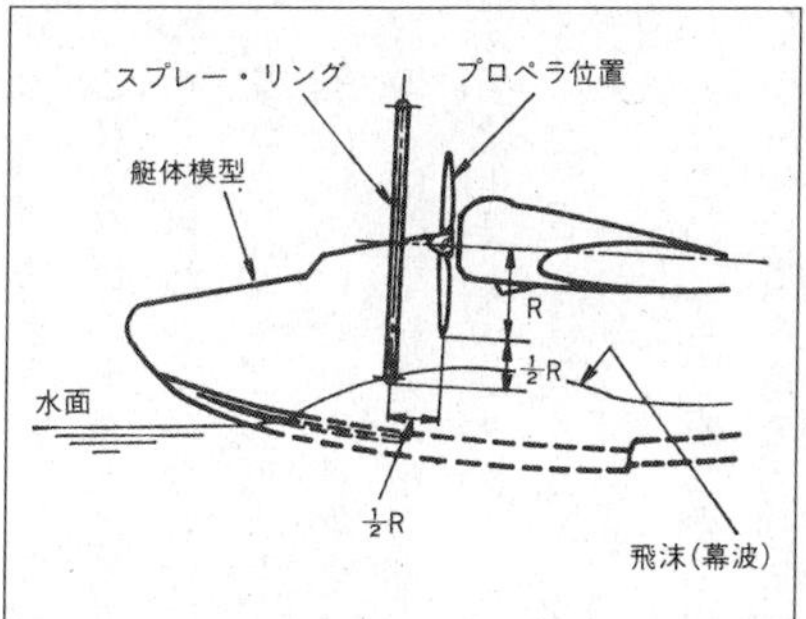

飛沫の水槽実験用スプレー・リング

「飛沫があがるというのは、その部分の圧力が高くなるか、部分的な速度がふえるかのどちらかだ。ならば一度、飛沫が物すごく出るようなものを艇底の中程につけてみたらどうだろう。そこから飛沫があがっても、まだその先があるので、チャイン（艇底の両側の角《かど》の部分）から出るときはいくらか弱まるだろう」と考え、すぐに実験に移してみた。

果たして思ったとおりだった。

飛沫はスプレーリングの下を通り、低く両側に飛んでいった。菊原は馬場と顔を見合わせて笑った。一足早い春がおとずれた感じで、足もとから押し寄せるひどい冷えもいっとき忘れた。

これで艇体のかさ上げは五百ミリですむことになった。すでに二号機と三号機は組み立てを終わっていたので、前の底はそのままで、その下にもうひとつ五百ミリ厚の底をつぎ足して二重底とし、四号機から設計をやり直して一重底とした。

艇底につけられた波押さえ装置は縦方向につけた堰《せき》のようなもので、前の方とうしろの方は低く、真ん中の部分を高くしたかたちが似ているところから、菊原は「かつおぶし」というきわめて日本的な名称をつけた。戦後、アメリカではこのかつおぶしをInboard Spray Stripと名付けたが、「かつおぶし」に匹敵する妙訳がなかったらしい。

実はこのとき、艇首から出る飛沫を押さえるため、前部チャインに垂直な板をつけ、板の内側に溝を切る方法も実験をはじめたが、「かつおぶし」だけでさしあたり間に合いそうなのでやめてしまった。したがってチャインに垂直な板をつけた波消し装置は一号機だけとなったが、戦後のPS-1飛行艇でチャイン部の板と溝による方法が復活して、その着想の良さが実証された。

艇を五百ミリつぎ足し、「かつおぶし」で飛沫を押さえることにより、二十八トンの離水にも支障を来たさないようになった。菊原にとっては、先に九試大艇の試作途

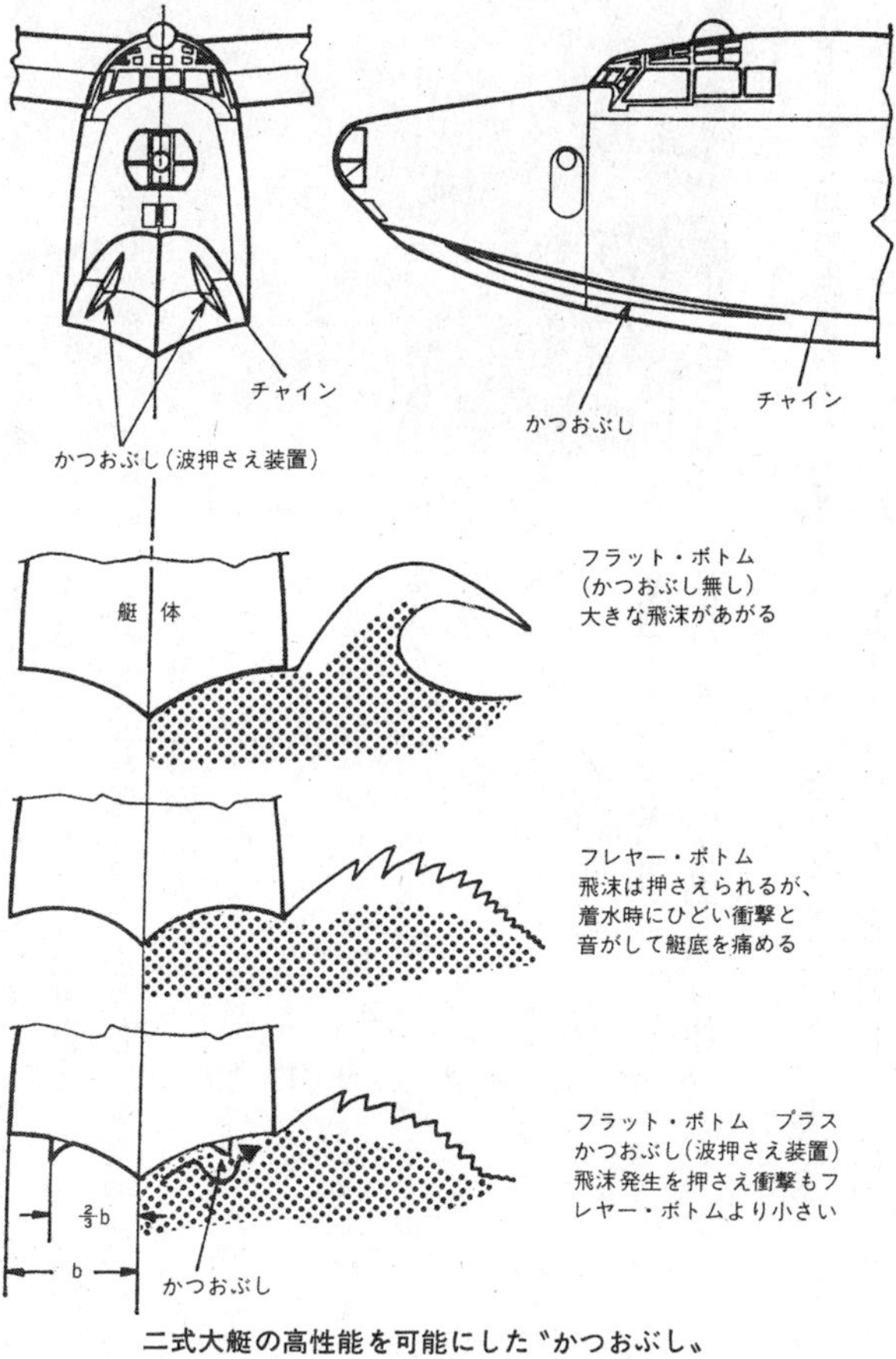

二式大艇の高性能を可能にした〝かつおぶし〟

改良された十三試大艇一号機（Ｈ８Ｋ１）。離水テストの後、艇体の高さをふやし、艇底に波押さえ装置がほどこされた

中で主翼を手でゆすったら簡単にグラグラしたときいらいの、あるいはそれ以上に寿命の縮まるような出来事だったが、またしてもたゆみない思考と努力の結果がそれを解決した。

　このつぎ足しによる重量増加はたいしたことはなく、二百〜三百キロ程度ですんだ。

　艇底のつぎ足しと同時に、艇首が水をかぶるのを防ぐため、二号機以降は操縦席から前の部分を切断し、別に一・三メートルほど鼻先を長くしたものにつけかえ、外観もよりスマートになった。

　そして、空技廠での公式計測で最大速度二百三十四ノット（時速四百三十三キロメートル）を記録し、航続距離は燃料消費率から計算して三千八百八十八カイリ（七千二百キロ）と推定された。

　いずれも最初の海軍が出した要求にはやや及ばなかったものの、海軍は川西の成果を高く評価した。なぜなら十三試大艇より先行し、本命と見られた中島の大攻がトラブル続きで実用のメドが立たず、難航している最中だからであった。

〝馬鹿鳥〟

「うさぎと亀」「急がばまわれ」古くから日本にあることわざを地で行ったようなのが、川西の大艇と中島の大攻、両十三試の競争試作であった。

陸上機を受けもった中島側の方が、スタートは早かった。川西側が、まだ海軍と発注前の下打ち合わせをやっていた昭和十三年春、すでに設計チームを発足させていた。東大航空出身で二十八歳の第二機体課主任松村健一技師を設計主務者とし、平均年齢二十三、四歳という若者ばかり、およそ四十名あまりが直接メンバーで、これに各専門班のメンバーが側面から援助するかたちをとった。したがって間接にかかわるメンバーを入れるとかなりの人数になるが、それでも川西が設計の主力およそ二百名あまりを投入したのにくらべれば、はるかに少なかった。

これには理由があった。それは、十三試大攻は海軍がアメリカから買うことになっていたダグラスDC4型四発旅客機をベースに設計することになっており、たとえ九七式大艇の経験があるとはいえ、まったくあたらしくスタートする川西の大艇とはちがうことや、すでに数の機種を手がけて、巨大化していた中島飛行機との社内事情のちがいによるものであった。

川西の飛行艇を除けば、日本にはこのような四発大型機をつくる技術は、ほとんど無にひとしかった。海軍よりずっと以前に、陸軍は四発重爆を計画したことがある。

昭和のはじめごろ、台湾の屏東《へいとう》を基地としてフィリピン、とくにコレヒドール要塞を爆撃するのが目的だったが、当時の飛行機の性能では、どうしても四発の大型機でなければならなかった。だが独力でそのような大型機を開発する力はなかったので、とりあえず外国の優秀機の中から良さそうなのを買って、国産化することにした。

えらばれたのがドイツのユンカースG38旅客機で、製造ライセンスを買った三菱では、三年がかりで昭和六年に一号機を完成、陸軍に制式採用されて九二式超重爆撃機となった。全部で六機つくられたが、陸軍ではあまりにも極秘扱いしすぎて、ろくに使いこなし切れないうちに旧式化してしまった。これにこりてか、陸軍はその後しばらく四発機の計画をやめてしまった。

海軍は川西が飛行艇で四発機を実用化していたが、陸上機としては初の経験。そこで陸軍の前例にならい、サンプル機を買ったのは賢明だった。ところが、海軍が大型民間旅客機、それも試作機を買うことは、当時すでにかなり先鋭化していた日米関係からみて不適当だったし、こちらの企図をさとられるおそれもあった。

すでにＤＣ２、ＤＣ３と、ダグラス社の飛行機を使っていた大日本航空が買うことにすれば、もっとも自然だろうということで名目上の買い主とし、実際には当時の金で三百万円もの大金を海軍が支出して買い取った。

この後、これもダグラスと技術的なつながりをもつ中島飛行機から三竹忍技師が渡米し、カリフォルニア州サンタモニカのダグラス工場で、技術の習得と進行中の試作二号機の製造監督のため、約一ヵ月滞在した。

また契約にしたがって、ダグラス社からＤＣ４の製作図面一式が中島に送られて来た。ところがこのＤＣ４は、試作してはみたものの設計的には失敗作であることにダグラス社は早くから気づいていたらしく、このあと、別のＤＣ４を設計している。そうとは知らぬ中島では、ダグラス駐在の三竹技師に、工事の進捗状況やいろいろなデータを国際電話で毎日報告させていた。

ダグラスとすれば、使いものにならない失敗作をうまく日本に売りつけたかたちだが、出来のよくないサンプルを参考にさせられた松村技師らこそいい迷惑だった。

ともあれ昭和十四年十月、ＤＣ４は横浜に到着、羽田に送られてダグラス社の技師の指導で組み立てられた。十一月十三日には報道関係者を招待して公開飛行がハデに行なわれ、新聞も大日本航空のベッドつき豪華旅客機ということで大々的に報道した。

しかし、これは海軍の意図をカムフラージュするゼスチュアにすぎず、このあとひそかに霞ヶ浦に空輸されたＤＣ４は、空屋になっていた飛行船格納庫の中で分解され、ふたたび空に上がることはなかった。

もちろん調査は入念に行なわれたが、しょせん中身は旅客機であり、大型機設計上のノウハウとしては、すでに中島が入手していた図面と、三竹技師のアメリカからのレポート以上のことはなかったようだ。

十三試大攻のことを、中島ではＬＸという社内名称で呼んでいたが、その設計にあたって設計主務者の松村は、ＤＣ４の図面を見ながら考えた。

「主翼はそっくり使えるだろう。胴体はまったくの新設計となる。はじめてのこころみである三車輪式（尾輪の代わりに機首に車輪がつく）はそのまま踏襲した方がよい。未知の部分はできるだけ避け、必要なところに技術力を集中すべきだ」と。

原型のＤＣ４ともっとも大きく変わったのは、何といっても胴体だ。魚雷を二本、爆弾なら最大四トンまでつめる大きな爆弾倉、それに戦闘機の掩護なしに敵地上空に進攻することを考え、上下、前後、左右に強力な銃座を設けた。旅客機とちがって、胴体の幅はそれほど必要としない。

これらのことから、胴体の中央部分は、縦に細長い楕円形に近い断面となった。と

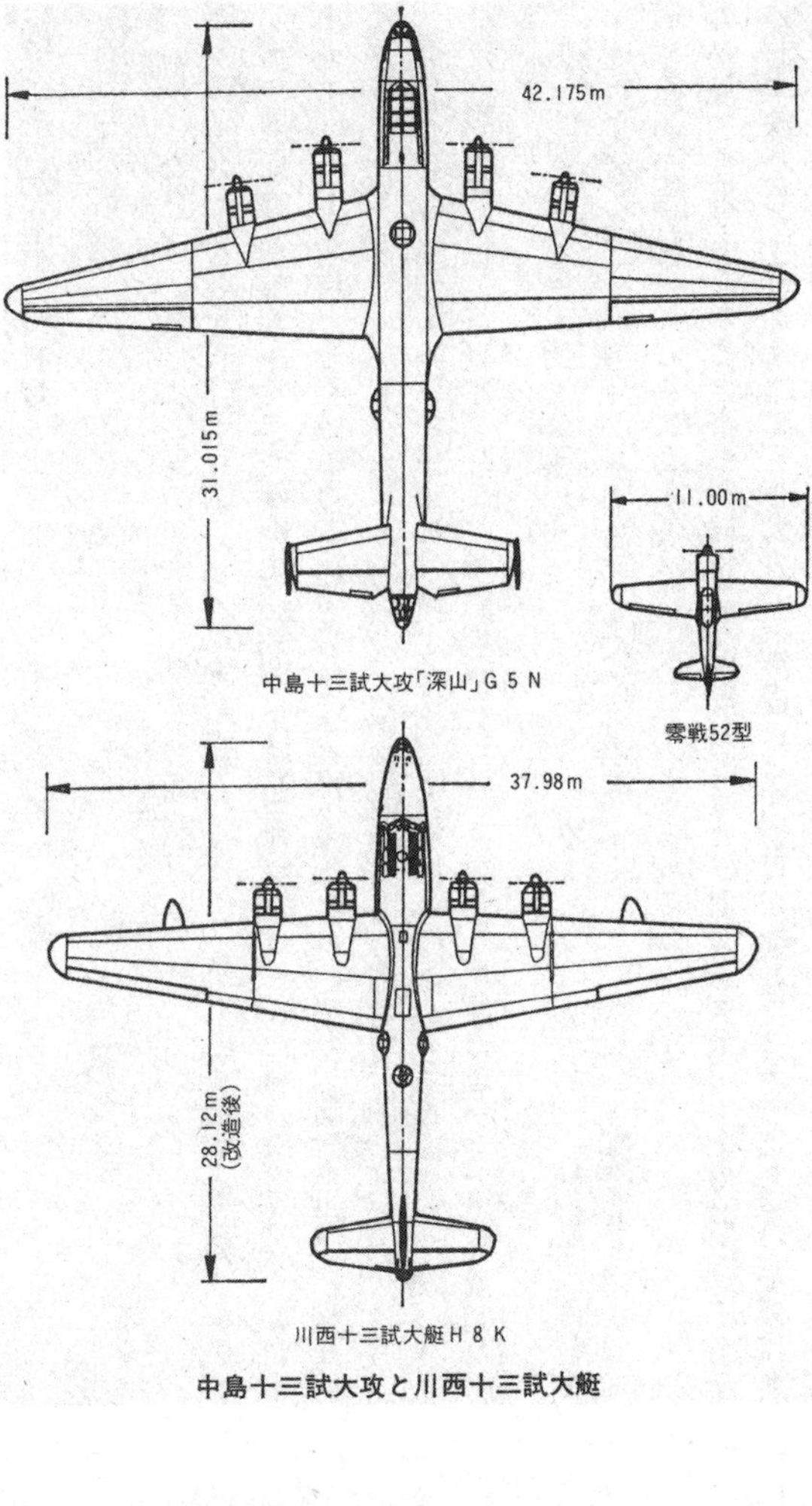

中島十三試大攻と川西十三試大艇

いうより、円形断面の細長い胴体の下に、爆弾倉の分だけ張り出しをつけたといった方が適切かも知れない。

DC4の航続距離は三千五百四十キロメートル、LXはその二倍近く、しかもより強力なエンジンを使うことになっていたから、積載燃料は二倍以上を必要とし、燃料タンクのスペースを大きくするため、主翼は構造変更とかなりの補強を必要とした。

エンジンは当時入手できた中で最強力の中島「護」一一型で、データの上では離昇出力千八百七十馬力を出せることになっていた。実際には出力がかなり下まわっただけでなく、トラブルが多かったので、のちに川西の十三試大艇と同じ三菱の「火星」一二型に変更を余儀なくされた。

LXはフラップ、脚の上げ下げ、動力銃座などすべての操作を油圧でやっていたが、これもDC4のやり方を踏襲したものだった。

ところが、その補機類の構造が複雑で、工作的にも高度の精密さを必要とし、当時の日本の工作技術では手に負えなかった。それに油を密閉するパッキングにもいいものがなく、油もれがひどかった。この点はDC4も同じで、どうやらわるいところまでお手本そっくりになってしまった。油圧機器の不良、油もれはすべての日本機に共通した欠陥だったが、この巨人機もまた、油もれによる故障になやまされ、海軍の領収を大幅におくらせることとなった。

中島では、設計開始とともに、太田製作所の一角にＬＸ試作工場の建設をはじめた。翼幅四十二メートル以上もあるＬＸがらくに二機も入る、中間に柱のないマンモス工場だった。一号機にひきつづき、このＬＸ工場で増加試作機の生産に入り、六号機まで完成した。しかし、この間に太平洋戦争がはじまり、双発の一式陸上攻撃機の活躍は、トラブルが多く実用化に難のある巨人機の必要性をうすいものにした。

関係者の間では、エンジンをより信頼性の高い「火星」に変える改良策を五、六号機にこころみるなど、なお実用化への努力がつづけられたが、このような大型機を飛ばすには、日本の飛行場はせますぎた。

それに急造の戦地の飛行場にはとても離着陸は無理だし、整備能力にも問題があるなど、しだいにもてあまし気味になったうえ、他の機種のいちじるしい進歩によって、時代から取り残されてしまった。しかも先に試作機が完成していながら、審査に手間どっているうちにおくれて出てきた川西の大艇の方が性能が上とあっては、もはやＬＸの出番はなかった。

軽さが生命

多大の期待を寄せられた十三試大攻であったが、ついに制式とはならず、「試製深《しん》山《ざん》」（G5N1）として、のちに四機が輸送機に改造され、兵隊の一部から〝馬鹿鳥〟と呼ばれながら、細々と兵器や部品の補給につかわれた。

「深山」の失敗は、DC4にこだわったために機体が大き過ぎ、重量が重くなったことが根本原因としてあげられる。川西の大艇にくらべると、翼幅が約四十二メートルと三十八メートル、全長が約三十一メートルと二十八メートル、そしてもっとも重要な機体の自重は約二十トンと十五・五トン。それでいて過荷重重量は同じ三十二トンだから、数字の比較だけですでに勝負は明らかだった。

「競争相手の中島飛行機は、陸上機でやっていた。こちらは飛行艇で、計画要求内容は、全く同じです。まだレーダーのない時代でしたから、遠くへ出ていって、どういう編成の艦隊が、日本の方へ進攻してくるか、早く見つける必要がありました。だから、この飛行艇ができなければ、アメリカとの戦争はできないということを聞かされて、大いに張り切っていたわけです。

陸上機との競争のことは、結局、飛行艇の方がいいということになりました。この理由をいろいろ考えてみたのですが、その当時、川西の飛行機を設計したり、つくったりする技術が、中島より高かったというのではなく、最初の考え方に原因がありはしなかったかと思います。

というのは、ちょうどそのころ、後のＤＣ４ですが、ダグラスが試作機をつくって飛ばしはじめたころでした。中島はそれまでダグラスから、いろいろ飛行機を買ったりしていたのですが、ダグラスのは、四発の陸上機で旅客輸送機ですから、胴体が太いけれども、それを買ってきて、細長い胴体にしたらちょうどよい長距離機ができるだろうというので、ＤＣ４の試作二号機を買って、胴体は自分のところで軍用機として設計しなおし、それで試作機をつくったと思います。

これはポリシーの問題ですが、試作機をつくるときには、原則として新しく最適のものを設計するのが一番よいわけです。もちろんＤＣ４は、非常にいい飛行機でしたし、目的に適した飛行機だったかも知れません。しかし、このときに海軍が出した要求に最適のデザインになっていたかどうかはわかりません。それに対して最適のものを考えていかなければならない性質のものです。似たような飛行機が外国にあるから、それを買ってきてつくったというところに、根本的な考え方の相違があるように私は思います。

つまり要求が出たとき、それに対する最適のデザインは何であるか、そしてその考えに基づいて、基礎設計を決めていくのが普通です。出来合いのものを使ってやる場合は、この基礎のところで悪くなるのではないかと思います。自分の力で考えて、自分たちで作っていくという考えに立たず、他の人がやっているのを金を出して買ってきて、これをいくらか直して、間に合いそうだという考え方が、いけなかったのではないかという気がします。

もちろん、陸上機と飛行艇という本質的な違いがあるわけですから、陸上機は陸上機で、その長所を極端に生かして要求にマッチするものを考えていけば、いいものができると思います。

飛行艇の場合も同様で、水から出るという特徴を最大限に生かして、要求にマッチさせる基礎設計をやれば、陸上機に負けないものが出来ると考えていました」(菊原)

スタートの基礎設計がいかに大事かということであるが、もうひとつ川西大艇の成功の因は、機体重量を計画どおりにおさめることが出来たということだ。川西では試作図面にかかりはじめた昭和十四年春、厳重な「重量管理統制」を行なうことを決めた。

図面が一万枚近く、部品数が数万点にもおよぶ十三試大艇のような大型機ともなると、ちょっと甘い設計をやると、たちまち重量がふくれ上がってしまう。そこで軽くするために設計者は考える。そして計算し、図面をかき、また考えてはかき直し、何回もこういうことを繰り返してはしだいに軽くしていく。この間に、価格やほかのことにも気を配りながら、全般にわたって重量をけずりにけずって、ようやく軽い設計にたどりつく。そのときには設計者自身の体重も減り、ダウン寸前となるのが常であった。

「わたしが会社に入って間もなく、昭和七年ごろと思いますが、同じ年輩の仲間で、飛行機設計の標語をこしらえようということになり、まず〝軽く、強く、安く〟ということをモットーにして、大きい白い紙にこれを書いて、設計室の壁にいくつかはっていました。そういう標語にして、相当期間これを使っていましたが、皆がだんだん経験をつんでいくうちに、標語の方も少しずつ変わっていきました。

もう強くなんていわなくても、弱かったら折れて不合格になるに決まっているから、〝強〟をやめ、〝軽く、軽く、安く〟にしました。この標語がしばらくつづき、二式（十三試大艇）をはじめるころになって、もういちどこれを変えることになりました。そして最後に作った標語は〝軽く、軽く、軽く〟でした。皆のレベルがあがり、軽くするために金をかけ過ぎたり、ものすごく高い材料を使ったりするようなバカなことを考える者もだんだん少なくなって、良いものということは、機能が充分であって、長持ちして、値段が安いということであるとわかってきたからです。

飛行機は、自重が軽いということに、生命もあれば価値もあるので、自重がどんどんふえてきたら、どれほど丈夫になって、どれほど安くできて、材料が良くても、飛行機として成立しなくなる。その意味合いを強調するために、最後の標語は〝軽く、軽く、軽く〟にしたんです」（菊原）

当時、重量超過は、設計重量の三パーセント以内なら成功、五パーセント以上になると失格とされていた。十三試大艇の自重は十五・五トンだから、三パーセントなら四百六十五キロ、五パーセントなら七百七十五キロで、約三百キロが攻防の線となる。これはちょうど、設計者全員の体重の減り分の総計に相当した。機体が完成に近づいて重量計測の結果がシロと出るまでの毎日、重量見積もり担当の足立は心配で眠れぬ夜がつづいたという。

巨人機続出

海軍十三試大攻「深山」の失敗が明らかになったころ、中島飛行機にとって意外な救い主があらわれた。

九二式超重爆撃機の失敗いらい、四発大型機から遠ざかっていた陸軍で、海軍が採用しないとみると、機体番号「キ85」として、川崎航空機に試作させることにした。中島から川崎に組み立て治具がおくられ、昭和十七年末に実大模型審査まで行なったが、戦局がかんばしくないところから開発中止となった。

軍の方針はつねに気まぐれなところがあり、戦局の状況を理由に「キ85」を中止した陸軍は、昭和十八年に入って同じ川崎に、今度はアメリカが開発中だったボーイングB29爆撃機よりひとまわり大きい「キ91」の試作を命じた。これも実大模型まで進みながら、ふたたび「キ85」と同じ理由で取り止めになった。

これとは別に、昭和十八年春、中島飛行機を中心にした六発、総重量百六十トンというとてつもない超重爆撃機「富嶽」計画が発足したが、〝陸海官民総力をあげて〟の旗印もむなしく、一年半にわたるムダ働きの末に、大西瀧治郎中将の、「そんなものを一機つくるより、戦闘機を一千機つくれ」の一喝であっけなく幕となってしまった。

陸軍が川崎に「キ91」の試作を命じたころ、海軍は中島に対して「深山」に代わる四発陸上攻撃機の試作を指示した。十八試陸攻（G8N）「連山」で、設計主務者松村技師以下ほとんど「深山」と同じメンバーで設計が進められたが、飛行機としてきわめて散漫な設計だった「深山」にくらべ、すべての点でムダのない引きしまった機体になった。

「深山」のときは、どこか構造を変えるにしてもおっかなびっくりのところがあったが、今度は自分たちの意志で、大胆に設計を行なうことができたからだ。

一号機の完成は、昭和十九年十月一日。すでにB29による日本本土の空襲が開始されており、せっかくの優秀機の出現もおそきに失した。そのB29による工場爆撃に妨げられながらも、終戦までに四機が完成したが、棄てるには惜しい飛行機だった。

飛行艇とは別に、川西でも大型陸上爆撃機を計画したことがあった。

「戦争がはじまってから、わたしは直接アメリカ本土を爆撃できる飛行機がないといけないと思い、自分でひそかに研究していました。昭和十八年はじめごろ、軍需省から使いの人が来て、情報によると、アメリカはひそかに日本本土空襲のための四発爆撃機の開発を進めているが、こちらもアメリカ爆撃用の飛行機をつくりたいと言われました。

かねてからの構想があったので、航空研究所（東大）が全面的に協力してくれるならやりましょうと返事しました。すると、航研の方では、小川太一郎先生や木村秀政

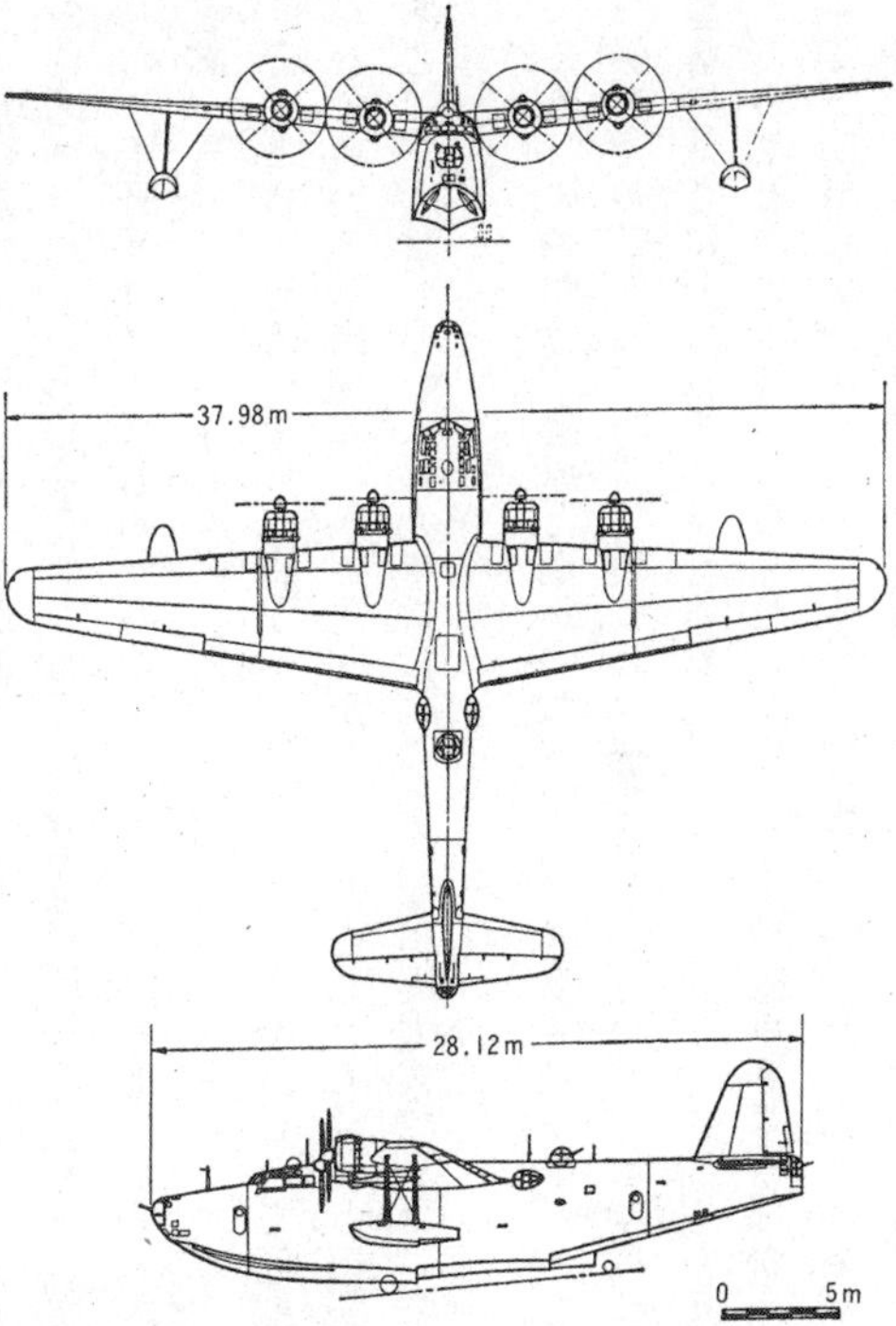

二式飛行艇12型(H8K2)

寸度 全幅37.98m、全長28.12m、全高9.15m **主翼面積** 160㎡ **重量** 自重18,380kg、総重量24,500kg、過荷32,500kg **発動機** 三菱「火星」22型×4、離昇1,850馬力/2,600rpm、公称1,680馬力/2,500rpm/2,100m、1,540馬力/2,500rpm/5,500m **プロペラ** ハミルトン定速4枚羽根、直径3.90m **燃料** 18,880ℓ **滑油** 700ℓ **性能** 最大速度245ノット〈454km/h〉/5,000m、巡航速度160ノット〈296km/h〉/4,000m、着水速度70ノット〈130km/h〉、上昇時間5,000m〜10分26秒、実用上昇限度9,120m、航続距離3,862カイリ〈7,153km〉(燃料15,956ℓ、重量22,500kgの偵察状態) **武装** 20mm砲×5、7.7mm銃×3(予備)、爆弾250kg×8または60kg×16 **乗員** 10名

先生らが、川西が協力してくれるならやりましょうということでした。

社長にだけ話して、極秘で風洞テストをやり、いちおうの試案をもって軍令部総長の官邸で説明会をやりました。永野修身《おさみ》元帥や秩父宮さんなどが出席しておられました。永野元帥は、はじめからしまいまで居眠りをしておられ、わたしはえらい人やなあと思って見ていました。

そのとき、一人の海軍士官から、アメリカの上空に行って速度のおそいのは困る、もっと速いのは出来んのかと質問があり、わたしとちょっと口論のようになりました。あとで聞くと、その人は大本営参謀だった源田実大佐でした」（菊原）

この日の説明は、菊原とかれの大学時代のクラスメートだった東大航空研究所の谷一郎教授の二人で、約二時間にわたって行なわれたが、航空機にたいする軍上層部の理解の低さに菊原は失望させられた。

このことがあってしばらくしてから、今度は陸軍参謀本部から同じような内容について呼び出しがかかったが、病気を理由に断わった。どうやら、これがのちの中島飛行機を主体とした超重爆「富嶽」計画にすり代わったもののようであった。

どこの国でもそうだが、飛行機、とくに四発の大型機ともなると、決して一度で成功したためしはない。現に最初のＤＣ４が不成功に終わったダグラス社は、そのあと翼幅六十四・四二メートル、全備重量はＤＣ４の二倍以上にあたる六十四・五トンのＸＢ19を試作して、一九四一年（昭和十六年）に飛ばせたものの、大きすぎてもてあまし、代わりにＤＣ４輸送機を根本的に再設計した〝ニュー〟ＤＣ４が大ヒットしている。

爆撃機王国を誇ったボーイング社にしても、成功作だったＢ17、Ｂ29などの前に、翼幅五十一・八メートル、全備重量約四十トンの四発重爆撃機ＸＢ15の失敗があった。

こうした点を総合すると、十三試大攻と大艇の競争試作で、川西側は勝つべくして勝った観があり、敗れた中島側が不運だったと言うべきだろう。

第五章　大艇出撃す

ラバウルの噴煙

「Xマイナス三」すなわち日米開戦の三日前であることを横浜航空隊の隊員たちが知らされたのは、二回にわたる昭和十六年度の南洋行動の最後の訓練である夜間索敵攻撃を終えて、マーシャル諸島ウォッゼ基地に帰って来たときだった。

訓練はおなじ第二十四航空戦隊のライバル、陸攻の千歳航空隊より優秀な成績をおさめ、これで横浜のかわい子ちゃんたちに会える、と隊員たちが胸おどらせていた矢先のことで、五体にふるえが来るほどのショッキングな知らせであった。

「わが飛行艇隊はメスの先端の重要な任務をおびている。今までのすべての訓練はこのときのためのものである。各自は最大の努力をするように……」

司令の横井大佐はおごそかに訓示し、隊員の中には緊張に顔を引きつらせる者もいた。

翌十二月六日、飛行艇隊は南洋諸島最南端のメジュロ島に移動、ここで先行していた飛行艇母艦「神威」から燃料補給をうけ、爆弾を搭載して待機した。攻撃目標はギルバート諸島の東、メジュロからは約千二百カイリ先のハウランドおよびベーカー両島で、十二月八日早朝の機動部隊によるハワイ空襲と、ほぼ同時刻に爆撃の予定だった。

開戦前日の十二月七日、母艦「神威」のメインマストに、スルスルと戦闘旗があがった。甲板上に整列した全員に、浜空司令、つづいて「神威」艦長の訓示。浜空司令のは威勢よかったが、艦長のは何ともさえないものだった。

もとアメリカ生まれの「神威」は、どちらが前かうしろか見分けのつきにくいオスタップ（海軍の浴槽）型で、「貴艦、前進なりや後進なりや」「煙突の煙を見られたし」の珍問答で有名になったほどの老朽艦だった。それでも航空戦隊旗艦とあれば、司令官は少将で、艦長は大佐、ただしエリートでないことはたしかで、二・二六事件で左遷された大尉の通信長は浴衣がけで軍務についていた。

司令官は全身酒びたりといっていいほどの酒好きで、はじめは参謀たちがお相手をつとめたが三日ともたず、酒に強い応召の一等水兵がホスト役をつとめることになった。少将と大阪弁の一等水兵が、司令官室で差しつ差されつ飲んでいる光景はユーモラスそのものだったが、いったん訓練ともなるとさすがは司令官。シャンとして、艦橋より麾下の浜空、千歳空の雷撃訓練を見つめながら、無言で参謀の言葉に耳を傾ける姿には別人のような威厳があった。

その「神威」艦長の訓示。「わが艦は武器がない。敵に見つかる前に、行動を起こすこと」すなわち、いち早く逃げることであった。

ともあれ、訓示が終わると必勝を期しての乾杯が交わされ、ささやかな出陣の儀式は終わった。太陽はいつもと変わりなく強烈な光を注ぎ、青い空も海も平和そのものの南国風景だったが、戦争への熱気はときとともに高まり、夕刻には最高潮に達した。

午後七時、三隊二十四機の九七式大艇は開戦第一撃を目指して、つぎつぎに発進した。南海の夕焼け空の中を、いっぱいに翼をひろげて飛んでゆく大艇編隊の姿は、一幅の絵であった。大艇隊は予定どおり十二月八日の早朝、目標の手前に達したが、同時刻に爆撃するはずだったハワイ空襲部隊からの入電がなく、燃料ギリギリまで旋回しながら待機したのち、断念して引き返した。

もし万一、開戦の通告がおくれたか、あるいは回避した場合を懸念しての決断であった。しかし、実際にはハワイ時間の午前七時四十九分、攻撃隊総指揮官淵田美津雄中佐の「全軍突撃せよ」の「ト」連送を合図に攻撃は行なわれていた。

一日おくれて十二月八日の夕刻、ふたたび燃料を満載して飛び立ち、九日黎明に爆撃を実施、全機が無事に帰還した。すでに奇襲ではなくなり、敵戦闘機の邀撃も予想されて大いに緊張したが、まさかの敵の油断もあって、まずまずの初陣だった。しかし、この飛行艇隊による壮挙も、ハワイ空襲部隊のはなばなしい戦果にかくれてか、後日の新聞に二、三行程度のニュースとしか扱われなかった。

太平洋戦争中、長大な航続力をいかして九七式大艇は爆撃任務にもついた。写真は翼支柱に60キロ爆弾を装備した同機

このあと、方向を転じて北のウェーキ島の爆撃を行なったが、この作戦で浜空隊として最初の犠牲が出た。陸上基地から発進したグラマンF4Fワイルドキャット戦闘機に喰われたもので、非情な戦争の実感は隊員の一人ひとりに沁み込んでいった。

ウェーキ島はかなりの抵抗はあったものの、海軍陸戦隊によって十二月二十三日に占領され、浜空の一部が進出、本隊はトラック島に移動することになった。二十四航戦にラバウル敵前上陸が命ぜられたからだ。母艦「神威」は老体に人員や器材を満載して、夜にまぎれて出港した。南海の月明かりと波に光る夜光虫はロマンチックだが、全速でも八ノットしか出ない鈍速の石炭エンジン船とあっては、いつ敵潜水艦にやられるかわからない。全員六時間交代で両舷見張りをつづけながら、十二月三十一日、やっとトラック島環礁内に錨を下ろすことができた。

一夜明けて昭和十七年元旦。とはいっても、何とも暑い南洋の正月は妙なものであった。相変わらずの強い陽ざしは椰子の葉越しにギラギラと照りつけ、真っ黒な現地人がのんびりとカヌーをこいでいたり、とても「おめでとう」などとあらたまる雰囲気ではない。それでも主計科からくばられたお神酒と雑煮で正月を祝い、午後から半舷上陸とあって、何となくそれらしい気分になった隊員たちは、連れ立って島にくり出した。

もともと遠洋漁業の基地であるトラック島には、罐詰工場やかつお節の乾場が海岸沿いにあるだけで、街らしいところはなく、わずかに夏島の丘のあたりに兵隊相手のヒコーキ亭というあいまい屋が建っている程度だった。戦争の進展とともに南方最大の基地となったトラック島も、はじめのころはこんなものだった。

イギリス機によるトラック島の夜間空襲があったのは一月四日で、このときの「神威」はすごかった。艦隊は島の裏側で完全な灯火管制をしき、一発の弾丸も撃たないのに、「神威」だけは艦長の命令で盛大に撃ち上げた。

アメリカ海軍コンソリデーテッドＰＢＹ「カタリナ」――世界で最も多く生産された飛行艇で、諸外国でも使用された

といっても、大正八年製の高射砲と七・七ミリ単装機銃では、たかが知れているが、「ドンキホーテここにあり」とばかり、満天の星空に向けての乱射乱撃であった。
わが「神威」もまんざらではないと思って見ていた浜空の藤森清一兵曹が、あとで射手に飛行機はどうだったと聞くと、無我夢中で皆目わからなかったとの返事だった。
ラバウル敵前上陸日は、一月二十二日と決まり、作戦の細目が伝達されて一月十八日の夜、「神威」は錨をあげた。

「神威」が南洋進出のため横須賀を出港したのは昭和十六年五月、もう内地を出て八ヵ月になろうとしていた。当時、浜空から「神威」に乗り込んだ隊員たちの間で、はやった勝太郎の「明日はお立ちか」の一節を、口ずさむ兵隊がいた。日中は考えるのもおっくうなほどに暑い南の地も、夜は打って変わって人をセンチメンタリズムに誘い込む。兵隊たちの胸に、まぶたに、なつかしい故郷や肉親がよみがえり、ひととき戦争を忘れる。

無電が入った。先遣隊のラバウル敵前上陸成功の報だった。艦内にあがる歓声、ひとまず危険が遠ざかったよろこびである。

ラバウル湾は静かだった。すでに到着していた飛行艇隊が湾内の一隅に翼を休めており、その向こうには花吹山と名付けられた活火山が噴煙を上げていた。

ラバウル基地での浜空飛行艇の任務は、周辺五百カイリ圏内の哨戒で、これまで爆撃ばかりやらされてきた大艇隊にとって、はじめて本来の任務にもどった感じだったが、ときにはポートモレスビーの夜間の単機爆撃にも出動した。

ポートモレスビーはニューギニアの南側にある要衝で、昼間は陸攻の大編隊による爆撃、夜間は飛行艇が二時間の間隔で単機で発進し、二時間モレスビー上空にねばって後続機と交代する神経戦を狙ったものだった。

「夜間、スタンレー山脈を高度五千で越えるときの寒さは、今でも覚えている」と、この爆撃行に参加した高野直兵曹（のち飛曹長）は述懐するが、九七式大艇の航続性を生かして、ソロモン諸島のツラギ爆撃も行なわれた。

ここには敵の水上機基地があり、ときに敵の双発飛行艇と遭遇することもあった。PBYカタリナだが、どちらも小まわりの利かない大型飛行艇同士とあって、いとも悠長な空中戦が展開された。わずかに優速のわが九七式大艇がカタリナを追いかけるが、前方は七・七ミリ機銃一梃で決定打を与えられない。後方の二十ミリ機銃を使いたいところだが、逃げる敵機にこちらがうしろを見せたのではケンカにならず、残念ながら取り逃してしまうことがほとんどだった。

攻撃隊出動！

横浜航空隊にたいして飛行艇隊のもう一方の雄である東港航空隊は、浜空より四年おくれて昭和十五年十一月に開設された部隊で、開戦時は同じ南洋諸島でも、浜空の本部があった西端のヤルート島とは約千八百カイリ（約三千二百キロ）離れたパラオ島に展開していた。

戦争の進展で、浜空がトラック島に移動してラバウル爆撃に参加していたころには、早くもフィリピンのダバオに進出して、モルッカ海に索敵の目を光らせていた。イギリス、オランダ、オーストラリア海軍の動きをキャッチするためだが、このころの大艇隊は索敵機が発見した目標はウチの手でと、いつも爆撃と雷撃それぞれ三機ずつが待機していた。

雷撃隊長は太田寿双大尉、爆撃隊長は日辻常雄大尉で、いずれも兵学校六十三期、六十四期の元気者ぞろい。これは昭和十六年十二月三十一日、大晦日の出来事である。「——戦場で十七年の新春を迎えるにあたり、椰子の木の下で景気のよい餅つきがはじまっていた。わたし（日辻）も太田大尉と共に杵をふりかざしていた。一一〇〇（午前十一時）『攻撃隊出動！』を伝えるけたたましい伝令の声に、ふり上げた杵を投げ捨てて桟橋へ突っ走った。

各機毎の交通艇に飛び乗った時には、飛行士が既に敵情を書いて持って来ていた。モルッカ海峡を南下中の敵巡洋艦に喰らいついた三小隊二番機からの報告である。要するにこいつを叩き潰せばいいんだ。繋留中の愛機に飛び乗る。

エンジン起動！　ブイ離せ！　六機の九七式大艇が先を争って離水点に向かう。出動命令後、僅か十五分後のことである。

水上滑走中に攻撃計画を練り、離水後、編隊を組んでから各機へ攻撃要領を伝える。

雷撃隊がわが後方二千米に続いている。日頃からの打ち合わせどおり、爆撃隊が先ず高々度から進入し、敵の目を天上に誘い、雷撃隊が超低空から魚雷をぶっ放す、という戦法である。

一六〇〇（午後四時）、既に日没の近づいたモルッカ海は夕凪であった。索敵機の報じた地点を目を皿のようにして十二糎《センチ》双眼鏡にしがみつく。敵艦を見つけた。二十五ノット、いやそれ以上出ているだろう。白い波を長く引いて南方に必死に逃げている。

『よーし、このまま爆撃針路に入る』

飛行艇で編成された東港航空隊の
爆撃隊長日辻常雄少佐

雷撃隊の突入を助けるために、高度二千二百米とした。さすがに巡洋艦だ。凄い射撃が始まった。最初は後落していた弾幕が次第に前方に移って来た。ただこっちが低いためかそれとも、二千二百米という半端な高度に達しているために、信管調定が出来ないのか、敵の照準は見事だが、弾着は低い。それでも炸裂弾の震動がビリビリ機体に響いてくる。『用意テッ』六番（六十キロ爆弾）だが、三十六発の一斉投下である。落としたら逃げろ！

一杯前になったスロットルを力まかせに押しながら、高射砲と機銃の槍ぶすまを辛うじて突破した。三番機が被弾、三番エンジンがストップした。火は吹いてない。敵艦の艦尾付近にすごい弾着の水の輪が集中しているが、どうやら致命傷なしのようだ。あとは雷撃隊にたのむ。下方を見ると、初の大艇の雷撃である。型通りの三方から突入したらしい。一番機が真横から突っ込んでいる。敵巡まで約三千米と思う頃、中央エンジンが火を吹いた。未だ魚雷は落としていない。『早くおとせーッ』聞こえる筈もないが思わず叫んだ。

太田機はそのまま目標にまっしぐらに突っ込んでいる。体当たりか？　一瞬、息を呑んだが、艦上を横切った。敵の曳痕弾が猛烈に追っている。約六百米もすぎたと思う頃、海面突入の水煙が立った。続いて直撃弾をうけたらしく、落ちなかった魚雷が爆発し、眼前で壮烈な自爆を遂げてしまった。

泣くにも泣けない。くやしさ一杯、しかしこれが戦争なのだ。わが身に云いきかせながら列機を集めて暗夜の帰路を急いだ。

今朝一緒に餅をついた太田大尉の笑顔が、はっきりと浮かんでくる。帰った基地も悲しんでいるかのような豪雨。止むなくダバオ湾内に着水して難をさけ、一月一日〇〇二〇（午前二時）、二年がかりの攻撃行を終わって翼を休めた。この仇討たずにおくものか！」（浜空会編『海軍飛行艇の戦記と記録』より）

これは日辻常雄少佐（当時大尉）がつづるその日の攻撃の状況だが、相手側から見た戦闘の模様が、エドウィン・ホイト（Edwin Hoyt）の書いた『孤独な艦船たち』（The Lonely Ships）の百九十二ページから百九十四ページにのっており、太田大尉の最期についてくわしい記述が見られる。

「午前九時三十分、水上機母艦〝ヘロン〟は哨戒中の九七式大艇（原文では川西となっている）に発見され、射撃した。九七式大艇は高空から爆撃針路に入り、六十キロ爆弾二個を投下したが、千五百フィート（約四百五十メートル）離れたところに落ちた。二十分後にあらたに三機があらわれ、爆弾を投下したが、今度は三百ヤード（約二百七十メートル）外れた。三度目は低空でやって来たが、〝ヘロン〟の七・七ミリと十三ミリで撃退した。

午後三時二十分、三機の九七式大艇があらわれ、〝ヘロン〟上空を通過したが、攻撃は失敗だった。十分後さらに三機がやって来て爆弾を投下したが、いずれも外れた。

うち一機が〝ヘロン〟の機銃弾を受けて煙を吐きながら引き返した。撃墜したかどうかは不明だ。

そのあと五機のG４M（一式陸攻）がやって来て中高度爆撃を行なったが、命中弾なし。しかし、十五分後にこの編隊が投じた爆弾の一発が〝ヘロン〟に命中、メインマストを吹き飛ばした。さらに艦首の十五ヤードの至近距離に落ちた三個の爆弾は三インチ砲を破壊し、砲火は沈黙した。

午後四時四十五分、九七式大艇が一機ずつ次々にあらわれ、低空から魚雷攻撃に入った。二機は艦首の左右から、一機は左舷後方から迫って魚雷を放ったが、〝ヘロン〟は三本とも回避した。〝ヘロン〟の射手は三機のうちの一機に、たっぷりと機銃弾を撃ち込み、〝ヘロン〟の艦首左舷方向に不時着させた。他の二機はこの不時着を守るべく銃撃してきたが、十三ミリで撃退した。〝ヘロン〟は三インチ砲を不時着機に向け、数発目に四散させた。この飛行艇の機体ナンバーは０‐35だった。

日本軍の爆弾により〝ヘロン〟の船体には一インチから十インチ径の穴が二十五個もあけられたが、たいした被害ではなかった。乗組員一人が即死、もう一人が負傷後死に、全乗組員の半分にあたる二十五人が負傷した」

攻撃する側と攻撃される側、空中からと海上からの相違が分かって興味深いが、多少の時間のズレを除けば、両者の状況記録はきわめてよく一致する。双方の記述の時間のズレは、日本側がつねに日本内地での標準時間を使用し、時差による修正をしていなかったことによるものだ。

また、日辻少佐の文中に〝ヘロン〟を巡洋艦と書いてあるが、これは触接の哨戒機からの報告がそうなっていたためで、日辻は現場上空に達したとき、それが巡洋艦ではなく水上機母艦であることに気づいて、基地にそう報告している。

飛行長逝く

このモルッカ海での太田大尉らの戦死のあと、さらに悲劇が東港空飛行艇隊を見舞った。

十二月八日の開戦から一ヵ月たった年明け早々の昭和十七年一月六日、アンボン夜間奇襲隊を前に、指揮官相沢中佐はいつになく姿勢を正して訓示を行なった。

「いよいよ待望のアンボン攻撃の時が来た。本日は太田大尉たち九名の弔い合戦でもある。勝算既に吾れにあり、行動は計画どおり」

相沢達雄中佐（東港空飛行長）は柔道五段、剣道五段、相撲十両級、軍帽を前さがりにチョコンと頭にのせ、八の字ヒゲをなでながら、ウワッ、ハッ、ハッと段をつける豪傑笑いで有名な武人で、ひそかに昭和の広瀬中佐などと呼ばれていた。

「宴会が好き、思い立ったらすぐやられる方で、トランプに熱中している所をのぞいたりすると、『おい二番ッ（第二分隊長）、今夜は士官室会、S十四（Sは海軍隠語で芸者のこと）』と云った具合であった。当時第二分隊長で相沢飛行長のその方面の腰巾着役で重宝がられていたわたし（日辻）なので、思い出はひとしおである」

アンボンには水上、陸上ともに濠州軍の立派な基地があり、わが方の南進をはばむ邪魔な存在で、ダバオ進出後の第二十一航空戦隊の好目標になっていた。（注、アンボン、もしくはアンボイナはバンダ海のニューギニア寄りに位置する小島で、ダバオからは濠州の要衝ポートダーウィンまでの距離の半道よりやや濠州寄りとなる）

相沢飛行長は、「第一撃は飛行艇奇襲部隊でやる。残敵掃除を中攻隊でやればよろしい」と前々から考えていた。

その奇襲戦法とは「超低空爆撃隊が飛行場を銃爆撃し、一方、雷撃隊がアンボン湾内に着水して、停泊中の艦船を水上滑走のまま雷撃する」という豪胆なもので、この日のために東港空ではくり返し特訓を重ねて来たのである。

攻撃隊は九七式大艇各隊三機で編成し、各機長は、より抜きのパイロット士官を集めた。総指揮官兼雷撃隊指揮官は飛行長、爆撃隊指揮官は日辻大尉とし、魚雷水上発射はすでに自隊で工夫して実験ずみであった。

午後八時三十分、二十一航戦司令官の見送りをうけて、まず爆撃隊が暗夜のダバオ湾の波を蹴った。十分後に雷撃隊がつづくはずで、爆撃隊は上空で待っていた。

この日、ダバオ湾は北の風が強く、だいぶ波立っていた。湾内には、約四十隻の輸送船が厳重な灯火管制をして停泊していた。雷撃隊が離水をはじめたが、上空から見ている日辻たちには、輸送船との間合が少し近すぎるように感じられた。

無線封止のため、注意することもできないので、上空集合が遅いと思っているうちに、基地の探照灯がついた。艦艇の動きが活発になっている。何事か起こったように思われたが、皆目分からない。

「上空でしばらく待機せよ」の指令をうけて、爆撃隊が待つこと二時間、総航程一千三百五十カイリ（約二千五百キロ）の爆撃行だけに、燃料が心配になる。やがて司令みずからの電令で、「爆撃隊は予定どおり行動せよ」との指示が出た。

「不安をふり切って進撃を開始したのが既に午後十時である。雲上に出て皎々たる月を眺めながら、編隊のまま快翔を続けた。アンボンの三百カイリ手前から航空灯を消し警戒体制に入る。

この頃から編隊の右に左にかわりながら、青い光が一つつきまといはじめた。私は雷撃隊が追って来ているなと思いながら、十二糎双眼鏡でジーッとにらんで見たが、飛行機ではない。星でもない。さりとて目の錯覚でもない。やがてアンボン島が見え出して来た。

七日午前三時四十分、陸上飛行場が月光に映えて拡がって来た。かねての打ち合わせどおり各機エンジンを絞って、山の谷間から忍び込むように降下し、高度四百米の低空爆撃針路に入った。千五百米の滑走路に沿って三十六発の六番陸用爆弾をバラまいた。爆発で機体が大きくゆれる。

Uターン後三百米に降下し、発生した火災をたよりに、付近の施設を片端から撃ちまくった。そのままの高度で海上に出た頃、やっと高射砲がうなり出した。方向はよかったが、弾着は遙かに頭上高く、その狼狽ぶりを示していた。

『奇襲成功、全弾命中われに被害なし』

時計は午前四時である。わずかに二十分間、まさに疾風迅雷の襲撃であった。

基地に帰ったのが午前九時、胸を張って、交通艇を降りると、雷撃隊員が泣きながら出迎えに来た。ここで初めて相沢機の自爆を知ったのである。

昨夜爆撃隊に続いて離水後、前方の船団が気になって低空のまま左旋回したところ、無灯火の輸送船のマストに左翼をひっかけ、そのまま海面に激突してしまった。もちろん相沢中佐以下全員が戦死したのである。

飛行服のまま霊前にぬかずいて爆撃成功を報告すると、司令が、『飛行長は無念だったろう。しかしその分まで働いてくれた。ありがとう』となぐさめてくれた。だがあの飛行長がどうして死んだんだろう。信じられない。昨日のあの不思議な怪光は、きっと飛行長の霊魂が爆撃隊を護衛しながらついて来てくれたに違いない。

飛行長の遺品整理の際、机の中から一枚の短冊が発見された。曰く、

一人へり　二人へりして　また三人《みたり》
　何れの時ぞ　われの番なる」

（日辻常雄、浜空会編『海軍飛行艇の戦記と記録』より）

とにかく、相沢中佐はエピソードの多い人だった。昭和十年八月、ときの陸軍省軍務局長永田鉄山中将を刺殺して死刑になった相沢三郎陸軍中佐とはいいとこにあたり、三郎ほど激越な性格ではないが、豪放な性格は群を抜いていた。ふつう陸海軍の士官は列車は二等と決まっていたが、相沢はもっぱら三等を愛用していた。

陸軍の三郎中佐の事件があった翌年、日本近代史上最大のテロである二・二六事件

が発生したが、そのあとで週末に横須賀から東京にいく車中、相沢は憲兵からトランクを開けさせられて、中身をしらべられたことがあった。よほどそれがカンにさわったらしく、飲むとよく、「オレは貧乏しているから三等に乗っているが、それを挙動不審と取られちゃ困るよなあ」とこぼしていた。

酒は好きだった。まだ九七式の出現する前、九〇式とか九一式などの劣性能の飛行艇で訓練していたころだった。サイパンへの訓練飛行の帰り、エンジン故障で洋上に不時着して、ひと晩中、漂流したことがあった。さいわい翌朝になって、捜索の駆逐艦によって発見されたが、接近する駆逐艦から手旗信号が送られて来た。

「ヒツヨウナ　モノ　アラバ　シラセ」

乗っていた金子英郎兵曹が相沢に、「隊長、ほしいものを知らせろと言ってますが、どういう応答にしますか」とたずねると、即座に「サケ！」という返事。

「次はどうしますか」と聞くと、「ビール！」

「次は？」「サカナ！」

駆逐艦は旗艦だったので駆逐隊司令が乗っていたが、「あの野郎ども、ひとに一晩中、探させておいて、助かったらケロッとして酒くらってやがる」と司令をあきれさせた。飛行艇乗りには、しばしばこういう人物がいた。

中国大陸に戦乱が勃発し、九六式陸攻による渡洋爆撃がはじまったころ、横浜航空隊にはまだ九七式大艇が実用実験用として二機しかなかった。相沢は金子兵曹らに、「九七式が三機そろったら皆で重慶爆撃に行こう」と言った。中攻のアシでは、内地や台湾の基地から中国奥地への進攻は不可能だったからだ。

階級制度のきびしい海軍では、ふつう士官はあまり兵隊と遊び歩かないが、相沢はいつもいっしょだった。芸者買いに行くと、「年の順からいくと、オレがいちばんバアにあたるから、たまにはクジ引きでやろうや」と言って、若い者を笑わせた。そんなところから下士官兵たちは相沢に心服し、「隊長のためならいつでも死ぬ」と考えていたので、金子は本気で飛行艇による重慶爆撃を信じたという。

堂々たる体軀だった。相撲が強く「大邱山はオレの兄弟デシ」だなどと言っていたが、事実、出羽ノ海部屋によく稽古に行った。また、館山航空隊時代には、巡業にきた力士たちは相沢の家にとまった。酒もからだも、力士たちに決してひけをとらなかった。

なりふり構わず、軍服はいつもヨレヨレの「ダーティ・ネービイ」。前さがりに頭にのせた軍帽の下のゴツイ顔は、部下が捧げたアダ名「相沢閣下」にピッタリであった。

昭和十六年十二月二日、東港航空隊は南洋諸島パラオにいた。夜、パラオの料亭で宴会があった。夜半すぎ緊急呼集があり、索敵命令が出た。作戦室に集まった部下たちの前にあらわれた飛行長は、酒を飲んで寝たパジャマ姿のままだった。命令を受けて午前二時、飛行艇はそれぞれの受け持ち区域に飛び立った。ふつうなら命令をあたえる指揮官がこんなことをしたら、部下からはげしい非難をあびるところだが、そうさせないところに相沢の巨《おお》きさがあった。

奇抜なアイデアの多い人だった。開戦後間もなく、東港空は占領したフィリピンのダバオに進出した。九七式大艇二十四機、壮観であった。大事に使わなくては、と誰しも思う。相沢はちがう考えをもっていた。飛行艇一機には搭乗員八名、これに陸戦隊をのせると約二十名。大艇二十四機なら四百八十名で、一個中隊の兵力になる。これで陸上に胴体着陸して離島の攻撃などに使えば、落下傘部隊などいらない。二十四機の大艇をこわしても、要地ひとつを分捕れば引き合うではないか、というのが相沢の考えだった。

かれの戦術思考がさらに飛躍したのが、アンボン攻撃だった。アンボン湾内には濠州軍の水上機母艦カノパスがいた。かれの立てた作戦は低空爆撃隊の飛行場爆撃で敵の目をそらし、この間に着水して水上雷撃で敵艦船をひと思いにやってしまおうという奇抜なものだった。

「たぶん、こちらが着水したら、夜中に寝ぼけ眼《まなこ》で見た敵は味方と思うだろう。そのうちどうも様子がおかしいと艦長にとどけに行ったころに〝ボカーン〟と来て、敵さんが雷撃だと気づいたときには水上でUターンしておさらばさ」

サイパンへの訓練飛行の帰途、エンジン故障で不時着し、翌日、駆逐艦に救助された相沢中佐(後列中央)とそのクルー

開戦前、すでにそう口にしていた相沢だったが、日辻の文にもあるように思いがけない出発時の事故で、水上雷撃の構想は実現しなかった。
引き揚げられた事故機の中から、軍刀をしっかり握った相沢の遺体が見つかった。
「オレが死んだら、骨は灰にして飛行機からまいてくれ」とかねがね言っていた相沢の遺言どおり、かれの遺灰は悲しみの部下たちによって操縦された九七式大艇の機上から、こよなく愛した大空に飛び散っていった。

四ノ字固め

太田雷撃隊長らによる水上機母艦へロンの攻撃は、一機を欠きはしたが「四ノ字固め」戦法の応用だった。この雷撃法は、飛行艇が四方向から目標艦に向かって殺到し、わずかな高度差ですれ違うというアクロバットまがいの危険な戦法だが、敵艦の魚雷回避を困難にする点で、かなり命中の確率が高いと考えられた。

しかし、実戦で飛行艇による雷撃が実施されたのは、あとにも先にもこのときだけで、珊瑚海海戦のときに九七式大艇九機に十八本の魚雷をつんでツラギから出撃したが、敵艦隊に遭遇しなかった。

日本海軍が飛行艇で雷撃をやろうと本格的に考えるようになったのは、九七式大艇ができてからだった。それまで雷撃といえば、陸上あるいは艦上攻撃機の専売と決まっており、飛行艇で雷撃をやるといわれた浜空隊員たちは片手間にやる専門外の仕事といった感じで、実験にもたいして熱が入らなかった。

それが昭和十四年秋の大演習で、雷撃を実施することになったからたいへんだった。演習は艦隊を赤軍と青軍の二つに分け、それぞれが攻防に秘術をつくすわけだが、赤軍に配属された浜空飛行艇隊に与えられた任務は、「敵（青軍）は佐伯湾に停泊中（真珠湾に擬す）、味方（赤軍）飛行艇隊は内地より飛び出し、好機に乗じこれを奇襲撃すべし」というものであった。

豊後水道以東は赤軍領地、以西は青軍領地。横浜を飛び立って隠密裡に四国高知県の宿毛《すくも》湾にいったん着水、翌早朝、九州佐伯湾の敵艦隊を奇襲するという作戦計画にもとづき、浜空飛行艇隊は戦艦群に殺到した。なにしろ撃墜される心配はなく、しかも敵は停泊中の大きな目標とあって、攻撃は意外なほどうまく行った。事実、訓練どおりの各飛行艇の襲撃運動と、魚雷発射を示す号星拳銃による合図とから、目標艦への命中はほぼ確実と判断され、飛行艇隊はもちろん、やられた青軍側でもまちがいなく奇襲成功と思った。

ところが、この状況を冷静に見守っていた男が一人、周囲の讃嘆の声をよそに苦り切っていた。「攻撃成功」とあって飛行艇隊の意気は大いにあがり、基地に帰ってもいささか興奮気味であったが、演習後の講評で、「浜空飛行艇隊の奇襲攻撃は、奇襲そのものはよかったが、効果はゼロ。雷撃法がまったくの素人でなってない」と酷評されて唖然とした。

評したのは連合艦隊司令部付だった魚雷専門家の愛甲文雄少佐で、演習の審判官として、攻撃された青軍戦艦の二番艦から見ていたのだ。

「あんな運動をしたのでは、魚雷は全部、海底に没入して敵艦には命中しない。演習だからあらわれないが、真珠湾と佐伯湾の深さや広さとの比較、それに魚雷が飛行艇を離れてからの運動を考えると、奇襲はすべて無駄骨だった」と説明されては、「なぜ、あの雷撃が悪いのか」と喰ってかかった浜空士官たちも、すごすごと引き下がらざるを得なかった。

だが、はからずもこれによって、浅深度魚雷開発や雷撃法のあらたな研究の必要性が提起され、二年後の太平洋戦争での真珠湾攻撃成功の因となった。

なお、昭和十七年三月の二式大艇（試作当時は十三試大艇、十七年二月の採用後は二式大艇と呼称）によるハワイ空襲も、このときの演習の中継基地となった宿毛湾をフレンチ・フリゲートに置きかえて考えれば、深謀のほどがうかがえる。

飛行艇による雷撃そのものは実戦で効果をあげるにいたらず、雷撃のため小型水上機なみの舵の効きを要求された設計の努力も無駄であったかに考えられるが、巨体に似合わぬ軽快なフットワークゆえに、B17や戦闘機との空戦でもしばしば危険をまぬがれることができた事実は、何よりも大きな〝救い〟であったといえよう。

略称「K作戦」

日本海軍機動部隊による奇襲で、太平洋艦隊の主力とハワイの軍港施設に大損害をこうむったアメリカ海軍は、〝パール・ハーバーを忘れるな〟のスローガンのもと、復旧に全力を挙げていた。

かれらは日本の空母群がソロモン、ニューギニア、オーストラリアなど南西太平洋方面（日本側から見れば南東太平洋）で行動中のため、当分、空襲はあり得ないと判断してか、あまり厳重な灯火管制もやらずに、昼夜兼行の工事をつづけていることを知った大本営は、ハワイに対する追い撃ちを計画した。

何とか空襲を反覆して敵の士気に打撃をあたえ、復旧工事を妨害しようという狙いだったが、機動部隊は南東方面作戦支援で大忙しだったから使えず、そこで目をつけたのが横須賀航空隊で実用実験中だった二式大艇だった。

すでに長距離無着水テストで横須賀からジャワのバンドンまで、およそ三千四百カイリを飛び、なお二千リッターの燃料を余していた二式大艇のアシをもってすれば、マーシャル諸島の基地からの奇襲が可能であるとし、略称「K作戦」と名付けて、実行案をマーシャル方面に展開して作戦中だった第二十四航空戦隊で研究することになった。

このため、横須賀航空隊で二式大艇の実験を担当していた内田友治少佐が第二十四航空戦隊司令部付として発令され、関係方面と折衝を重ねながら計画立案にあたり、つぎのような作戦計画がまとまった。

一、使用機数　爆撃効果を期待するためには五機以上を必要とするけれども、七月まで待たなければ揃わない。そんなに延ばしては時機を失するので、精神的効果に主目的をしぼり、二機をもって三月上旬に二回の反覆攻撃を決行する。ただし月齢の関係上、なるべく七日までに終わることとする。

二、爆撃目標および使用爆弾　工廠およびドックを第一目標とし、各機二百五十キロ爆弾四発を搭載する。

三、実施方法　ウォッゼを出発基地とし、予定日の日の出二時間前に発進し、途中フレンチ・フリゲート・ロック（出発地からの距離千六百カイリ）に着水し、同地に待機する二隻の潜水艦から燃料の補給をうけ、日没二時間後に発進して、島沿いに目的地オアフ島に向かう。爆撃終了後はウォッゼに直航帰投する。

敵の警戒が厳重でフレンチ・フリゲートの使用不能の場合は、その東方約八十カイリのネッカー島を補給地点とする。

決行日は、離着水の難易、ならびに真珠湾偵察の能否から考えて、月明かりを充分に利用できるよう、第一回（P日）を三月三日、第二回（Q日）を三月七日とする。

四、潜水艦の協力　フレンチ・フリゲートで補給に当たる潜水艦伊一五および伊一九は、おのおのガソリン十トンを搭載し、現地に到達したら潜望鏡で充分偵察し、もし見張所あるいは守備兵を発見したら、浮上して砲撃撃砕すること。

応急補給艦たる伊二五は、補給作業の間、岩礁の外にあって警戒に任ずる。司令潜水艦伊二六は、フリゲートの南西約七百カイリに定められた予定飛行路上のM点（十五度〇分N、百七十四度二十分W）に占位し、飛行艇通過の三十分前から三十分後まで、電波輻射してその誘導に任ずる。

伊二三は真珠湾の南十カイリのN点にあって、飛行艇が不時着した場合に給油、もしくは搭乗員の収容にあたる。以上の各潜水艦は、一日二回の定時気象通報、ならびに急変の場合の警報を発する任務をおびて、攻撃予定日の前日までに指定配備につくこと。

五、訓練その他　飛行艇がヤルートに到着した後は、補給予定の潜水艦との間に、波浪ある洋上における補給訓練を行ない、その要領を会得すること。

洋上航法訓練ならびに対潜水艦通信訓練を励行すること。

基地、飛行艇、潜水艦の間の通信法、周波数、特別呼び出し符号および特別暗号の制定など……。


この計画はとくに修正されることもなく、最終的に決定され、飛行艇三機は二月十六日に横須賀発、サイパンおよびトラックを経由して、十九日にはヤルート島のイミエージ基地に到着した。

「九七式大艇を見なれた目には、ズングリ、ムックリに見えた。スマートという感じではなく、ダグラスDF（海軍が輸入した双発飛行艇）に似ているなと思った。しかし、離水が早いのにはびっくりした。九七式はなかなか離水しないが、二式はエンジンを吹かすとすぐ上がって行った。これはすごい飛行艇が出来たもんだと感激した」

基地ではじめて二式大艇を迎えた金子英郎（当時、一飛曹）のおどろきの弁である。

ここで指揮官橋爪寿雄大尉、機長笹生庄助中尉以下十八名の攻撃隊搭乗員を中心とした訓練が開始されたが、第二次ハワイ空襲の敢行命令が横浜航空隊に伝達されたときの様子を矢吹清兵曹は、「司令室周辺の異様な雰囲気。司令、飛行長、整備長、通信長等々の緊張した顔、動きなどきびしいその前後の日々」として未だに忘れられないという。

約十日間、洋上航法や波浪の高い洋上での潜水艦からの給油などの訓練を行ない、二月末にウォッゼに移動した二式大艇三号および五号機の二機（一機は訓練中に翼端フロートを破損）は、ここで燃料と二百五十キロ爆弾四発ずつを積み込み、待機に入った。

ところが、たまたまラバウル東方で、空母レキシントンを中心とする米機動部隊が発見されたため、連合艦隊司令長官は麾下潜水部隊に集中を命じた。その後、敵は反転して南下したため、警戒はとかれて各部隊原配置に復帰が発令されたが、この思わぬ突発事で、K作戦に参加予定の潜水艦が、三月三日零時までにフレンチ・フリゲートに到達するのが不可能となり、実施は一日延期となった。

日本海軍の情報機関は米海軍気象暗号の解読に成功し、ミッドウェー、ジョンストンおよびハワイ諸島の各航空基地から報告する毎日の気象はすべてキャッチしていた。

ところが米海軍は三月一日に、気象用暗号を変更したので空白を生じ、三日からようやく解読できるようになったので、結果的には一日延期したことはかえって好都合だった。

その三月四日の天気予報はつぎのとおり。
真珠湾　北東ないし東北東の風約十二メートル。
FFS（フレンチ・フリゲート）　東ないし南東の風約十メートル。
こうして、いよいよ四日の午前零時に発進と決定された。

（一番機）　指揮官兼機長主操縦員　海軍大尉　橋爪寿雄
副操縦員　一等飛行兵曹　小川新一　　副操縦員　三等飛行兵曹　森藤福巳
主偵察員　海軍少尉　佐々木太兵衛　　副偵察員　一等飛行兵曹　風間金輔
主電信員　一等飛行兵曹　仁木島正憲　　副電信員　二等飛行兵曹　山田敏秋
副電信員　一等飛行兵　鬼武義高　　主搭整員　一等整備兵　東嘉一
副搭整員　二等整備兵　佐藤正雄
（二番機）　機長兼主操縦員　海軍中尉　笹生庄助
副操縦員　一等飛行兵曹　庄司金吾　　副操縦員　二等飛行兵曹　勝野辰四郎
主偵察員　一等飛行兵曹　西川善雄　　副偵察員　一等飛行兵曹　菊地吉人
主電信員　一等飛行兵曹　梅田実　　副電信員　三等飛行兵曹　町田六郎
副電信員　二等飛行兵曹　富谷勇　　主搭整員　一等整備兵曹　高松宏

副搭整員　二等整備兵曹　山中徳一

（搭整員は搭乗整備員の略）

潜水艦補給

井上第四艦隊司令長官から激励の訓示をうけた橋爪大尉以下十九名の攻撃隊員は、基地全員が見守る中で機に乗り込むと、すぐにエンジン始動、静かに風下に向かって滑走して行った。

やがて機首をめぐらし、エンジン全開の轟音とともに離水滑走を開始した。月明の環礁内に白波を蹴立てて突進する二式大艇の姿には、神秘的な美しさがあった。

午前零時二十五分、さすがに横空で実験を担当した腕前はすばらしく、過荷重の機体がなんの不安気もなく離水に成功し、しだいに高度を上げてゆく黒い機体のシルエットに、時折り月光の反射をきらめかせながら、やがて予定の針路上にその姿を消していった。

この日の日の出は三時四十五分だった。先行する一番機のあとを追った二番機が合流したのは、それより少し前だった。途中やや雲が厚かったが、夜明けとともに天候も回復し、作戦の前途の光明を思わせた。

午前六時、天測によりわずかに北に偏っているのを知り、針路を修正してM点に向

二式大艇による第二次ハワイ空襲の指揮官橋爪寿雄大尉

かう。八時三十五分、M点で待機していた伊九号潜水艦の長波を捕捉し、九時十分、その直上を通過。そのまま平穏な飛行をつづけ、午後一時、岩礁群を発見、さらに潜水艦が岩礁内に向かって航走しつつあるのを認めた。すべて計画どおりだった。

フレンチ・フリゲート・ロックは、ハワイ諸島西南西約四百八十カイリにある小岩礁で、島はないが岩礁で囲まれた海面は外洋の荒波と隔絶され、水上機の着水には好適だったが、この日はキャッチした米軍予報よりも風が強く、白波が立っていた。

二機は、リーフの内外を慎重に偵察しながら静かに旋回、風速十四メートル、波高約二メートルのかなりむずかしい状況ではあったが、無事に着水した。

エンジンの回転を落としながら、サンゴ礁の北西に錨泊した伊一五および伊一九両潜水艦の艦尾に接近し、それぞれ両艦から流してくれた繋留索（先端に眼環とブイがついている）をすくい上げ、まずその眼環を飛行艇の機首のクリートにはめて、確実に繋留を終えた。

この眼環に沿って結びつけられた補助素をたぐると、四本の燃料パイプが潜水艦から伸びてきて、機内に取り込んだあと、胴体内燃料タンクの注油口に挿入され、給油オーケーとなる。

「――日本海軍は、せいぜい水面上一メートル位しかない潜望鏡による視野の狭さを補うために、早くから飛行機を潜水艦に積むことを実施していた。

最初にこれをやったのはイギリスで、M型潜水艦の一隻の十二インチ砲を取払い、その跡を防水の飛行機格納庫に改造し、その前方の甲板上にカタパルトを設け、『ベト』と呼ぶ特製小型の水上機をこれから射出した。飛行機は航空作業が終われば着水し、格納庫の上に設けてあるクレーンで艦の甲板上に揚収され、分解して格納庫に収めるようになっていた」（堀元美『潜水艦』出版協同社）

ほかにフランス、イタリア、アメリカなどでも実験して技術的には成功しているが、あまり発展せず、ひとり日本海軍だけが本格的に取り組んだ。

すなわち、昭和十年以降の巡洋潜水艦――甲型、乙型潜水艦はすべて小型水上偵察機を搭載し、いちおうは使いこなせる段階に達していた。こうした自信が終戦間際に出現した水上排水量三千四百四十トン、八百キロ爆弾を搭載する水上攻撃機「晴嵐《せいらん》」三機を積む超大型潜水艦となってあらわれた。

伊一五および伊一九はいずれも乙型に属する巡洋潜水艦で、甲板上に小型水偵収容のための防水式格納筒が装備してあるが、この任務のために飛行機は基地におろし、格納筒内部には補給用ホース四本と、燃料圧送用の圧搾空気装置をふくむ航空燃料貯蔵庫に改造されてあった。

飛行艇からの「燃料受ケ入レ用意ヨロシ」の信号で、潜水艦では筒内のタンクに圧搾空気を送って給油を開始したが、強風とウネリのために機体が激しく上下動して、繋留索にショックをあたえるため、一番機のクリートがもぎ取られたり索が切れたりして、二度も作業が中断した。

そこであらためて繋留索を取り直し、飛行艇はエンジンをかけ、潜水艦も五ノットの速度で走り、ちょうど故障車の牽引のような形で索があまり強いショックを受けないように調節しながら、二機ともようやく一万二千リッターの燃料補給を終えた。

この間、敵の目をごまかすため、米軍マークを画いた布を日の丸の上にかぶせたが、強い風で飛んでしまい、敵機が来たら飛行艇も潜水艦もすぐ退避する体勢をとりながらの、息づまるような作業だった。

日没は午後二時九分（時差を修正せず、日本時間を使っていた）なので、作業の完了前に太陽はすでに沈み、代わって満月のやわらかな光が作業を助けてくれた。

出発予定時刻は迫っていた。しかし、波高一・六ないし二メートルという海面の状態では、三十二トンの過荷重の飛行艇の離水は危険だ。月明に映える金波銀波の海は千金の美観であったが、一歩まちがえば魔の海となりかねない。

橋爪大尉は、端正な横顔を月光に浮かび上がらせながら、しばし考えていたが、ほかの者ならいざ知らず、自身と二番機の機長笹生中尉の経験とウデをもってすれば離水可能と判断し、予定どおり出発を決意した。搭乗員たちは潜水艦乗組員の心づくしの送別の食卓をかこみ、攻撃成功を誓い合った。

別れは、あっけなかった。搭乗員たちがそれぞれの飛行艇に乗り移ると、すぐに繋留索がとかれ、大きくガブリながら潜水艦から離れて行った。やがて全速に移り、離水滑走に入った。しばしば機首をおおうほどの大波に、艦上で日の丸や帽子をうちふる潜水艦乗組員たちがハッとさせられる場面が再三あったが、両機とも前後して、波浪を蹴って空中に浮かび、急速に遠ざかって視界から消えた。

「行ってしまった」

洋上補給のため潜水艦に乗り組んでいた浜空基地員の竹内兵曹は、それが無理とは知りつつも、いつまでも夜空の一点に消えた機影を追い求めていた。

真珠湾ふたたび

午後三時五十八分、離水に成功した二機の攻撃隊は、月明に峻険な山容がはっきり認められる東部ハワイ諸島の島頂を航法のチェックポイントに利用しつつ、一路、真珠湾めざして飛んだ。海面ではおそろしい波浪も、高い空の上からはおだやかな小波にしか見えず、海面にひろがる月光の反射は、もし平時であるなら、まさに夢の光景であるにちがいない。

だが、これはあくまでも戦争であった。

当時、日本側はまだ米軍にレーダーがあることを知らなかったが、攻撃隊は真珠湾到着二時間前に、すでにカウアイ島の陸軍レーダー哨所のスクリーンに捉えられ、オアフ島のレーダーが受けつぐまで追跡されていたのだ。

この日の昼間、ハワイでは日課となっている素敵哨戒ならびに訓練が反復して行なわれ、とくに日の出前および日没後の索敵に重点をおいて警戒をしていたが、なぜかK作戦関係の日本潜水艦のどれをも発見することができなかった。

だから、カウアイ島の哨所から、「飛行機、オアフ島の二百九十度二百四カイリ」の第一報を受けたオアフ島の防空本部は、それが日本機であるとは考えようともしなかった。自軍の所属機か、あるいは指定飛行区域外から帰投中の迷子になった味方機

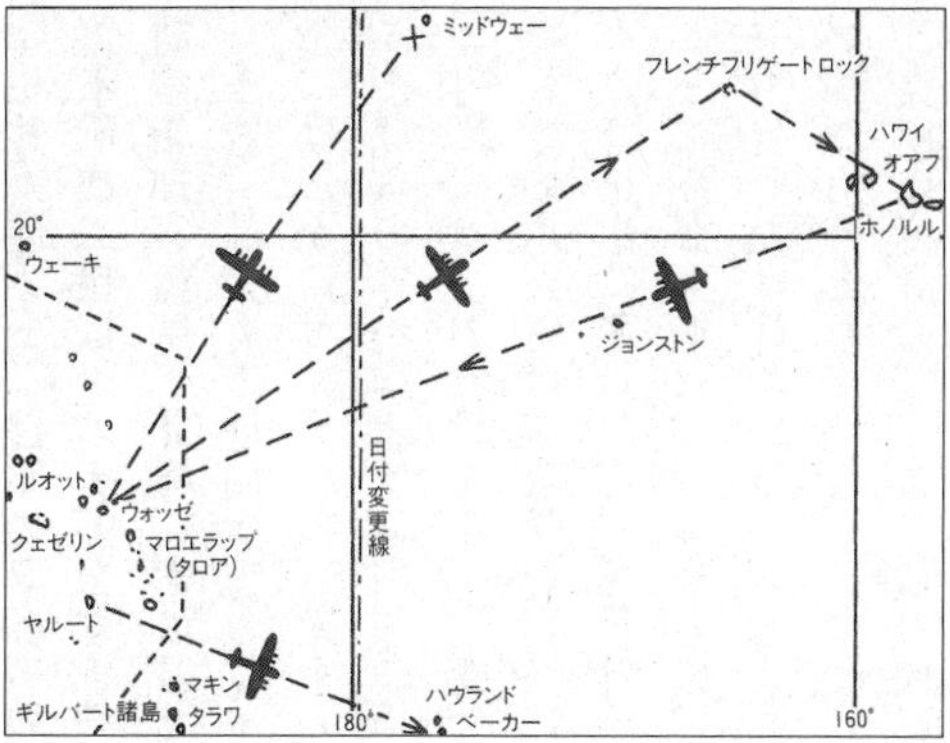

なのか、判断しかねた連絡係士官は「敵味方不明機」として上司に報告した。

だが、その不明機はなおも進みつつあるので、午後七時十三分、戦闘機、防空砲台、探照灯、レーダー哨所の全部を指揮するオアフ島防空指揮官は、麾下の第一攻撃群に出動を命じた。

また、海軍区司令官は、真珠湾海軍基地防空司令官として、七時十八分、麾下全部隊を戦闘部署につかせた。

三十分ほど経ったが、レーダー上の無気味な侵入者はいぜんとして敵味方不明であるが、それが二機で、オアフ島に向かう東方針路上にあることを示していた。

この国籍不明機が日本軍のものである場合、その発進源は水上機母艦または空母と考えられるので、その捜索および攻撃のため、海軍のＰＢＹ飛行艇三機は、雷装をして出撃した。さらに別のＰＢＹ二機が同じく雷装して、これにつづいた。

午後八時六分、陸軍のP40戦闘機四機が邀撃の命をうけ、爆音高く飛び去った。国籍不明機二機はカエナ岬をすぎ、なお東進中であることがレーダーで確認されたため、防空指揮官は麾下諸隊、およびオアフ島全住民にたいし空襲警報を発令した。

一方、二式大艇は四千五百メートルの高度を、緊縮《きんしゆく》隊形をくんでオアフ島に接近し、はるかにカエナ岬の灯光をみとめる位置に達していた。

まばらの雲がコオラン山脈の頂部にかかり、風下側の谷間になびいていた。真珠湾の方にも多少の雲はあるようだったが、南西方はだいたい晴れ上がっているものと判断した橋爪大尉は、攻撃を容易にするため、東進をつづけて、真珠湾の北方に侵入、そこで正南に変針して、爆撃針路にはいる胸算を立てた。

ところが東進しているうちに、コオラン山脈にはばまれて、うすいベールのように立ち昇った一片の雲は、たちまち熱帯性のスコールとなって、一気にオアフ島をおおいつつもうとしていた。

真南に変針して、まさに目標に向かおうとした橋爪大尉は、真珠湾付近も雲にかくされたことを知ったので、位置をたしかめるため左旋回をしていったん引き返し、ヒッカム飛行場とフォード島を、うすい雲を通して確認のうえ、八時四十分、予定目標と思われる地点（確認できず）にたいし、爆弾四個を投じ、そして港内を偵察したのち、南方海上に避退した。

だが、そのさい二番機にも「急速左旋回」、つづいて「単独爆撃せよ」を電命したのであったが、二番機はこれを受けそこなったため、笹生中尉は正南の針路を保持して直進し、一番機と分離してしまった。

すぐこれに気づいた笹生機は、北方に反転して単独爆撃針路にはいったが、雲にさえぎられて目標付近一帯はまったく見えず、やむなく推測目標にたいして全弾を投下(午後九時)して帰途についた。

搭乗員の報告を総合すると、ドック内には戦艦一隻と補助艦数隻、フォード島北側錨地に戦艦、空母および甲巡各一隻がいたが、同島の南側は雲のためまったく不明で、灯火管制は完全に行なわれ、ただカエナ岬、カフク岬およびワイアルア岬の灯光だけをみとめたのみという。

米側の発表によれば、タンタラス山中腹の無人地帯(真珠港の東方約六カイリ)に、四発の爆弾が落下し、山林に損害をあたえたほか、人的、物的被害はなかったという。またその後、爆弾の炸裂音は聞かれなかったので、二番機のものはおそらく海中に落ちたものと判定された。

飛行艇がオアフ上空に侵入したとき、防空指揮官は照射を命じたが、熱帯性スコールは目標の発見をまったく不可能にしたので、防空砲台は照準ができずに終わってしまった。

また、勇ましく飛び上がった戦闘機も、一面の雲のため高度がとれず飛行艇を見ずに帰ってきた。母艦から捜索攻撃にむかったPBY隊も、もちろん何ら得るところなく帰着した。

米陸海軍の航空隊では、なおも日本軍の飛行機であるとは信じられず、ハワイに一番ちかい日本の基地であるウェーキまたはマーシャルからでも、往復行動のできる飛行機は日本軍にはないはずだから、タンタラス山中に爆弾を投じたのは、自軍の飛行機が何らかのミスでやったことにちがいない、と陸海軍たがいに罪のなすり合いをしたという。

敵戦闘機見ユ

潜水艦による洋上補給をふくむ往復四千カイリにおよぶ長距離の敵基地攻撃という困難な作戦をやってのけ、新鋭飛行艇の高性能を実証した橋爪、笹生の両機は、目標を確認できないため、推測投下に終わった爆撃の成果に心残りを抱きながらも、日付上は三日後の三月五日朝、フレンチ・フリゲート・ロックを離水してからでさえ十八時間近い連続飛行の末に、基地に帰って来た。

二番機が午前九時、まず前進基地のウォッゼに、一番機は途中、豪雨に遭って、疲労とたたかいながら約三十分無視界飛行をして、一時間おくれでヤルートに到着、基地司令以下全員の歓喜の渦に迎えられた。

「躍る足と心と胸、生きる者の喜びはどの顔にも、基地の隅々にも充満した。つぎに来るべきものなど瞬時も考え及ばなかった。第二次ハワイ空襲の橋爪大尉の報告書、それは見事なものだった」

基地員矢吹清兵曹の語る攻撃隊無事生還のよろこびも束の間、浜空司令横井俊之大佐以下が橋爪大尉らの成功を祝って祝杯をあげていたとき、大本営海軍部（軍令部）から機密命令がとどいた。

「二式大艇をもって、ミッドウェーを偵察せよ」というのだ。

「同じような作戦が再度成功するものかどうか。敵も警戒を強めているにちがいない。私は秘かに冷水を浴びせられた思いだった。それと基地の悪い食糧事情とデング熱、いま考えてもゾッとする基地の状況とあわせて、不安が私自身だけでなく司令以下にも、もちろん大きかったと思われる」（矢吹）

決行は翌六日夕方と決まったが、足かけ三日にわたる長距離進攻で、搭乗員たちの疲労はいちじるしいものがあり、しかも、すでに敵が厳戒体勢をとっているであろうミッドウェーの偵察行は、だれの目にも無理と思われた。これを机上で作戦をたてる中央と、第一線実施部隊との認識の差と言うべきか。それとも、作戦上必要とあらば、あえて無理を承知で命令を下すのが戦争と割り切るべきなのだろうか。

だが、橋爪大尉は、「命令が出た以上行く」と言い放った。

ヤルートからミッドウェーまでは片道約千七百カイリ（約三千百五十キロ）もある。ほぼ日本の北の果て稚内から、南は最南端の八重山諸島を越えて台湾にいたる距離に相当する。

帰路はウォッゼ、クェゼリン、ウェーキのどこに着水してもかまわないが、偵察時間は黎明時とするのがベストである。二式大艇の巡航速度百六十ノット（約三百キロ）をもってすると、往航だけで十時間以上もかかる。

橋爪大尉の計画は、六日夕方、ヤルート出発、ミッドウェーを遠く迂回して夜明けとともに高々度から侵入し、エンジン全開で降下しながら全速力で写真偵察を行ない、そのまま帰投針路に入るというもので、二日前のハワイ空襲によって敵の厳戒が当然予想されたから、強行偵察となることを覚悟しなければならなかった。

「さもあれ橋爪大尉は、横綱相撲のようにガッキと受けて立った。私は見た、緊張した風貌の中に〝橋爪スマイル〟を。そして間もなくハワイ空襲時にも増しての司令の大激励と切々に祈る言葉の裏と表、それは異様な雰囲気であった。見守り見送る全隊励ましのまなざしの中に、ミッドウェー偵察隊は薄暮の空に雄姿を没した」（矢吹）

基地出発十一時間後、橋爪機は計画どおり飛んで目標に到達した。高度七千、ミッドウェー島に向かって全速降下に移ろうとしたとき、戦闘機二機を発見した。島に接近してくる機影をいち早くキャッチしたレーダーは、今度はハワイの二の舞はやらなかった。

緊急発進の戦闘機は、巨大な日本軍の飛行艇を的確にとらえ、攻撃を開始した。

「敵戦闘機見ユ」

緊急電を最後に橋爪機の消息は途絶えた。

当時、鈍重飛行艇が戦闘機の攻撃を避ける唯一の方法は、超低空で海面をはいながら射撃戦を展開することだった。

死角の多い下面を敵の攻撃にさらすことなく、しかも戦闘機も海面に突っ込むのをおそれて自由な攻撃ができなくなる。こうなると武装が強力で、しかも自由に振りまわせる旋回機銃をもつ飛行艇は、戦闘機にとってやっかいな相手となるのだ。

だが、橋爪機の高度は七千メートル。海面近くに降下しようにも高すぎた。二十ミり機銃五をもつ強力な二式大艇の武装も、軽快な戦闘機の運動性には敵すべくもない。橋爪大尉らの最期は、三月七日午前五時ごろと推定され、二式大艇の最初の犠牲となった。

このあと、艇底に破孔があったために出撃できなかった笹生中尉の二番機も、南洋諸島とハワイの中間にあるジョンストン島の敵前進基地の写真偵察を行なったが、こちらは無事に生還した。

海軍兵学校六十期、飛行学校卒業のさいは恩賜組の秀才橋爪寿雄は、もともと水上機乗りだった。昭和十五年に浜空に着任してはじめて飛行艇に接したが、生来の研究熱心からたちまち上達し、横須賀航空隊に引き抜かれて十三試大艇の実用試験を担当するほどまでになった。

橋爪は単に飛行艇の操縦がうまかっただけでなく、浜空分隊長のころから用法について熱心に研究していた。昭和十五年、十六年と、橋爪が横空に転任するまで、ずっと直属の部下として同じ飛行艇のペアだった小林熊一は、当時の様子をこう語る。

「つねに、みずからあらゆる条件を想定しての訓練に余念がなかった。

昭和十五年の南洋行動から引きつづいての戦技に参加したときのこと、サイパン基地を経てパラオのアラカベサン基地に着水したとたん、私は橋爪分隊長から、『あたらしい基地へ来たらすぐスケッチをかく習慣をつけよ』と教えられた。そして上空から見た島の形、滑走路などをいっしょに書き、比べさせられた。

このおかげで、つねにスケッチをする癖がつき、夜間でもどんな方角から帰っても、島の形によってどこであるか諳《そら》んじることができるようになり、のちに太平洋戦争でどれほど役に立ったか知れない。

洋上補給訓練は独特のものだった。とくに不意に島影に着水する訓練からしだいに洋上に出ての離着水、上達するにつれて黎明洋上補給訓練となり、潜水艦から食事ももらって三十時間以上も基地を離れて行動するような特殊作業つきの訓練をみずから編み出し、司令の有馬正文大佐（台湾沖で、みずから特攻機で敵機動部隊に突入したのちの有馬少将）に上申していた」

第六章　戦火の空に

痛恨のミッドウェー

速度は陸攻に近く、航続力は海軍機のうち最長、しかも陸上の基地建設を必要としない二式大艇の魅力は絶大だった。

広大な太平洋に散在する南洋諸島の大小数千の島々は、いずれもその周辺を発達した珊瑚礁で囲まれていた。そのほとんどが海岸から二、三キロ離れたところで島の周囲を取り巻いた珊瑚の殻で、ちょうど水面までの高さは天然の防波堤となって、太平洋の荒波をさえぎっていた。

島との間の海面は湖面のように静かで、三千メートルくらいの滑走面ならどの方向にもとることができ、理想的な水上飛行場となった。この島々をたどって行けば、敵にもっとも近い場所を基地にえらぶことができ、飛行場を必要とする陸上攻撃機ではやれない遠距離進出も可能だった。

昭和十七年二月に二式飛行艇として採用になった時点では、まだ完成は五号機までだったが、海軍は実験が終わるのを待ち切れずに二機によるハワイ空襲、ミッドウェーやジョンストン島の強行偵察を実施して、一機を失った。この作戦のあといったん内地にもどって本来の実験に復したが、戦局の要請はふたたびこの二式大艇を戦場に引っ張り出した。

それより前、昭和十七年四月一日付で、第十四航空隊がヤルート島に新設され、さきの浜空、東港空と合わせて飛行艇隊は三隊となった。

といっても十四空は、本隊をラバウルに送った浜空のヤルート残留隊に、インド洋方面で行動していた東港空の一支隊をくわえたもので、両方から八機ずつの十六機が定数であった。これにともない、浜空と東港空の定数は二十四機から十六機にそれぞれ減った。

要するに総枠は変わらないが、担当海域に応じて二つの航空隊を三つに分けたもので、司令には中島第三《だいぞう》大佐が着任、こちらはラバウルの浜空とはちがって、地味な哨戒索敵飛行に従事していた。

五月に入ると、椰子の葉陰に鯉のぼりの泳ぐ姿が見られ、季節感のない常夏の基地生活に新緑の内地を思い出させ、単調な生活にともすれば倦みがちな兵隊たちの心に、うるおいを与えた。戦地にあっては何よりたのしみな慰問袋に入れてあったのを、だれかが揚げたものだ。

五月五日、端午の節句、この日、ソロモン方面に敵機動部隊が出現したとの情報が入り、一日おいて戦況ニュースが伝えられた。それによると、敵空母二、戦艦一、重巡および駆逐艦各一撃沈、重巡二大破炎上、飛行機九十八機撃墜、こちらは空母「祥鳳」と駆逐艦一隻沈没という、事実とすれば大戦果であった。

この海戦は珊瑚海海戦とよばれ、史上初の空母対空母の戦闘となったものだが、実際の米軍側の損害は空母レキシントン沈没、ヨークタウン大破、ほかに駆逐艦シムスおよびネオショーが沈没しただけで、日本側は改装空母「祥鳳」沈没、正規空母「翔鶴」大破その他で、双方五分のいたみ分けと見るのが順当なところだ。

しかし、この米軍の反撃でポートモレスビー攻略作戦を中止せざるを得なくなったこと、三隻の空母の不参加によって、このあとのミッドウェー海戦に大敗を招く結果となったことを考え合わせると、戦略的には日本側にとって大きなマイナスであった。

ちなみに「翔鶴」の修理に日本側が二ヵ月もかかったのにたいし、米軍側は大破したヨークタウンをわずか三日で修理して、ミッドウェーの戦いに参加させている。

しかも、日本側は貴重な正規空母「瑞鶴」を、ミッドウェーの陽動作戦にすぎないアリューシャン方面に割くという過ちを犯した。しかし、こうしたことはあくまでもあとからの分析であり、当時は日本でも本当に勝利と信じていた様子だったし、まして遠く離れた前線にいた兵隊たちのあずかり知らぬところだった。

かれらの多くは日本軍の勝利を信じ、それよりはこの海戦に雷撃命令をうけて出動したと伝えられる浜空飛行艇隊の安否を気づかうのであった。

五月中旬、相変わらず単調平凡な哨戒索敵をつづけていた十四空隊員たちに、飛行長から、「本月末からミッドウェー攻略作戦が行なわれる。わが飛行艇部隊の一部は同島の攻略後、ただちに進出することになるので、作戦飛行の合間をみて、いまから進出の諸準備をしておくように」との耳よりな達しがあり、基地に歓声があがった。

第一線とはいうものの、二月の敵機動部隊の空襲以外はほとんど戦争らしいものもなく、あちこちでの勝ちいくさの話を聞くたびに、髀肉《ひにく》の嘆をかこっていたからだ。

血の気の多い若い搭乗員たちは、われこそ一次進出組に選出してもらおうと先陣争いがはじまる始末。まだ戦争の辛さ、こわさなど、露ほども感じていない基地であった。

このころ、ヤルート基地に最新鋭の二式大艇が二機飛来した。基地では特艇とよばれ、その精悍な姿態どおり、九七式大艇とはまるで別機種のような格段にすぐれた性能を示した。

九七式飛行艇の偵察員石塚猛（のち本間姓）兵曹は、この特艇組の中に飛行練習生時代からの顔見知りである町田六郎（ハワイ空襲の二番機搭乗）兵曹を見つけた。同年兵の気安さから、「何しに来た」と聞くと、ミッドウェー作戦のためで、「十五パーセント飛行だよ」といって屈託のない笑顔を見せた。

本作戦の直前にハワイの強行偵察を行なうもので、この特艇の航続距離をもってしても往復は無理で、途中、潜水艦による洋上補給を行なうが、開戦当時とはちがって敵の防備も厳重になっているいま、作戦の成功帰還率は十五パーセントだと言われているというのだ。要するに、前に橋爪大尉らがやったのと同じことの繰り返しであった。

ミッドウェー攻略作戦にあたり、山本連合艦隊司令長官は敵機動部隊の動向に最大の注意を払っていた。敵の航空母艦がハワイにいるかどうかをさぐり、もしいれば先手を打って撃滅するのが狙いで、この偵察をやれるのは、まだ実用実験中ではあるが二式大艇しかなかったのだ。

五月も二十日を過ぎたころになると、作戦に備えて過荷重の離着水や夜間天測など特艇組の訓練に熱が加わり、石塚は選ばれた町田にちょっぴり羨望のようなものを感じた。それも束の間、五月二十七日の海軍記念日の朝、総員帽子をふって見送るなかを鮮やかに離水、二つの機影は基地上空を一周して東北の空に消えていった。

六月に入ると第一次進出組の人選も終わり、〃戦機熟す〃の緊張が基地内にみなぎった。石塚兵曹の艇は第一次組で、四日まではこの基地で飛行、七日までにウォッゼに進出して待機、ミッドウェー占領の入電がありしだい同島に進出と決まり、基地がどっとわいた。

まだ見ぬ新天地に一番乗りとあって、第一次進出組の間ではその話で持ち切り。居残り組から羨ましがられながら、身のまわりのものをまとめて、心はすでにミッドウェーに飛んでいた。

いよいよウォッゼ進出の予定期限となった。六日、一日待ったがダメ。七日、やっぱり命令なし。明日はあるだろう――これも待ちぼうけ。「おかしいな」と待ちくたびれているうちに、期待は不安に変わる。作戦がうまくいってないんじゃないかなどと話し合っているうちに、突然、「ミッドウェー進出延期」の命令が出た。明日からは従来どおり本基地内で哨戒飛行をつづける、にガックリ。たのしみにしていた修学旅行を中止された中学生の心境であった。

戦争の現実は甘くはなかった。そのうちに「赤城」「加賀」「蒼龍」の沈没、「飛龍」の損傷などの話が伝わり、基地には一転して沈痛な空気が流れた。

「『赤城』や『加賀』が沈むものか？　うそだろう」と懐疑派。

「いや、『蒼龍』も『飛龍』もやられたらしいぞ」と悲観組。

伝え聞く兵隊たちの不安は、真相を知っているであろう飛行長や分隊長たちのただならない顔色によって、さらに増幅された。

一方、重大な使命をになってウォッゼに進出した特艇組はどうであったか。作戦はまったく前回のハワイ空襲時と同じで、六隻の潜水艦を、燃料補給のためフレンチ・フリゲートに二隻、警戒に一隻、電波誘導、天候偵察、ハワイ近くの救難などに三隻配置した。

決行は六月一日の予定だった。ところが、潜水艦二隻がフレンチ・フリゲート近くに行って潜望鏡を上げて見ると、敵の哨戒艦がいて環礁内に入れない。前に日本軍がここを使ったことを、敵はちゃんと知っていたのだ。柳の下にどじょうは二度いなかった。

作戦は急遽変更され、ミッドウェー北東海面の偵察に切りかえられた。ところが、またしても天は日本軍を見離した。燃料補給のためウェーキ島に向かった二式大艇が、環礁や風向きの具合で、燃料を満載するとどうしても離水の水路が取れないのだ。ウェーキからミッドウェーまでは、直線にしてもざっと千二百カイリ（約二千二百キロ）、札幌から奄美大島あたりまでの距離に相当する。これを先端では扇形に哨戒して、ふたたびもどって来るのだから、まさに距離との戦いである。

結果からいえば、二式大艇の哨戒は行なわれず、敵空母部隊は二式大艇が受け持つはずだったそのミッドウェー北東海面で、日本艦隊を待ち受けていたのである。日本艦隊の前衛、第八戦隊の巡洋艦「利根」の水上偵察機がそれを発見したとき、すでに、敵の攻撃隊は日本空母部隊に迫っていたのだ。

「なぜ前と同じような計画をやったのか。もし橋爪大尉が生きていたら、決して同じ計画ではやらなかったと思う。ミッドウェーについては、ウェーキでもし満載離水が不可能なら、燃料をへらしてでも飛ぶべきだった。帰路は飛行機を棄て、潜水艦で乗員だけを救う手もあった。かりに不時着して潜水艦に発見されなかったとしても、当時の気分からすれば、大任だから飛行艇の隊員たちはよろこんで死んだだろう」

日辻少佐はこう語るが、ややオーバーな表現をすれば、二式大艇が索敵に飛べなかったことが、ミッドウェー作戦の帰趨《きすう》を決したともいえよう。

ヤルート基地では、戦果発表もないままに心落ちつかない数日がつづいたが、十日になってやっと大本営発表をラジオで聞いた。

「米空母エンタープライズ型一隻、ホーネット型一隻撃沈、飛行機撃墜約百二十機……わが方の損害空母一隻喪失、一隻大破、巡洋艦一隻大破、未帰還三十五機……」

だが「赤城」「加賀」「蒼龍」「飛龍」の四空母沈没、重巡「三隈」沈没、「最上」大破、空母の飛行機全部と搭乗員多数を失ったことは、第一線基地では公然の秘密として知られていた。

「何かこれはただごとではないぞ。これから先どうなるんだ」と、石塚兵曹は胸をよぎる一抹の不安を打ち消すことができなかったが、かれの危惧はやがて事実となった。

それまで平穏だった十四空の哨戒飛行にも、時折り未帰還機が出るようになり、「おい権」「何だ石」と呼び合う仲だった石塚の親友権田兵曹が乗っていた戸出分隊士機が未帰還第一号となった。

南の基地は暑い。それに、戦争ではすべての悲しみもおどろきも持続しない。ミッドウェーのショックがしばらくして収まると、マーシャル方面はふたたび日常の顔を取りもどしていった。だが、ラバウルを中心とするソロモン方面の戦闘では、十四空隊員たちの知る多くの友の死が伝えられ、それに追い打ちをかけるように、ミッドウェー作戦で「飛龍」や「加賀」に乗っていた先輩後輩たちの最期を聞くにおよんでは、だれしも気が滅入り、しぼむ心をどうすることもできなかった。

B17との対決

早ければ一瞬、おそくても二、三分でケリがつく戦闘機同士の空中戦とちがって、大型機同士の空中戦は運動が大きいために、のんびりとしているように見えるが、実際はねちっこく時間が長いので、ずっとしんどい。

それも、こちらが優勢だった緒戦のころはよかったが、昭和十七年なかばごろから連合軍の反攻が本格化すると、しだいに旗色が悪くなった。もとより戦闘機は大敵だが、長距離索敵に出てぶつかる敵哨戒機もまた、戦闘機に劣らぬ強敵であった。

昭和十七年八月七日、米軍がガダルカナル島とツラギに上陸、ツラギにいた横浜航空隊が全滅したので、ヤルート基地にいた第十四航空隊の九七式大艇隊が、急遽、ショートランド島に進出して、索敵の穴をうめることになった。山内大尉の飛行艇分隊六機がラバウル経由で八月十七日に到着、翌日から、さっそく七百カイリの危険な哨戒飛行が開始された。

ショートランド島はラバウルとガダルカナル島の中間のブーゲンビル島の対岸にある小島で、近くにはブイン、バラレなどの陸上基地があり、ガダルカナル島攻撃の最前線基地群が展開していた。ショートランドにはまだ地上の基地施設がなかったので、特設母艦「秋津洲」が隊員たちの休養にあてられていた。

八月二十日朝、小川勝三飛曹長を機長とする一番機が飛び立った。まだ暗いうちに出発するのが通例だったが、暖機運転中に座礁して艇底を破損し、別の艇に乗りかえて出発したため時間がおくれ、上がったときには東の空が早くも白みはじめた。南の夜明けは黎明がみじかく、たちまち陽が昇って大艇の姿をくっきり浮かび上がらせた。

出発して一時間、早くも右前方はるかに敵B17四発爆撃機を認めた。相手もまた、索敵の網を張っていたのだ。

「敵発見!」機内ブザーが鳴り、乗員は戦闘配置に走った。だが、手出しは禁物。哨戒機はできるだけ空戦をさけ、決められた任務である索敵網に穴をあけてはならない。

やり過ごそうとしたが、速力と武装に自信のあるB17の方から仕掛けてきた。小川は困った、と思った。B17に発見されたからには、かならずガダルカナルの飛行場から戦闘機を呼び寄せるにちがいないからだ。しかし、それよりも当面のこの難敵をどうかわすかが問題だった。

　B17は、右側から迫って来た。大きい、そして見るからに頑丈そうだ。最初の一撃をかわし、急旋回で機首を基地に向けた。敵は垂直尾翼に大きなひれのついたB17E型、胴体の上下、後方に二連装動力銃座、胴体両側の銃眼もふくめると十三ミリだけでも八梃以上、対する九七式大艇は、前方偵察席、艇体左右ブリスター型銃座、後上方銃座に合計七・七ミリ四梃、後部に二十ミリ一梃ではるかに劣勢、しかも防弾にいたってはB17にくらべると丸裸も同然だった。

アメリカ陸軍のボーイングB17爆撃機。「空飛ぶ要塞」と呼ばれ、開戦当初から太平洋戦線で日本軍機と死闘を演じた

　与《くみ》しやすしと見たB17は同航姿勢をとり、優速を利して左右からクロス気味に、カウンターパンチを加える作戦に出て来た。こちらは初の空戦。敵の射撃を回避しながら懸命の反撃を加えるが、一向にこたえた様子も見えず、逆に相手の十三ミリ弾がさかんに命中しだした。エンジン全開で振り切ろうにも、百八十ノット（時速三百三十三キロ）しか出ない悲しさ。かわすのが精いっぱいだ。それでも射手は

さかんに応戦している。

空戦をはじめて、かれこれ三十分がたった。指揮に夢中だった小川は、ふとこちらの機銃の発射音が少なくなったのに気づいた。四基のエンジンから発せられる轟音のハーモニーの中でも、性質のちがう機銃の発射音は聞き分けることができる。

後部に見まわりにいった小川は、側方銃座についていた副操縦員の住川兵曹が負傷して血に染まり、後部二十ミリ銃座の松本兵曹が敵弾の直撃で即死しているのを発見した。これで後部銃の応戦能力はゼロになってしまい、頼むは前方の七・七ミリだけとなった。しかも、長時間全速回転をつづけたエンジンは不調を示しはじめ、右側二基の回転が落ちて機速の低下がひどく、格好の射撃目標となりはじめた。

「まずい、こいつはやられる」

小川が唇を噛んで指揮官席にもどったときだった。不意に一弾が小川の右足をかすめ、搭乗整備員席で燃料タンクの切り換えをやっていた白井兵曹の背中を貫通した。即死だった。

速度はいよいよ落ちるばかり。チョイセル島が見え、基地にかなり近いところまで来たことはたしかだが、このまま飛びつづけることは不可能だ。だがさいわいにも、手ごたえ充分と見たか、日本戦闘機の邀撃をおそれてか、B17は去って行った。

小川は不時着を決意し、チョイセル島南端の小さな島陰に着水を命じた。主操縦員の鈴木亨兵曹は沈着に着水したが、艇の滑走がとまると同時に敵戦闘機数機があらわれ、銃撃を開始した。

即死二名を残し、重傷の住川兵曹をかかえて、全員、海に飛び込んだ。銃撃で燃えないと見るや、敵機は焼夷弾を投下し、あっけなく炎上した艇は海中に没した。なおも敵機は海上ただよう小川らを銃撃し、凱歌を上げて東方に去った。

海上に取り残された小川らは小さな島に泳ぎつき、それから四日後、なんとか島伝いにチョイセル本島にたどりついたが、途中で重傷の住川が息をひきとった。チョイセルの現地人たちは、日本人に敵意を持っていなかった。小川ら六人はかれらの好意にすがり、カヌーのリレーで南から北へ島の沿岸伝いに十八日かかって、九月七日、島の最北端の集落に到達した。

ここからショートランドまでは、狭い水道をはさんで小舟で数時間、やっと基地に帰れると安堵したが、このころ基地は重くるしい空気につつまれていた。小川機をはじめ、哨戒に出たまま消息を断つ未帰還機が、ポツポツ出はじめたからだ。

そうとは知らない六人は、集落で三日休んで元気をつけ、九月十日、現地人の仕立てた大型カヌーでチョイセル島をあとにした。海はおだやかで天気もよく、遠方にはかすかにブーゲンビル島も見えて絶好の航海日和だった。

十五人ほど乗れるカヌーを、全員、掛け声そろえて二時間ほど漕ぎ進んだところで、前方に黒い艦影が二つあらわれた。敵か味方か、小川は一瞬ドキリとしたが、どうやら艦型から日本の軍艦と判断された。

ところが、今度は現地人たちが恐ろしがって、漕ぐ手が鈍ってしまい、軍艦も針路を変えて遠ざかるように見えた。ここで見捨てられては大変と、小川はカヌーをとめさせて立ち上がると、軍艦に向かって手旗信号を送った。何と送ろうか迷ったが、浜空の応援だからと考え、「浜空搭乗員六名あり、救助されたし」とした。通信学校いらい使ったことのない手旗だったので自信はなかったが、一回で通じたらしく、軍艦から「トツートン」と発火信号が帰ってきた。躍る思いとはこのことで、やがて一隻が直進して来た。

駆逐艦「村雨」だった。カヌーのすぐそばに停止した「村雨」から縄梯子が下ろされ、小川が艦上にあがって艦長に事情を話し、現地人たちへのお礼に食糧品を出してもらった。食糧と引き替えにカヌーに残っていた全員も引き渡され、不時着してから実に三週間ぶりに、友軍に救助された。

もう一隻は小川らの母艦「秋津洲」だった。「村雨」と「秋津洲」が水道を出ようとするころ、西の空遠くに敵のPBYカタリナ飛行艇があらわれた。運の悪い敵だった。こちらには水上機母艦がいるのも知らず接触をつづける様子に、「秋津洲」のカタパルトから水上戦闘機が二機発進した。二式水上戦闘機で、零戦にフロートをつけて水上機としただけに、上昇力も運動性も抜群にいい。それはたちまち追いすがって一撃、そして二撃目にはPBYは降下しはじめ、着水してしまった。

小川らの乗った「村雨」が現場に急行すると、機体の外に出た搭乗員六名が手を挙げていた。かれらが機密書類を海中に投棄し終わるのを待って、全員、捕虜にした。小川は同じ飛行艇乗りであるかれらが、無事に救出されたことに何となく安堵をおぼえたが、海上に漂流する日本飛行艇搭乗員を銃撃していった米軍機にくらべ、わが帝国海軍はじつに武士道的だと誇らしく思った。

飛行艇は駆逐艦の大砲一発で仕止めた。おなじ日に味方六名を救助、敵六名を捕虜と、敵味方合わせて十二名の飛行艇搭乗員をひろいあげた「村雨」艦長は御機嫌だった。

ショートランドで巡洋艦「愛宕」に乗りかえ、二十三日、トラック着。十月二日になつかしのヤルート基地に帰った小川らは、意外な話を聞かされた。

基地では小川たち九名を未帰還者として、告別式の祭壇まで準備したが、奇しくもその日に救助されたとの報に接し、取り片づけたというのだ。戦友たちは、心から小川たちの生還をよろこび、ひとときの無事を祝い合った。

空戦四十五分

ガダルカナルの敵基地群は日を追って強化されていた。もはや奪回をあきらめた日本軍だったが、攻撃の手をゆるめず、大艇隊の索敵任務も絶え間なく続けられていた。このころ、この方面を担当していたのは、消耗した十四空にかわってインド洋のアンダマン基地から転進してきた東港航空隊だった。

最激戦地ソロモン諸島地区の哨戒飛行は、スピードのおそい九七式大艇にとって、いささか荷の重い任務であった。

九七式とよばれる旧式な制式機でまだ使われていたのは、中島の艦攻とこの大艇だけとなり、どちらも鈍速ゆえに敵機に喰われることが多くなった。さりとて哨戒を欠かすことはできず、搭乗員たちは毎回、悲壮な覚悟で索敵行に出動したが、消耗が多く、搭乗員と機材の補充によって辛うじて最小限の兵力を保ってはいたが、古くからの隊員のほとんどが未帰還となって、あたらしい隊員に変わっていた。

すでに東港空が進出してからも十数機が未帰還となっていたが、とくにその数は十一月に入って目立って増加していた。しかも、未帰還ゆえに戦闘の様子がわからず、基地には沈痛な雰囲気がただよいはじめた。

昭和十七年十一月二十一日、東港空飛行隊長日辻大尉を指揮官とする索敵機が、夜明け前の暗い空に飛び立った。東が白むとすぐ陽が昇る。飛行高度を上げ、索敵に最良の高度三千五百から四千メートルで飛ぶ。海は静か、果てしない視界。あくまでも青い空に浮かぶ雲の断片と海面におとしたその影のほかは、何の変化も見られない単調な光景だ。

四基のエンジンが発する轟音も、発進して三、四時間もすると耳なれてしまい、この上もなくやさしい子守唄に聞こえる。高度四千メートルの機内は寒いはずだが、風防ガラス越しの赤道直下の陽光は、機内をほどよい日向ぼっこの室温とする。

気は張っているものの、からだの方がいうことをきかず、つい眠気にさそわれる。見張りの不注意はそのまま死につながるので、眠気退治に一苦労する。ひざをつねったり、歌をうたったり、広い機内を利用して体操や駆け足のまねごとも効果はあるが、それも一時しのぎで長もちしない。

機内ブザーはもっとも効果があった。ことに「敵発見」の符号でも鳴らそうものなら、いっぺんに目がさめ、全員、緊張の極に達するが、あまりたび重なるとこれも効果がうすくなり、しかも本番のときのことを考えて禁止された。

機上での居眠りは海軍でも問題となり、濃い紅茶類を出すとか、居眠り防止食などが考えられたが、これだけひどい睡魔も、ある時期がすぎるとふしぎに楽になった。

しかし、そうした努力がいるのも途中までのはなしで、哨戒線の扇の先端をまわるころには空気自体にも異様な緊張がただよい、雲の形にすら殺気を感ずるようになって、眠気どころではなくなる。

午前七時、日辻機が哨戒圏ギリギリのガダルカナル島の手前百カイリ付近にさしかかったとき、前方の空に小さな黒点があらわれた。目をこらして見ると、どうやら大型機、それもB17のようだ。敵もこちらを認めたようだが、近寄ってくる気配は見えない。B17の動きを目で追っていた日辻は、どうやらこちらをできるだけガダルカナル近くに引き寄せ、戦闘機を呼んで叩こうという算段と読んだ。

戦闘機がくる前にやらなければ、と判断した日辻は決戦を挑むことにした。反転してB17に向かうと、敵もまた急速に接近してきた。危険なランデブーの開始である。日辻機は真っ向からぶつかる勢いでB17の腹の下にもぐり込み、きわどい高度差で二機の大型機がすれちがった。

その直後に、大艇の後部二十ミリ銃座が火を吐き、Ｂ17の下方動力銃座の十三ミリ二連銃の曳痕弾と交叉した。相手が飛行艇となめてかかっていたらしく、Ｂ17は完全に不意をつかれたかたちとなった。二十ミリ弾が命中したのか、右エンジンの一基から黒煙を吐きはじめた敵機は、空戦をあきらめて遠ざかっていった。

「幸先よし」

搭乗員たちの顔に安堵の色が浮かび、日辻機はもとの索敵コースにもどった。この広い大空の真っ只中、誘導のＢ17さえ追っ払えば、敵戦闘機に見つかる公算も少ない。

「今日は忙しくなりそうだから、今のうちに、腹ごしらえをしておけ」

日辻はそういってみずからも弁当を開いた。搭乗員たちも部署についたまま思い思いに弁当を食べはじめたが、箸を口にはこぶ間も目は空と海に間断なくそそがれ、わずかなスポットをも見逃すまいとする緊張はつづいていた。

午前七時四十分、左前方の雲の中から、高速で突っ込んでくる大型機を発見した。ピンと立った垂直尾翼は、あきらかに敵のＢ17であることを示していた。

「敵発見！」

にわかに機内は騒然となった。すぐに敵機との空戦を意味する「ヒ」連送を基地に打電、先刻とは別の機体であることを報告。日辻は指揮官席に立って「空戦配備」を下令したが、それより早く搭乗員たちは機銃に取りついていた。

日辻機は反転して機首を基地の方向にとり、ガダルカナルから遠ざかるように飛んだ。巨大なスコール帯が前方に見え、海面すれすれまで降下した。B17はしばらく雁行して追ってきたが、日辻機のずっと前方に出ると、針路を押さえるように、右舷方向から突っ込んできた。

大艇の右舷七・七ミリ機銃四梃と敵の前方銃が同時に火を吐いたが、命中弾なし。B17は九七式大艇より百キロ以上の優速を利し、ジグザグ運動をしながら「空飛ぶ要塞」といわれた強力な武装を有効に活用しようとする。そうはさせじとこちらも急旋回でかわしながら、射撃に有利な体勢に持ち込もうとする。

前方にしか機銃がついていない単座戦闘機とちがって、旋回機銃をいくつも持っている大型機の運動は単純ではない。九七式大艇は二十ミリ機銃をもつ尾部がもっとも強力なので、さそりのように尾部を敵機に向けるようにするのが最良だ。大艇はスピードは劣るが、試作機時代に強度を立証するため、テスト・パイロットの近藤中佐が垂直旋回をやって見せたほど運動性がいい。

旋回機銃には射界の制約がある。日辻はそれを見きわめながら操舵を命じ、こちらの射弾を送った。低空でのはげしい撃ち合いで付近の海面は白く泡立ち、何も知らない魚どもをおどろかせた。敵の運動も巧妙でなかなかのものだったが、一瞬、日辻の頭にひらめいたものがあった。

「こいつだ。いままで未帰還機は戦闘機にやられたものとばかり思っていたが、このB17にちがいない。すでに何機かが、こいつに喰われている。うらみ深いB17なのだ」

米軍機と交戦、燃えながら低空飛行中の九七式大艇。大戦中期以降、米軍の反攻により同機はしだいに消耗していった

生かして帰すものかと、日辻はあらたな闘志をもやしてB17に立ち向かった。

第三撃目、右から左に敵機がかわったとたん、「ガチーン」と鋭い音がし、操縦席前方キール上に大穴があいた。敵の十三ミリ機銃弾が命中したのだ。高度は海面上わずか三十メートル。エンジンには異状がない。

ホッとする間もなく、今度は左から右に敵影が頭上をかすめた。

「あっ」「畜生っ」と誰かが叫んだ。同時に金属音が聞こえ、つぎの瞬間には硝煙と血のにおいがクルー室に充満した。

「タンク、タンク」という声に日辻が振り向くと、搭乗整備員が左腕を抱えて倒れている。日辻のすぐうしろの主電信員の右腕が関節部から折れてダラリと下がり、傷口から吹き出す血が音を立てて天井に達していた。それらを素早く見てとると、「飛行士、応急治療」とどなりながら、日辻は首のマフラーを取って投げた。

密閉されたタンク室内では、三個の燃料タンクが中央部を撃ち抜かれて、さかんにガソリンが吹き出している。血とガソリンの臭気が、この飛行機の最期を思わせた。だが、飛行士の手で、電信員の腕はしっかりとしばられた。搭乗員の腕は飛行服の上からタオルでしめつけ、床にねかせた。皆、沈着であった。

日辻は腰のあたりに異様な熱さを感じ、周囲を見まわしておどろいた。かれがいたところから十センチほど離れた艇体側面が円形にえぐられ、そこから入った機銃弾が指揮官席に突き刺さってとまっているのだ。手袋のまま引き抜くと、まだ焦げるほど熱かった。立っていたから助かったが、座っていたら腰を砕かれていたところだった。

「まだ運はあるな」と思いながらも、日辻は拳銃に装塡した。非常な接近戦なので、相手のパイロットに、一発見舞うチャンスもあるし、万一、海に突っ込むときは自分の頭にぶち込むつもりだった。拳銃で主操縦員の肩を叩きながら、「最後は体当たりをやる、時期はオレが決める」と指示した。重傷者の顔がちらついたが、覚悟を決めると少し落ちついた。

撃っても撃っても墜《お》ちない日本機に、敵もいらいらし出したようで、操縦が荒っぽくなってきた。がっぷり四つに組んだこの戦い、お互いに手をゆるめることは出来なかった。

と突然、副操縦士が操縦輪を前に押しながら左を指さした。見ると、敵も体当たりするつもりか、猛烈な勢いで高度三十メートルの大艇の下に突っ込んできた。副操のとっさの判断で衝突をまぬがれ、きわどいところでB17が艇尾にかわった。この一瞬のチャンスをとらえて、尾部二十ミリ射手は一弾倉を撃ちっ放しでぶち込んだ。

いったん遠ざかったB17は、左垂直旋回で切りかえすと、ふたたび覆いかぶさるようにして接近した。赤い敵パイロットの顔が見え、全機銃はあらぬ方向を指し、射撃は完全に停止していた。全弾撃ちつくしたか、射手が倒れたかのいずれかであった。

B17のこの運動は、空戦の終わりを告げ、相手の健闘を讃える合図だったのか、右旋回に切り返すとそのまま雲中に消え去った。

奇蹟の生還

四十五分にわたる死闘は終わった。

「敵を撃退す。われ重傷二名、被弾多数、不時着するやも知れず。基地の南東二百カイリ、今より引き返す」

打電し終わって、日辻が時計を見ると、午前九時であった。撃ち抜かれた燃料タンクのガソリンがもつか、下の景色が見えるほどの艇底の大穴で着水できるかどうか、重傷者二名の命がもつか。

とにかくスコールを突き抜け、ボロボロになった九七式大艇は、二時間半をついやして十一時三十分、基地上空に姿をあらわした。下では司令以下全員が砂浜に出て見上げ、不時着にそなえて一機が水上で待機していた。

突然、副操縦士が泣き出した。感きわまったのだ。

「しっかりしろ、まだ終わっていないぞ」と、日辻はその頭にゲンコツをひとつ見舞い、転覆するか、沈むか、一か八かの着水に挑んだ。

そして、接水は成功したが、艇底の大穴からたちまち浸水がはじまった。穴の上に三名が重ね餅となってからだで防水、残りは副操以下全員を尾部に移動させ、砂浜に乗り上げた。ザザザーッという砂の感触が、戦いの終わりを告げた。

重傷者も自分で立ち上がったが、軍医に助けられて収容され、残った全員血まみれの姿で報告をすませた。被弾九十三ヵ所、二番エンジンはナセル上面が焼けていた。発火が自然に消えたらしい。破損状態を見た司令が、「君はついているねえ」と、あきれ顔で言った。被弾個所がすべて致命部をはずれていた、奇蹟ともいえる生還であった。

九七式大艇は、ワグナーの張力場理論により、外板をふくめた構造全体で強度をもたせるようにしてあったから、よほど致命部にあたるか、操縦者がやられるか、もしくは火災が起きるかしない限りは墜ちないはずであった。

それと、空中戦が互いに低空であったために射弾がほぼ水平に飛び、縦に深い九七式大艇の胴体燃料タンクの中途を撃ち抜いても、弾孔より下の燃料は洩れずに残ったことも飛びつづけられた原因だった。さらに幸運だったことは、燃えなかったことで、いくつかの必然と偶然が織りなす運命のあやが、日辻らの飛行艇を墜落から救ってくれたのだ。

この戦訓の意義は大きく、すぐに中央に報告されて、一ヵ月後には防弾鋼板の装着、燃料タンクの防弾ゴム張り、二十ミリ機銃の増設となって結実し、原因不明の未帰還機は十六機で喰い止められた。

それにしても、これだけの大改修をわずか一ヵ月で全機にほどこした素早い反応は、たとえ戦時といえどもめったにないことで、川西の技術者たちの士気の高さもまた特筆すべきものがあった。

司令長官と共に

トラック島夏島基地の第四艦隊司令部は、ある重要任務飛行を前に緊張していた。四艦隊司令部には、大日本航空からの徴用をふくめて輸送用飛行艇が八機あり、内地と南方諸地域を結ぶ輸送業務を担当し、経由する飛行艇の燃料補給、整備、乗客や荷物の整理など、あたかも航空ターミナルの観があった。

重要任務飛行とは、司令長官山本五十六大将以下の連合艦隊司令部職員を、飛行艇二機でラバウルに送りとどけることだった。

使用機は日航から徴用の九七式輸送飛行艇があてられることになり、ただ一人の四艦隊司令部付輸送艇整備分隊士の秋場庄二少尉は、部下を督励して、とくに入念な整備を行なわせた。その日、昭和十八年四月三日、早朝から二機の飛行艇はエンジンを始動、ウォーミングアップを終えて待機した。

定刻、山本長官の一行がランチで夏島の水上基地に到着した。出迎えに整列した秋場少尉は、幕僚たちが防暑服の略装なのに、長官一人が真っ白な第二種軍装で降りてきたのに目を見張った。

ふだんは、めったに見られない長官とあって、畏敬の念をこめて敬礼する秋場の前を、山本はキチンと答礼して過ぎた。長官ともなると敬礼の指先は曲がり、いいかげんになるのがふつうだが、山本のは兵隊のそれと同じように、指をのばした型どおりのものだった。その端正な服装と挙動は、この暑い南の基地にも山本長官の周囲だけは涼風がただよっているようなさわやかな印象があった。

定刻が来た。が、飛行艇は出発できない。同乗するだれかの遅参であった。参謀が耳打ちすると、一瞬、山本の顔が曇った。「時間に几帳面な人だな」と秋場は思った。間もなく人員もそろい、二機の九七式輸送艇は翼をつらねてラバウルに向かった。「何事も起こらないように」と念じながら、秋場は望遠鏡で機影が視野から消えてなくなるまで見送った。そしてこれが、秋場にとっては山本長官の見収めとなった。

ガダルカナル上陸に端を発した連合軍の反攻は、航空兵力の増強と、ようやくその底力を発揮しはじめたアメリカの巨大な生産力がくり出す新手の海上兵力とにより、ソロモン、ニューギニア方面の日本軍に強大な圧力を加えはじめた。

連合艦隊司令部は、敵飛行機や軍艦、輸送船の集中ぶりから連合軍の反攻近しと見て、麾下の航空戦力をラバウルに集中して一大航空撃滅戦を行なうべく、三月二十五日、「い号作戦」の実施を決めた。

この作戦計画にもとづき四月三日、第三艦隊の空母「翔鶴」「瑞鶴」「隼鷹」「飛鷹」「瑞鳳」搭載の艦上戦闘機および艦上爆撃機約百六十機がラバウルに進出、この方面の作戦を担当していた第十一航空艦隊の基地航空兵力約百九十機と合わせて、三百五十機という大兵力がラバウル飛行場群、ブカ、ブイン、バラレ基地などに展開した。山本長官はこの作戦指揮と前線視察のため、トラックからラバウルに向かったのだった。

もともと、山本自身はこのラバウル行きにはあまり乗り気でなかったという。

「広大な戦域にわたる大作戦を指揮する最高指揮官は、軽々しく最前線に出るべきではない。アメリカのニミッツを見ろ。かれは真珠湾に引っ込んで一歩も出て来ないではないか。ニミッツがみずから最前線に出て来るなら、おれも出かけてもよい。そうでないのに、のこのこ第一線に出て行く馬鹿があるか」というのがその理由であった。

しかし、ラバウル基地航空部隊と臨時に進出した第三艦隊母艦搭載機の部隊との協同作戦問題、陸軍部隊とのいろいろないきさつ、また第一線将兵の士気振興のためもあり、参謀長以下幕僚の懇請によってやっと腰を上げた。

これが山本にとって命取りになった。「い号作戦」を終え、四月十八日、ブイン、ショートランド方面を視察するため、ラバウルを発った長官一行の陸攻二機が、暗号を解読して待ち伏せていたアメリカ陸軍P38戦闘機に、ブインの手前で撃墜されてしまったのだ。二番機は海上に不時着して乗っていた宇垣参謀長らは重傷を負い、一番機はブイン付近の山中に墜落して長官以下全員が死亡した。

アメリカの関係者の間で「JN‐25」の名称でよばれていた日本海軍の極秘暗号は、すでに一年ほど前からすっかり解読され、時間にやかましい山本の性格を知っての米軍側の周到な待ち伏せ計画の結果だった。

ちょうどこのころ、トラック島夏島基地では、「長官が帰って来られるから、飛行艇二機をラバウルに出すように」との四艦隊司令部の指示で、九七式輸送艇の整備が行なわれていた。

もとよりブインでの異変など知るはずもなく、長官を迎える艇はいつもより入念に整備され、秋場分隊士の点検を受けてラバウルに向け発った。だが翌日、飛行艇はカラで帰って来た。予定が変更になった、ということであった。

それから数日後、横須賀鎮守府司令長官古賀峯一大将が飛行艇で到着した。古賀長官は淡々とした表情で飛行艇から降り、戦艦「武蔵」からの出迎えのランチで岸壁を離れた（山本長官の戦死によって、連合艦隊旗艦は「大和」から「武蔵」に代わっていた）。その態度からはいささかの緊張も読み取れず、「山本長官といい、この古賀長官といい、エライ人はちがうな」と、秋場は感心して見送った。

しばらくして、夏島水上機基地から少し離れた竹島の陸上機基地に行ってきた隊員から、負傷者を乗せた一式陸攻から、ホータイ姿の高級将校が肩にかつがれて降りたのを見たという話を聞かされた。ラバウル方面で乗機が撃墜され、かなり負傷者が出たらしいとのことだったが、それでも山本長官戦死などの疑念は起きなかった。

運命の日から一ヵ月以上もたってから、大本営は山本長官の死と、古賀長官の交代を発表した。ミッドウェーの敗報以上の衝撃的な出来事だっただけに厳重な箝口令《かんこう》がしかれ、「海軍甲事件」とよばれて、ごく少数の人びとにしか知らされていなかった。

だが、いつまでも事実を伏せておくわけにもいかないところから発表となったものだが、「山本元帥に続け」のスローガンにもかかわらず、緒戦以来の勝利の立役者だった山本の死が全国民にあたえた深い失望と不安は覆うべくもなかった。

海軍乙事件

連合艦隊司令長官は変わったが、連合軍の攻勢は激化する一方で、中部太平洋の島々をつぎつぎに占領するとともに、ソロモン方面でも南から島伝いに攻めのぼって来た。

日本側も艦隊と基地航空部隊とで反撃するにはしたが、なにしろ機動部隊というキメ手を欠いてはどうしようもなかった。航空母艦も数だけはいちおう揃っていたが、「い号作戦」いらいの転戦で、かんじんの飛行機の搭乗員の大部分を消耗してしまったため、内地で再建の最中だったのである。

トラック島は太平洋方面作戦の中枢的な基地として、連合艦隊司令部も「大和」「武蔵」などを在泊させて旗艦とし、全作戦の指揮にあたっていた。

ところが昭和十九年に入ると、中部太平洋方面の連合軍の進攻は一段とピッチを早め、トラックも空襲の危険が感ぜられたため、一月三十一日、水上部隊の大部分はトラックから遠く離れたスマトラ沿岸の秘密泊地リンガ湾に移り、旗艦「武蔵」は大本営との打ち合わせのため、一時、横須賀に帰った。このあと二月十七日、予想どおりトラックは機動部隊艦載機による大空襲をうけ、多数の軍艦や輸送船に損害を出したほか、基地機能のほとんどを失う打撃をこうむった。

そこで、日本側としても反撃に転ずる作戦を立て、古賀長官は防備状況視察のため旗艦「武蔵」でまずパラオにおもむいた。ここからさらにフィリピンのダバオに向かい、連合艦隊司令部を陸上に移すことになった。

この重要任務を仰せつかったのは、第十三航空艦隊麾下の第二十八航空戦隊で、二式大艇三機を使用し、予定は三月末と伝えられた。

これより先、昭和十八年五月には、八〇一（元の浜空）、八五一（東港空）、八〇二（十四空）の各飛行艇部隊は、使用機を九七式大艇から新鋭の二式大艇に変えていた。川西甲南工場における二式大艇の量産がようやく軌道に乗り、昭和十七年には十三機だったのが、十八年には輸送型の「晴空」（H８K２－L）もふくめて九十機にも達していたのだ。

このころ、八五一空は本拠をジャワ島のスラバヤに置き、一部をスマトラ北西岸のシボルに派遣して、インド洋方面の長距離哨戒や陸軍のインパール作戦に協力するなど、持ち前の航続性能を生かして大忙しの活躍をしていた。

中でも特筆すべきだったのは、スラバヤ本隊によるオーストラリア海軍の根拠地パース軍港の偵察だった。

パースはオーストラリアの南西岸、インド洋に面したスターリング湾の奥にある軍港で、スラバヤからは直線距離にして千六百カイリ（約三千キロ）以上もあり、二式大艇の航続力をもってしても、往復飛行はギリギリという距離だった。二万リッターの燃料をつみ、機銃をおろして乗員も五名に減らすなど特攻出撃さながらであったが、二式大艇はよくこの飛行に耐え、軍港の写真を撮って帰ってきた。

こんな状態だったので、三機をパラオに差し出せといわれても、本隊の手もとにはたった一機しかなかった。命令をうけとった二十八航戦の先任参謀鈴木英中佐は、やむを得ず八〇一空の一機とラバウル方面搭乗員救出任務を命ぜられていた八五一空の二機を、急遽、転用することにして数をそろえた。

三月三十日、三十一日、パラオは敵機動部隊の大空襲をうけたが、飛行艇二機（一番機と二番機）は空襲の終わった三十一日夜、サイパンから飛来し、エンジン故障でダバオにいたもう一機は到着がややおくれた。

三十一日夜、かねての計画どおり、長官以下司令部職員の大部分がダバオに向かうことになり、基地では秋場整備分隊士の指揮で、二機の大艇の出発準備が大急ぎで開始された。ところが、基地の補給能力が貧弱なのと、空襲で大きな被害をうけた直後とあって思うように作業が進まず、司令部職員が乗り込んでもまだ給油が終わらなかった。

古賀長官の乗る一番機が七割方、福留繁参謀長の乗る二番機は八割方給油が進んだころ、思いがけなく空襲警報が発せられた。

基地は昼間の空襲であかあかと燃え上がっており、混乱していた。こんな時間に？といぶかられたが、ここで飛行艇ごとやられたら一大事と、連合艦隊航空参謀の判断で給油を打ち切り、午後十時ごろダバオに向けて発進した。パラオからダバオまでは約五百六十カイリ（約千五十キロ）、二式大艇にとってはホンのひと飛びといった距離である。ふつうの正規状態でも千二百五十カイリは飛べるから、航空参謀の指示で早めに給油を打ち切っても充分に余裕をもって到達できるはずだった。

ところが運悪く、途中で熱帯性低気圧にぶつかり、豪雨を突破するのにひどく燃料を喰ってしまった。二番機はようやく抜けてフィリピンに達したものの、航法ミスと燃料不足でセブ島付近の海上に不時着大破、一番機は行方不明になってしまった。

福留参謀長以下は海岸に泳ぎついたが、ゲリラの捕虜となり、事実上、連合艦隊司令部は全滅同然となってしまった。福留以下の身柄は、後日、陸軍部隊の討伐とかなりの身代金と引きかえに取り戻すことができた。

古賀長官の行方不明については、長官はフィリピンに不時着自決したなどとまことしやかに伝えられたりしたが、遭難前に長官機と参謀長機は十五分ごとに無線連絡をとり合っており、午後十一時三十分ごろに長官機からの電信が途絶えたこと、ならびに当夜の悪天候から推定してその時刻に海中に墜落し、全員殉職したものと考えるのが正しい。

あとになって空襲警報は誤報とわかったが、パラオ空襲を知ってダバオで待機していた八五一空の安藤敏包中尉を機長とする三番機がパラオに到着したのは、すでに一番機および二番機が出発したあとで、どうやらダバオに向かうこの二機とすれ違ったらしく、遭難した一番機が発したものらしいかすかな電信を傍受している。

主として通信科および暗号、気象関係員が乗った三番機は、超ベテランの安藤中尉の判断よろしく四月一日未明に満タンで出発、天候が回復しつつあったことも手伝って、無事ダバオに到着した。

遭難した一番機の機長は八五一空の灘波正忠大尉、二番機の機長は八〇一空の岡村松太郎中尉。「海軍乙事件」とよばれたこのアクシデントは、山本長官のときと同様極秘とされ、古賀長官の死は約一ヵ月後の五月五日、戦死ではなく〝殉職〟として発表された。

山本長官戦死のときは幕僚の約半数は旗艦に残っていたので、司令部の再編成は比較的早かったが、今度のはほぼ全滅（生存者も含めて）だったため、あらたに連合艦隊司令長官に任命された豊田副武大将が全艦隊を指揮するようになったのは、古賀長官殉職発表の二日前で、全作戦に大きな穴があいてしまった。

いつものことながら、この種の事件にかかわった搭乗員たちの運命は悲しい。「甲事件」のとき、山本長官一行を護衛した二〇四空の森崎武中尉ら六機の戦闘機搭乗員たちと飛行隊長宮野善次郎大尉は、負傷して後送された一名を除き、激しい戦闘の中に身を投じてみずからの責めに——かれらに直接の責任はないはずだったが——殉じた。「乙事件」の岡村中尉もまた同様だった。

「昭和十九年六月十二日午後、トラック島夏島基地の岸壁で、私(秋場)は離水していく三機の二式大艇をじっと見つめていた。所属は八〇二空で、サイパンに本隊があり、何らかの作戦の都合でトラックに来ていたものと思う。サイパン島は前日から敵機動部隊による空襲と艦砲射撃、そして上陸と大激戦が展開されていた。

八〇二空の三機はたまたまその前日サイパンから飛来したもので、うち一機は岡村中尉が機長だった。岡村中尉はときどき来ていたので面識があり、一年先輩(昭和五年志願)とは思えない貫禄のある人で、妙に印象が強かった。

岡村中尉機はエンジン一基が大修理を要する故障で、懸命の整備にもかかわらず故障は直っていなかった。にもかかわらず、岡村中尉は空襲下と知りつつ三発のまま、他の二機のあとを追ってサイパンに戻っていった。

岡村中尉が海軍乙事件のときの機長であることも知っていたが、それいらい久し振りに水上基地の指揮所付近に立っていた岡村中尉の姿が、いまでも目に浮かぶ。おそらく、よき死場所をとみずからの意志で飛んで行ったのではないか」

岡村の心中を思うといまでも胸がいたむ、と秋場は語っているが、軍人の宿命とはいえ悲しい乙事件の終末であった。

第七章　限りなき挑戦

壊滅再編成

運命の島ソロモン諸島ガダルカナルのすぐ北に、ツラギという小島がある。ちょうど伊豆半島と伊豆大島ほどの距離と考えればいい。日本軍は開戦半年後の昭和十七年五月はじめにここを占領し、浜空の飛行艇隊と別に水上機部隊もここに進出した。

ツラギはソロモン諸島の中心で、戦前には政庁があり、日本が占領する前はオーストラリア軍の水上基地があったところだ。

浜空基地があったのは、ツラギの町から約二キロほど離れたタナンボゴとガブツという、二つ合わせても江ノ島の広さにも及ばない小さな島だった。

水上機隊がいち早く進出したのにつづいて、陸上機も進出させようと、日本軍は対岸のガダルカナル島に飛行場建設をはじめた。といっても、ブルドーザーを駆使して一週間でならしてしまう米軍とちがい、もっぱら人海戦術に頼る日本式作業の進捗はおそかった。

浜空ではこの作業を支援すべく、哨戒の合間を縫ってはガダルカナル大草原の航空写真を撮った。

連合軍側にとって、槍先のように日本軍の最先端に突出したツラギは目の敵《かたき》だったから、かれらはソロモンでの攻勢開始に先立って、まずここを最初の目標に決めた。ところが、航空写真によって、偶然、ガダルカナルに日本軍があたらしい滑走路をつくっているのを発見した。あと二、三日で零戦や陸攻が進出しようという八月七日、かれらはガダルカナルに上陸した。同時にツラギにも上陸、浜空をふくむ守備隊は善戦したが、圧倒的な敵の物量攻勢の前に玉砕してしまった。

ツラギでは敵が上陸する前日の八月六日は天候不良で哨戒機は出なかったが、連絡のためラバウルから飛んできた新鋭の二式大艇が、食糧や酒などをしこたま運んできたので、島では久しぶりに演芸会が開かれた。

にぎやかな夜を過ごした翌七日の早朝、敵の空襲をうけた。すでに夜半に発せられた警報で出動準備をすませ、全機エンジンのウォーミングアップのため水上滑走に移ったところに敵戦闘機が襲いかかり、七機の九七式大艇はたちまち炎上、搭乗員も大方が戦死した。わずかな飛行艇による広大な海面哨戒の間隙をつかれたものだった。

ツラギ進出の飛行艇全機と、司令の宮崎重敏大佐、飛行長勝田三郎中佐以下の主力メンバーを失った浜空は、ナウル、オーシャン方面とラバウルにいた少数機を除き、ほぼ壊滅状態となり、わずかに残った隊員を中心に再建すべく横浜に帰った。

だが、その再編成も容易ではなかった。九月に再建に着手したものの、開戦当時とちがって、搭乗員の技倆低下がいちじるしく、訓練中に事故が続発して犠牲者を出すことが多かった。それでも、翌昭和十八年五月には、なんとか人員と機材をそろえ、南方再進出の準備をしていた浜空に下った命令は意外にも北方、それも千島列島の北のはずれの幌筵《パラムシル》島に行くことであった。

ツンドラの島

幌筵は、その先の占守島をへだてて向かいはソ連領のカムチャッカ半島、東には弓なりにアリューシャン列島がある。アリューシャンの中ほどに昭和十七年六月、日本軍が占領したアッツ、キスカの両島があるが、昭和十八年五月に米軍はアッツ島に上陸した。

浜空隊に急遽、北方進出が命ぜられたのは、この方面の戦闘支援のためであった。とはいえ、南方行きの準備をしていた矢先のこととて、兵隊たちは面喰らった。すでに冬物は全部返納してしまい、全員半ソデ、半ズボンの防暑服姿だった。

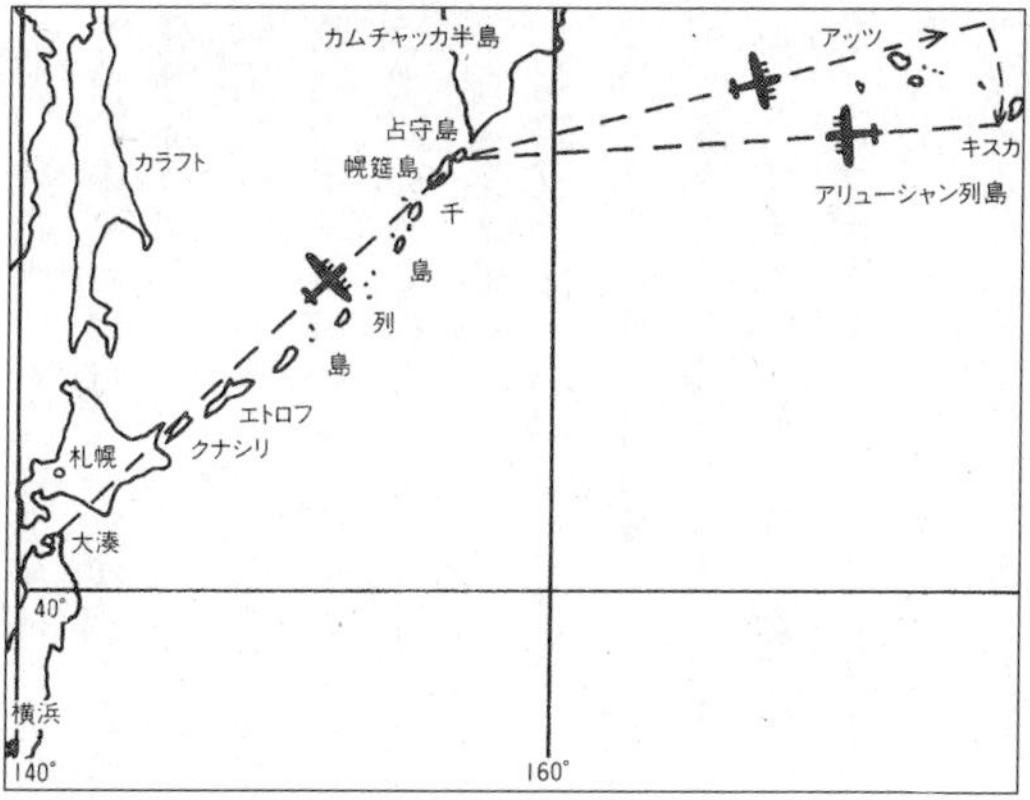

指揮官田村中佐以下、九七式大艇六機で新緑の横浜を発ち、途中、大湊に立ち寄った。北国の五月とあって桜が満開、隊員たちは二度目の花見を楽しんだのち、大湊から一気に千島列島沿いに飛んで幌筵に着水した。

荒涼としたさいはての島は木がなく、まだ雪に覆われていた。すぐ向かいの占守島との間には海峡があり、飛行艇は幌筵島側の武蔵湾に繋留された。海峡には北方守備の第五艦隊が停泊し、入り江の中には多数の漁船がこれも錨をおろしていた。飛行艇隊がくる途中にも、北に向かういくつかの船団が見られた。軍艦の庇護のもと、戦時中でも北洋漁業は活発に行なわれていたのだ。

湾の中央には母艦「秋津洲」が停泊していた。毎朝、八点鐘を合図に、軍艦旗掲揚が行なわれた。

「気を付け」のラッパが鳴ると、母艦の甲板上の者も、飛行艇の上で整備中の者も、艦尾のポールに向かっていっせいに起立。静かな海峡に鳴りわたる荘重な「君が代」ラッパのしらべとともに、するすると揚がる軍艦旗に注目する。内地も北辺の第一線基地も変わらぬ帝国海軍の一日のはじまり、すがすがしいひとときであった。

北緯五十度の北国も、五月半ばをすぎると雪はずっと内陸までとけ、平地には高山植物のような小さな花がいっぱいに咲き乱れて、おそい春の到来となる。花に誘われて足をふみ入れると、ふんわりとした感触で、じっとしていると足のまわりがじわじわ濡れて来る。きれいな緑地に腰を下ろすと、しばらくして尻が冷たくなり、立ち上がったズボンのそのあたりは濡れて、地図をかいたようになった。ツンドラ地帯だったのだ。

海岸沿いに海軍兵舎、平たい山の上には陸軍の飛行場があり、雪を積んだ掩体壕のなかに、「隼」戦闘機が待機していた。内陸部には大勢の陸軍兵が、半地下の兵舎で生活していた。浜空隊員たちは、少し陽気のいい日は防暑服で歩いた。焚火をしていた陸軍兵がそれを見て、「海軍さんは格好がいいですね」と話しかけた。「本当は南方に行くはずだったのが急に変更になって、この始末ですよ」と海軍さんは大テレである。前線にいるといっしょに戦うのだという運命共同体意識が強くなり、中には同郷の者がいたりして、兵隊たちは陸軍も海軍も仲がよかった。

しだいに気温が上がり、みじかい北の夏がやって来ると、濃霧の季節となる。それはまるで白いカーテンが海の向こうから移動して来るような感じで、これに呑み込まれるとまったく何も見えなくなってしまう。

洋上で整備中にこれが来ると、自分の飛行艇の翼端すら見えなくなり、ひどく天涯孤独な気分に襲われる。占守島や幌筵島の山頂が見える日はわずかで、晴天の青空はほとんど見る日がなく、うんざりする南方の晴天の日々がむしろなつかしくさえ思われた。

たまに晴れた日、占守島の向こうにソ連領のカムチャッカの山々が白く見えた。空はいつもほとんど灰色で、海面は暗緑色。びっくりするような長い昆布が海面にゆらぎ、海岸には海猫が猫のような鳴き声をかわしながら群棲していた。

すべてが、南の島々の風物とは異質だった。飛行艇を繋留してある場所から海岸の基地までは遠く、いくら大声でどなっても聞こえず、海兵団でしぼられた手旗信号が思いがけなく役に立った。

哨戒飛行は早朝出発し、かつては日本軍が占領し今はふたたび敵地となったアッツ、キスカが見えるあたりまで、足を伸ばすことになっていたが、ほとんどが濃霧と悪天候の日々とあって、全航程の完全哨戒はまず不可能だった。

哨戒が終わって帰って来ても、基地付近の下界は一面の霧でまったく見えず、最後は付近の海上に盲着水するのを覚悟しながら、いつ晴れるとも知れない霧の上を旋回して待つといったことも、再三であった。

このころには電探（電波探知機――レーダーのこと）もようやく装備されるようになっていたが、レーダーの波長が長いために長く突き出たレーダーアンテナ（波長の長いレーダー波を受けるにはアンテナは、それ以上の長さが必要）が、海上繋留中に早い潮流と風の変化などで機体がゆれた際、ロープで損傷してしまうことが多く、全幅の信頼がおけなかったのだ。

第一線といっても、ここ最北端の基地は中部太平洋やソロモン方面とちがって、空襲もまばらで、たまにB24爆撃機が少数やってくる程度だったから、基地生活にも余裕があり、物資も比較的ゆたかであった。

海岸沿いの浜空の兵舎の中は細長い通路の中央にストーブがあり、夏なお寒い基地では、格好の団欒の場所となっていた。海ではよくカレイがとれ、ストーブの上で焼くとけっこううまかった。精の強い魚で、小さい切身にしても、まだぴくぴく動いて隊員たちの目を見張らせた。

そのカレイもはじめのうちだけで、すぐ飽きられ、そのうち漁船が大漁旗をひるがえして入港するようになると、舌のたのしみは、戦給品のタバコや羊羹と交換した取り立ての鮭やカニなどに変わった。いずれも脂肪や蛋白のゆたかな北洋の幸とあって栄養たっぷり。これが正規の海軍給与のほかに、毎日、食膳にのぼるのだからたまらない。みな栄養の行きわたった血色の良い肉体を持て余すようになった。

たのしみの少ない基地では、ときに兵隊たちの自作自演による演芸会が催された。各グループごとに秘策を練り、一日の課業が終わると、その日に備えて猛練習がはじまる。

芸達者がけっこういて演芸会は盛況だったが、中でも兵隊たちの人気をさらったのは、女形《おやま》の出る舞台だった。女っ気のまったくない基地で久し振りに見る女の姿は、たとえそれが同僚の兵隊が演ずるものであると知っていても、ひどく色っぽく見え、みなぞっこん参ってしまった。

神はアダムとイブをつくり、人間がアダムだけで生きるのには不都合なように仕向けてしまったが、男ばかりの長い戦地生活での性欲の処理は、どこの軍隊にとっても大きな問題だった。太平洋戦線でも大きな基地になると女たちが進出していたが、それもほんのわずかで、とても厖大な数の兵隊たちを満足させるにはほど遠かった。

海軍では相撲がさかんだったが、これも若いエネルギーを発散させるには有効であった。気が荒くなるのを防ぐにはこれが一番と、珍本を仕入れてきては、コピーして配布したさばけた軍医長もいた。ヘル談（海軍隠語でワイ談のこと）もたび重なれば飽きてしまう。みたされぬ思いが、落書きとなって便所の壁を飾るのはいずこも同じで、ここ幌筵の基地にもみごとなそれが見られた。

「用便中にふと気がつくと、そこに何か飛んだようなものが付着している。はじめは鼻でもひっかけたのだろうと思っていたが、日が経つにつれてしだいにふえ、ある日、ハッと了解した。それはまぎれもなく精液の飛んだ跡であった。われわれが引き揚げるころには、壁は無数のあだ花で色どられていた」

浜空整備員の荻野節治兵曹が語る青春の一コマで、このころ行なわれた基地の相撲大会では、みなはち切れそうな肉体に本式のまわしをしめ、本職の関取顔負けの好取り組みが展開されたという。

艇体水洩れ

幌筵島での作戦は九月末で打ち切られ、内地帰還が決まった。アリューシャン方面が悪天候の時期に入り、飛行不能になってしまうからだ。

その帰還の最後の日、高野直飛曹長は繫留中の艇内を点検してびっくりした。艇底に大量の海水が侵入してたまっているのだ。二式大艇でもそうだったが、日本の飛行艇は防水が不完全で、よく水洩れがあった。水は主として板と板の継ぎ目から入るので、水密塗料が使われていた。

外国製を輸入して使っていたころはよかったが、国産の塗料をつかうようになってから、水洩れが目立ちはじめた。それも陸上に施設がないため、洋上繫留時間の長い外地、とくに気温の高い南方地域でひどかった。艇内の海水汲み出しは、飛行科の隊員たちにとって欠かせない作業のひとつとなっていた。

この作業は、底の栓を抜いてジャーというわけにはいかず、さりとて排水ポンプもなしといった状況では、もっぱらバケツによる人力に頼るほかはなかった。底にたまった水を、高い位置にある数少ない出入り用ハッチから外に汲み出すのは骨の折れる作業で、このため高野艇は出発準備が大幅におくれてしまった。

全員がズブ濡れになりながら奮闘している最中に、指揮官機をはじめ僚機はすでに暖機運転を終えて、離水地点に勢ぞろいを完了した。

「発進可能ナリヤ」

しきりに信号が送られてくるが、汲み出し作業はまだ終わらない。機長の高野は意を決し、作業を打ち切って出発することにした。急いで暖機運転をすませ、離水滑走を開始したが、いくら走っても離水しない。まだかなりの海水が艇底に残っていたせいであった。重量に敏感な飛行艇は、わずかな超過重量も離水に影響する。一分以上経過してもう駄目かとあきらめかけたとき、外海の大きなうねりのおかげで辛うじて艇体が海面を離れ、きわどいところで帰国することができた。

水洩れの問題は最後まで解決せず、トラック島では艇内にかなりの海水を残したまま飛んだ二式大艇が、降下姿勢のまま海中に突っ込む事故を起こしたこともあった。エンジンの油洩れ、燃料系統からのガソリン洩れなどとともに、日本の基礎的な技術のおくれが実際の運用面にもたらしたマイナスは、はかり知れないものがあった。

ともあれ、数ヵ月ぶりでなつかしの母基地横浜に帰った隊員たちの目には、往き合うすべての女性が美しく見え、落ち着いて美醜の見分けがつくようになるまで、しばらくの日時を要したという。

ポーポイジング

三度目の開戦記念日にあたる昭和十八年十二月八日、金子英郎飛行兵曹長は、前線のヤルート島イメージ基地にいた八〇二空から、空技廠飛行実験部に着任した。

当時、マーシャル、ギルバート方面は敵の進攻正面となり、哨戒に飛び立った八〇二空の二式大艇は連日のように未帰還となり、十一月二十日には発進前に敵の空襲をうけて全滅という悲運に見舞われた。そうした戦場から、ともに生死をと誓い合ったクルーたち（同じ機の搭乗員仲間）に別れを告げて内地に帰ることは、金子にとって辛いことであったが、天はかれに生への道を開いた。空技廠がかれのようなベテランの飛行艇乗りを必要としていたのである。

廠長は和田操中将、飛行実験部長は加藤唯雄少将、第一課長（飛行課）は須田佳三中佐、水上班長は益山光哉少佐、そして金子はそのアシスタントとして前任者の清水治正中尉の代わりをつとめることになったわけだ。清水中尉は益山少佐の前任である伊東祐満中佐といっしょに二式大艇の実験を担当した人で、金子の着任により、初代の二式大艇担当者がそっくり入れ代わったことになる。

益山少佐とともに金子のやるべき仕事は三つあった。
●二式大艇のポーポイジング実験および防止対策。

●二式大艇一二型（H8K3）の性能実験。
●「蒼空」（H1K）の基礎実験および木型審査。
このうちH8K3は、速度向上をねらって一二型（H8K2）の翼端フロートを引き上げ式にした改良型、「蒼空」は全木製の大型輸送艇だが、二式大艇のポーポイジング問題が最優先項目であった。

金子は八〇二空時代に、マキン島の基地からカントン攻撃に向かおうとした山田照夫飛曹長の二式大艇が、離水の際にポーポイジングを起こして回復不能となり、三十二トンの巨体が水面に突きささるおそろしい光景を目撃したことがあった。

二式大艇のポーポイジング事故は、ほかにもたびたび発生しており、大きな問題となったところから飛行実験部で取り上げたものだ。

ポーポイジングは、正規重量の二十四・五トンでは起きなかった。エンジンのパワーが大きいので、正規重量だと無風でも十五秒ぐらいで問題なく離水してしまうが、過荷重の三十二トン近くになるとあらわれやすくなった。

「九七式大艇は、幅が広くて目方が軽いし、離水速度がおそいものだから、あまりポーポイジングの問題が起こらなかったのですが、二式大艇では水槽試験でポーポイジングが起こるということがわかりました。詳しく水槽試験をやった結果、五度を中心に、プラス、マイナス一度ぐらいの範囲の姿勢では、ポーポイジングを起こしませんでしたが、それよりはずれた姿勢で滑走すると、ポーポイジングを起こしました。

当時としては、相当無理をした艇体だったので、安定をこれ以上改良することができませんでした。そこで離水のときに昇降舵を使うことによって、艇体の姿勢を安定滑走の範囲に保持できるかどうかの実験をやりました。風洞の中に水面板やプロペラを置いて、エレベーター（昇降舵）をとって実験した結果、姿勢が保持できるという結論になりました。

姿勢角五度をパイロットが知る方法としては、Uチューブの前後傾斜計では加速度があるからだめだし、そう複雑なものはできないし、ということで、ピトー管と一緒に風防の前にマストを立て、そのマストの真ん中に横に一本棒をつけ、パイロットが見て、その棒と水平線を一致させたとき、機体の姿勢が五度になるようにしました。

社内のテストのときは、それでやっていました。伊東祐満中佐も、これを承知でやっていたのです。だからポーポイズしませんでした。しかし、ここでまた失敗しました。というのは、部隊へ渡すときに、部隊の実際に飛行機をつかう人に徹底させる手段をとるのが不充分で、というより、むしろ怠っていました。

取り扱い説明書には書いてあるので、使う人は、みんな取り扱い説明書を読んで、それを守ってくれるものと勝手に決めていたのが、まずかったのです。そんなものを読まないという人もいるでしょうし、また読んでも、その重要さに気がつかない人もいるわけです。それで、いよいよ部隊に渡してから以後、ポーポイズで随分事故を起こしました」(菊原)

飛行艇や水上機のように、水面から飛び上がる飛行機の艇体やフロートの底には、離水のときの水切りを良くするために切欠き(段)がある。この切欠きをステップとよび、水上機のフロートあるいは翼端フロートなどはステップがひとつ、飛行艇では二つのものが多かった(最近のＵＳ‐１などはひとつ)。

機首に近い方から第一ステップ、第二ステップとなり、この間隔の長短で離水時の性質がいろいろに変わり、一般にロングステップの場合にポーポイジングが発生しやすいとされていた。

益山少佐は、このステップの位置を変えることにより、ポーポイジングの発生を防げないという益山少佐の考えにもとづいて、空技廠科学部の小川技術大尉らの手で水槽実験をはじめた。金子飛曹長が着任したのはその直後だったが、暑い南方の前線から帰ったばかりとあって勝手が分からないままに、実験部水上班の指揮所のストーブにあたっていると、益山少佐から、「金子飛曹長、水槽実験室に行って小川技術大尉の手伝いをして、どのくらい進んだか様子を見て来い」と声がかかった。

深くも考えずに科学部の水槽実験室におもむいた金子は、小川の顔を見ておどろいた。東大出身、ふだんは女形にしたいような優男《やさおとこ》の小川が、顔面は白髭、目は吊り上がってまるで別人のような形相なのだ。

それもそのはず、師走の寒中というのに、水槽実験室には火の気ひとつない。そこで幅五メートル、長さ二百四十メートルのプール上に浮かべた二式大艇の模型を、各種の計測器をつんだ台車で引っ張るのだからたまったものではない。台車には風防もなく、小川は二名の部下工員とともにこの台車に乗り、水しぶきを上げて高速走行しながら記録をとる実験を朝から連続してやっていたので、洟水《はなみず》が白く凍り、睫《まつげ》にも涙が凍りついてしまっていたのだ。

「一見、弱々しく見えるこの技術士官のどこにこんなファイトがあるのだろう」

体をはって実験に取り組んでいる小川の壮絶な技術屋だましいに驚嘆し、ストーブにぬくぬくと温まっていた自分を金子は恥じた。

小川大尉のやっていたのは、まず現用ステップの場合、第一ステップを十五センチ延長した場合、同じく三十センチ延長した場合の三段階について、正規荷重および過

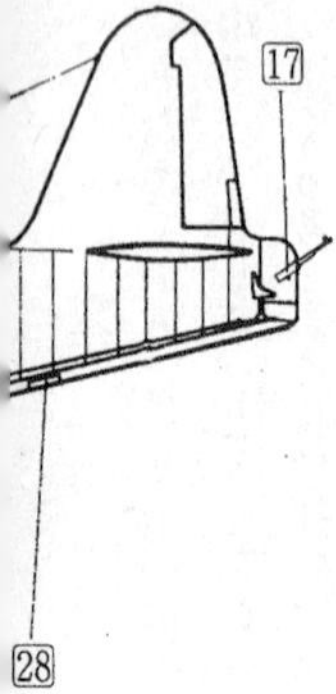

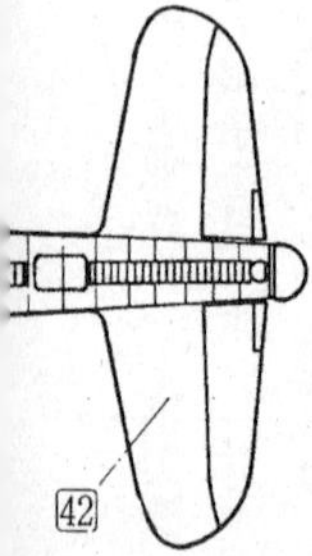

1．機首20mm動力機銃
2．前方見張席
3．ピトー管マスト
4．航法席
5．操縦席(右が正、左が副)
6．上方見張塔
7．指揮官席
8．方向探知用ループアンテナ
9．上方ハッチ
10．前方無線アンテナ
11．ベッド
12．燃料タンク出入孔
13．側方7.7mm機銃
14．後方見張席
15．上方20mm二連装動力銃架
16．後方無線アンテナ
17．尾部20mm動力機銃
18．偵察窓
19．側方ハッチ
20．爆弾照準孔
21．床
22．主運搬車装置位置
23．燃料タンク
24．床
25．ステップ
26．尾部運搬車装置位置
27．乗員出入口
28．下方7.7mm機銃
29．前方無線席
30．機関士席
31．後方無線席
32．補助航法席
33．方向探知席
34．エンジン点検用ステップ
35．着水灯
36．補助翼
37．翼内燃料タンク
38．フラップ
39．翼下面7.7mm機銃窓
40．電送写真機
41．水洗式便所
42．水平安定板

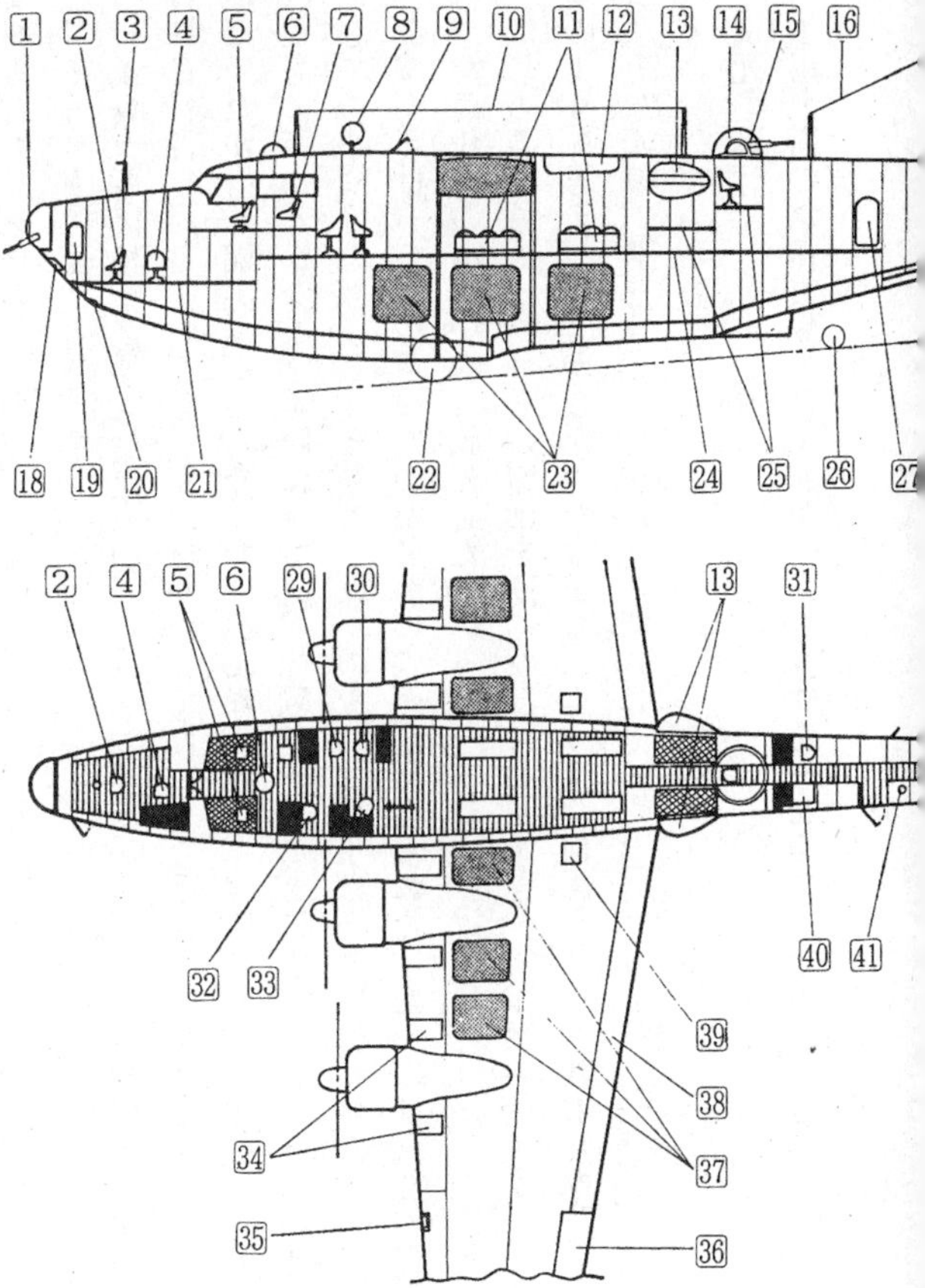

二式飛行艇12型配置図

荷重の場合、さらに重心位置や機首角度などを小きざみに変えるなどして、いろいろな組み合わせ条件のときのデータを、十分の一模型を使ってくり返し求める実験だった。

パイロットは技術者から結果を聞くだけで充分なのだが、「益山少佐は小川大尉から毎日報告を聞いているし、私が行ったってたいした手伝いもできないことは百も承知だったが、基礎実験がどんなにたいへんなものか、その結果はどのようにして出されたものであるかなどを実際に目で見、体験させることにより、テスト・パイロットとしての心構えを教えようとしてくれたのだ」と金子はあとで気づいた。

前線からは、つぎつぎに知った名前の戦死が伝えられた。金子と交代で八〇二空に行った前任者の清水中尉も戦死したという。

はじめのうちは、それらの報せ《しら》を聞くたびに心が動き、実験部の仕事がかりそめの座のように思えて仕方がなかった金子も、ようやく前線もここも変わらないのだと思うようになり、腰をすえて仕事に取り組みはじめた。

決死の飛行

小川大尉の水槽実験の結果、第一ステップをうしろに三十センチ延長し、機首角度を五度プラス・マイナス一度に保てば、ポーポイズは発生しないということになった。この実験結果にもとづき、もういちど実機で実際に各状態を再現するため、大規模な実験計画が立案された。

場所は九州大村湾。風上に向かって離水しては着水を、つづけて何回でもやれる充分な広さがあり、波も静かなテストには絶好の湾だ。

実験の総指揮はもちろん益山少佐。科学部から小川大尉、飛行機部から見山技師、稲手技師、川西からも徳田技師らが参加し、昭和十九年二月はじめ実験が開始されたが、第一日目に早くも事故が発生した。

実験は主操縦席が金子飛曹長、副操縦席が能代中尉、改造して計測装置を置いた電信席に見山技師、両操縦席中央うしろに設けた臨時席に小川大尉、そして主操縦席うしろの指揮官席に益山少佐、そのとなりに稲手技師という席配置で、進行係の稲手技師が、「重心点○パーセント、機首角度○度○分」と読み上げると、益山少佐がスタートを発令、離水滑走に移って艇底が水を切った瞬間に、ストップをかけて着水するというものだ。

この実験は、水槽実験でやったように、いろいろ悪い条件を故意にあたえて、どの時点でポーポイジングが起こるかを見る。そして発生したポーポイジングをどういう舵によって修正できるかを、ギリギリのところまで試《ため》す危険な作業で、まかりまちがえば大事故になりかねない。

予定どおりスタートを切り、速度がややついたとき、ポーポイジングは突然やって来た。はげしい衝撃音とともに艇体が水面に叩きつけられ、計測器が転げ落ちた。計測器の椅子の脚が折れて見山技師は後方の燃料タンク室の隔壁まで飛ばされ、負傷した。

さいわい金子の沈着な操縦で事なきを得たが、あとでしらべたところ、艇体が多少やせてビームの部分が目立っていどで、艇底はまったく異状なく、はからずも機体構造の丈夫さがたしかめられたのは見つけものだった。ジュラルミン板の弾性を利用したやわいい構造とし、水による衝撃を和らげる設計方針に誤りはなかったのだ。

第一日目のアクシデントにもめげす、翌日からはまた予定にしたがって同じような実験を日に何十回となくくり返すハードなスケジュールに入り、およそ三ヵ月ほどつづけられた。

空技廠の飛行機部と科学部でこれらのおびただしい記録を分析してみたところ、期待に反して現用ステップが最良という結果が出た。この実験をはじめる前に、「ステップは今のままがいちばんよろしい」と語った最初のテスト・パイロット伊東中佐の言葉どおりだった。

しかも、重心位置が正規状態なら、機首角度をプラス五度の前後一度、つまりプラス四度から六度の範囲に保持して離水滑走すれば、絶対にポーポイジングは発生しないこともはっきりした。これもかねてから設計の菊原技師が自信をもって主張していたことを、立証したにすぎなかった。

これだけ大がかりな実験の結論がすべて最初のとおりでは、「大山鳴動してねずみ一匹」も出なかったようなものだが、これをもってムダ

写真上／二式大艇の操縦席・右側が主、左側が副操縦席、右手前が指揮官席。写真下／二式大艇の中央部・左右両側に側方銃座、奥上部に上方動力銃座がある

というのはあたらない。かつて菊原が鋼管熔接胴体の強度計算法に疑問をもち、二ヵ月もかかってたしかめた結果が、それまでのものとたいして変わりなかったのと同様、疑問があればとことんまでたしかめようとする謙虚さは、技術という非情な神に仕える者に欠かすことのできない資質なのだ。

この実験結果にもとづき、現状のままが最良であること、機首の前についている速度計測用のピトー管の途中に取りつけた横棒——俗称〝かんざし〟を水平線に合わせてやれば、ポーポイジングを起こさないことを現地部隊に徹底させることで、一件落着となった。

かつてポーポイジング問題で菊原とやり合った益山少佐は、実験成功をよろこんで横須賀への帰途、徳田技師をおろすために鳴尾に着水したとき、菊原たちにおみやげを渡した。八百屋がつかう大きな竹かごに、大村湾でとれたいわしがいっぱい詰め込んであった。飛行便産地直送だから、ピチピチはねそうな新鮮ないわしで、食糧の乏しい折柄、たいへんなご馳走になった。横須賀航空隊には別のおみやげ、豚一匹だった。

H8K3、二式大型飛行艇一二型。「H」は飛行艇の略号、「8」は飛行艇の八番目、

「K」は川西の略号、そして最後の「3」は「H8K」の三番目の改良型であることを意味する。二式大艇一二型（H8K2）の翼端フロートと後部上方二十ミリ銃座を引き込み式にして、性能の向上をはかったもので、試験的に二機だけつくられた。

海軍では少しでも性能が良くなればといった程度の期待だったらしいが、何でもあたらしいことに旺盛な好奇心を示す川西技術陣の意気込みはたいへんなものだった。

飛行艇の翼端フロート引き込みについては、昭和十二年に川西が輸入したダグラスDF双発飛行艇の例があったが、内側引き込み式だったDFにたいして外側引き込み式とし、翼端の一部を形成する構造を採用した。

昭和十八年二月十三日に領収飛行を終わり、つづいて性能実験に移ったが、翼端フロートを引き込めた——厳密には引き上げたというべきだが——カッコ良さとはうらはらに、性能向上の方はサッパリだった。最高速度十ノット増という技術陣の予想に反しただけでなく、離水速度、最大速度、上昇力はまったく一二型と変わらないのだ。

「間違いではないか？」と川西側では再度のテストを依頼したが、結果は同じだった。それどころか、最大速度のテストのとき、片側のフロートが風圧で止め金がはずれたために少し下がるという事故があり、その瞬間に大きなショックで機体が振りまわされて、操縦していた金子飛曹長らの肝を冷やしたことがあった。

水上性能の方も、フロート容積を小さくしたために浮力不足気味となり、横風十メートル近くではフロートが全没して滑走不可能になった。

重量が二トンもふえ、操作が煩雑になっただけに終わった二三型H８K３は、それでもひととおり実験を終えると、すぐに八〇一空に引き渡されて任務についた。

のちに金子が山田照夫少尉——八〇二空時代にマキン基地で二式大艇の一機がポーポイジング事故を起こしたときの機長、当時は飛行兵曹長だった——に聞いた話によると、「H８K３は味方にもよく知られておらず、フロートが引き込められていたところから、敵のB24爆撃機とまちがえられ、よく味方戦闘機に追跡されて苦労した」という。

第八章　制空権なき死闘

還らぬ特攻・梓隊

〔軍機命令〕
〈任務〉
ウルシー在泊中の敵機動部隊を攻撃し、その正規空母群（二十四隻）を覆滅する。
〈編成〉
梓特攻隊　指揮官K二六二飛行隊長　黒丸大尉
　銀河二十四機（攻撃）
　二式大艇三機（誘導）
第二誘導隊　指揮官八〇一空司令所定

二式大艇二機

〈行動〉

X日〇八〇〇（午前八時）鹿屋、鹿児島基地を発進、ウルシーに進撃する。

第二誘導隊は南大東島まで、攻撃隊を直接誘導し、先行する特攻誘導隊と合同の上、交代する。

特攻誘導隊の一機は〇三〇〇（午前三時）鹿児島を発進し、ウルシーの百五十浬手前までの天候偵察を実施する。

攻撃隊はウルシー確認後、誘導隊と分離し一機一艦の必中攻撃を実施する。

各誘導隊は任務終了後、鹿児島に帰投またはメレヨン島に不時着し、大艇を処分後、潜水艦にて帰投する。（以下省略）

日本本土を片っ端から荒らしまわったアメリカ機動部隊が一作戦終わると、帰って休養と補給をするのが、西カロリン諸島内の大環礁ウルシーだった。このウルシーに敵機動部隊が在泊しているときをねらって、いっきょに空母群を叩こうという「第二次丹作戦」が発令された。

九州鹿屋からウルシー環礁まで直線距離で約千五百カイリ（約二千八百キロ）、爆弾を積んだ双発爆撃機では往復はもちろん、片道でもむずかしい距離だ。したがって、参加機はもちろん片道だけで帰路のない特攻飛行、楠木正行の〝かえらじと……〟の辞世から取って、神風特別攻撃隊「梓」隊と名付けられた。

この作戦についてはすでに多くの記述があるが、実際に作戦の指揮にあたった八〇一空飛行隊長日辻少佐は、特攻隊員選出の様子をつぎのように述べている。

「――昭和二十年二月二十日、詫間にいた私（日辻）は、特別指名をうけて鹿屋五航艦司令部に駆けつけた。地下の会議室は宇垣長官を中心に異様な空気に包まれていた。

江口司令から渡された命令を読み終わって、任務の重大性に呆然とした。

『本作戦の成否はかかって正確な洋上航法にある。この長距離進撃を誘導できるのは、現在八〇一空の二式大艇を除いて他に求め得ないと考える。今回誘導の任務をもって二式大艇三機を特攻隊に編入したのはこのためである』

横井参謀長は計画の説明をこのように結ばれた。

当時〝銀河〟は爆装すると、コンパスが狂うため航法上不安があった。一五〇〇カイリという遠距離洋上を突破して洋上の一点ウルシーに到着することは、航続力から考えても銀河隊にとっては至難の行動であった。

重大な作戦であり、一〇八名の搭乗員の生命を投入する特攻だけに、参謀長の説明が終っても、会議場にはしわぶき一つ聞こえない緊張ぶりであった。

この時、指揮官黒丸大尉が立ち上がって私の横にやって来た。ペコリと頭を下げながら、『隊長、よろしく願います』と手を差しのべた。

『よしっ、大丈夫だ。一緒にやろう』私は彼の手をしっかりと握りしめた。

二人の握手を見て会議場はホッとしたようにざわめいた。

横井参謀長が、『やってくれよ』とほほ笑まれたので、『二式大艇の真価をお目にかけます』と答えた。横井少将はかつての横浜航空隊司令であり、わが子の活躍を期待されるような心境だったに違いない。

江口司令が私の肩を叩きながら、『隊長、二式大艇ならではの大任だぞ。指揮官は黒丸大尉と決まっている。隊長は征ってはならん、人選は隊長に一任する』と云われた。私は返事をしなかった。

その晩、鹿屋基地のベッドにもぐり込んでも眼が冴えるばかりであった。支那事変以来 私の方針は、『おれがゆくから、ついてこい』であった。この重大な作戦に際し、隊長が残って部下を死地に追いやる形になることは何とも堪えられなかった。万一、隊員に希望者がなかった時はどうする……それを考えると頭が狂い出しそうである。どれくらい時間がたったのだろうか、東の窓が白んでいた。

軍隊統率の真髄は、戦場において敢然として部下を死地におもむかせることにある。しかもそれは命令ではない。指揮官に対する信頼と、部下に対する愛情とが渾然一体となり、以心伝心的な行動となってあらわれるものである。あすの特攻隊編成は、指揮官としてのおのれの試練の場でもあるのだ。私は固く決意するところがあった」
（前出『海軍飛行艇の戦記と記録』）

二月二十一日の夕刻、詫間に帰った日辻は、「本日夕食後、准士官以上士官室に集合」を告げた。日辻の異様な顔色に気づいたらしく、夕食時の士官室はいつものなごやかさを失っていた。

食事がすんで、全員の集まるのを待って日辻は作戦の説明をはじめたが、どこで特攻命令を切り出そうかと迷っていた。

頃合を見て日辻は立ち上がった。

「当隊は今回、三機三組をもって神風特別攻撃隊を編成することになった。梓隊と命名される」

言い終わったとたん、室内はシンと静まり返った。食器室のスチームの音までピタリととまったように思われた。

「来たぞッ」

だれかが突然叫び、一同の視線が喰い入るように日辻隊長の顔に集まった。

「飛行艇隊最初の特攻隊であり、私も面喰らっている。私の最大の悩みは指揮官がすでに決められており、私が陣頭に立てないことである。したがって人選が苦しいんだ……」そういって日辻は絶句し、しばらく重苦しい沈黙がつづいたが、岩田精一大尉が突如、立ち上がって叫んだ。

「飛行隊士官はこちらに集まって下さい」

そして岩田は、殺気だった一同に語りかけた。

「ただいま飛行隊長から説明のあったとおり、大艇隊無上の光栄ある任務である。われわれはこの命令を千秋の思いで待ち焦れていたはずである。人選が苦しいといわれた隊長の心中は察するに余りある。ただいまから熱望者のみで署名し、この中から隊長に自由に指名してもらいたいと思う」

岩田大尉の動議は即座に成立した。やがて彼は一枚の紙を日辻の前に開き、「隊長、この中から三名の機長を指名して下さい」といった。それには全員が署名してあり、それを見た日辻は感動のあまり、「有難う」と言ったまま、その紙の上に突っ伏した。

「岩田大尉は私（日辻）の耳もとで、一同に宣言するかのように、『隊長、一番機は私が引きうけます』と叫んだ。私はクシャクシャの顔を上げて、岩田大尉の手をしっかりと握りしめた。

私は一切の迷いを去り、三組の機長を指名し黒板に大書した。

神風特別攻撃隊梓隊

一番機　岩田大尉以下十二名

二番機　杉田中尉以下十二名

三番機　小森宮少尉以下十二名

『有難うございます』『万歳ッ』

爆発するような大喚声が深夜の士官室をゆるがせた」（『海軍飛行艇の戦記と記録』）

不慮の出来事

「銀河」は海軍航空技術廠が設計した双発三人乗り、最大速度二百九十五ノット（時速五百四十六キロ）、魚雷または爆弾一トンをつんで急降下爆撃もできるという新鋭爆撃機だった。

ウルシーにたいする攻撃は、これがはじめてではなかった。昭和十九年十二月に、潜水艦から発進した人間が操縦する魚雷「回天」により、油槽艦一隻を撃沈している。

ウルシーはB29爆撃機の基地となったマリアナ諸島とともに、日本にとってはもっともおそるべき、そしてそれゆえに最大の攻撃目標だった。

しかし、南洋諸島の制海、制空権を奪われてしまっては、遠く手の届きかねるもどかしさをどうすることも出来なかった。その結果とられた方法が、技術的手段と戦力で及ばないところを、人間の精神力と肉体の犠牲によって補おうとする特攻作戦だった。

そのほとんどが数え年十七、八歳から二十二、三歳の若者たちだったが、かれらの誰もが果てることのない生と死の相剋に、未熟な若さで直面しなければならなかった。ただ飛行艇の特攻隊員たちにとっていくらかの救いは、一人きりの戦闘機とちがって、一緒に死ぬペアがいることであった。

特攻隊にえらばれた誘導の二式大艇三機は、二月二十四日、詫間基地から鹿児島湾に面した垂水《たるみ》基地に移動したが、訓練中に一番機が瀬戸内海の淡路島に墜落する事故が起き、機長岩田大尉以下十一名のクルーが殉職した。

熱血漢岩田精一大尉は東京写真専門学校出身の予備士官（飛行予備学生十期）だったが、二番機の機長杉田中尉、三番機の機長小森宮少尉も、同じく学窓から海軍に入った士官であり、このころになると海軍航空隊の中で予備学生出身士官の存在は、欠かせないものになっていた。

残る二機で作戦決行のX日にあたる三月十日を迎えたが、ここでまたしても思わぬアクシデントが起き、作戦の前途を暗いものとした。というのは、いったん出発した特攻隊が、司令部での暗号解読の手ちがいから引き返すという羽目になり、作戦を一日延ばさなければならなかったからだ。

昭和20年3月、敵補給基地ウルシーに爆撃機「銀河」で編成された特別攻撃隊梓隊が出撃、二式大艇は誘導機となった

この日早朝、前日「彩雲」偵察機が撮った航空写真の判読結果がトラック島から打電されてきたが、長文の暗号電報のために解読に時間がかかり、前半に空母のことが出て来ないので作戦中止を決定。そのあと全部が解読されてから、航空母艦が十七隻もいることが判明したのだ。

翌十一日、再度、作戦は決行された。すべて手順は前日どおりであった。ただ誘導一番機のエンジンが不調で、「銀河」隊の発進も一時間近くおくれ、これが作戦を大きくつまずかせるもとになった。

一番機を置いて二番機が先に発進、「銀河」隊を誘導、約二十分おくれで杉田正治中尉の一番機があとを追ったが、なにゆえか合流することなく行方不明となってしまった。

結局、小森宮少尉の二番機が単機で誘導し、ウルシーの約百カイリ西にあるヤップ島上空に達したのは午後六時半、予定より一時間半もおくれた。しかも二十四機の「銀河」のうち五機は沖縄東方の南大東島上空に到達する以前に落伍し、このあとさらに四機が編隊から離脱して南大東島に引き返してしまったので、攻撃隊は十五機に減っていた。

誘導機の任務はここまでで、ここから先はほんのひと飛びでウルシーに行ける。二式大艇は反転し、「銀河」隊は東北東に変針して最後のコースをとった。

すでに九時間をすぎ、千五百カイリ（約二千七百キロ）を飛んだ「銀河」隊の搭乗員たちの疲労はその極に達し、しかも日は暮れかかって最悪の状態となった。

それでも午後七時ごろからそれぞれ目標を定めて攻撃を開始し、十一機が突入した。他の飛行機は完全な暗夜となってしまったため目標を発見できず、攻撃を断念してヤップ島の味方飛行場に着陸した。

それから一週間後の三月十八日、アメリカ機動部隊は四国沖に来襲して九州方面に大空襲を行なった。大きな期待がかけられたこの特攻作戦も、強大な敵の行動を阻止するには余りにも微力であったようだ。

奇襲は成功だっただけに、もし前日のやり直しがそのまま決行されていたらと、引き返しを命じた司令部の手抜かりが悔やまれた。アメリカ側の発表によると、一機が正規空母ランドルフに命中して後部飛行甲板に大穴をあけたとのことである。

第二次丹作戦に参加した飛行艇隊員の氏名は、つぎのとおりであった。

誘導一番機戦死（二階級特進）		誘導二番機生還	
海軍少佐	杉田正治	海軍少尉	小森宮正惠
海軍大尉	高橋正	海軍少尉	遠藤一郎
海軍少尉	関文武	上等飛行兵曹	長峯良斉
海軍少尉	堀越武男	上等飛行兵曹	安井勇
海軍少尉	古茂田蓮三	上等飛行兵曹	河野亘
飛行兵曹長	小山弥五郎	一等飛行兵曹	大橋敏秀
一等飛行兵曹	加藤幸次	上等飛行兵曹	高橋広
飛行兵曹長	牧田裕	一等飛行兵曹	坂元信夫

上等飛行兵曹　須賀正久
海軍少尉　新谷睦志
上等整備兵曹　栗原続
一等整備兵曹　久川孝夫

上等飛行兵曹　本山能信
一等飛行兵曹　吉田孝一
上等整備兵曹　渡辺保
一等整備兵曹　氏田六郎

孤島への使者

さて、ダバオ海面で殉職の古賀長官に代わった豊田副武長官の最初の大作戦は「あ号作戦」、すなわちサイパンとトラックの防衛戦だった。この日のために満を持して母艦搭載飛行機を整備し、搭乗員の訓練もつみ、空母三隻、改装空母六隻をふくむ強力な機動部隊を用意しての戦いだが、すでに質量ともに日米の戦力には格段の差があった。

大本営が大きな期待をかけて打って出た「あ号作戦」であったが、昭和十九年六月十八、十九両日のいわゆるマリアナ沖海戦で空母三隻を失い、母艦および基地を発進した飛行機の大部分は、米軍側が「マリアナの七面鳥撃ち」と揶揄《やゆ》したほどにつぎつぎに墜《おと》された。上陸兵力十二万七千名以上、参加艦船五百三十隻の大兵力により、サイパンおよびテニアン両島は米軍の手中に陥《お》ちた。

「あ号作戦」の敗北とマリアナ諸島の失陥により、広大な海面に散在する離島には、多くの人員が取り残されてしまった。海軍は可動航空機の全力を投入して救出作戦にあたったが、この期に及んで飛行艇の活躍は目ざましかった。

陸上機では行けない飛行場のない島、あるいはあっても破壊されて使えないところから、飛行艇はぞくぞくと人員を救出した。ときには百人以上をのせた二式大艇もあり、離島に取り残された人びとは、その姿に故国日本そのものを感じて涙を流したという。

ラバウル、ブインなど、ソロモン諸島方面とて同様であったが、昭和二十年四月に行なわれた二式輸送飛行艇「晴空」によるブイン最後の救出行は、とくに劇的なものだった。

ブインはブーゲンビル島の南端にある、ラバウルの前哨基地ともいうべきところで、山本長官が戦死したのもこの近くであった。ここには連絡を絶たれ、飛行機を失った陸海軍部隊がなおかなり残留していた。

以下は、このブイン救出飛行の機長だった堤四郎少尉（横浜市）の記録である。

「――当時我々は、連合艦隊司令部輸送艇として唯一機で、連絡、通信、輸送等の任務で、南方方面全域を翔《か》けめぐっていたのであるが、戦局の変化で、第一〇一航空戦隊から、第一〇八一空へと、全員が転勤して行った。

そこには鳩部隊の陣内大尉のもとに、手塚機、また我々の後から、四艦隊司令部所属の藤森機も編入されて来た。

我々は良く気が合って、愉快な部隊であったが、各ペア毎には、多少のライバル意識があって、なかなか複雑であった。その上教育部隊から、操縦、偵察、整備、の予備士官が派遣されて来ていたので、なお大変だった。

そんなある日、飛行隊長陣内大尉から、重大な相談を受けた。それはブーゲンビル島残留の、陸海軍部隊五万人の生命に関する医薬品、特にマラリヤの特効薬キニーネと、作戦連絡に必要な暗号書等の輸送と、今後の作戦上、是非必要な搭乗員の救出と、戦況報告のための指揮者の内地帰還等で、きわめて重要かつ急を要する任務であるから、必ず成功させて欲しいとの密命だった。

当時すでに南方方面は、サイパン、テニアン島も、敵に奪われ、小笠原諸島、硫黄島付近にも敵の艦隊が遊弋して、制空権も敵の手中にあり、南西方面も、台湾、サイゴン、シンガポール、ジャワの一部を残して、ほとんど敵の制空権下にあったから、テニアン島や敵艦隊からの攻撃を当然、覚悟しなくてはならない。

コースはすでに何回か往復しており、心配はないが、問題はその後の戦況によって、全行程ほとんど、敵の制空権下にある現在、どう考えても生還は覚束かない。しかも横浜からトラック島直行で千八百カイリ、多少迂回して二千カイリは飛ばなくてはならない。燃料搭載物件の計算で頭を悩ませたが、満載重量三十三トンで落ちついた。だが誰が考えても、大きな図体の『晴空』が、それもたった一機で、しかも敵地を奥深く侵入するだけでも無理なのに、必ず帰還しなくてはならない重大な任務をどうやって遂行するか、副機長格の偵察員河野清一郎飛曹長と日夜頭を絞った。

昭和二十年四月二十二日、勇躍して出発したが、天候不良のため引き返した。翌日は終日を整備に費やし、二十五日に再出発となった。この日は晴天、海面は絶好な漣《さざ》波《なみ》で、整備も万全、いささかの不安もなく、整備責任者の長谷川上整曹は元気でＯＫを出した。

愛機の空中線取り付け支柱に、誰が掲げたのか日章旗がはためいていて、我々に心の底か勇気と闘志を与えてくれた。

午後四時半、指揮所前に整列し、長官の挨拶を受け、参謀長の訓示が終わった。私は搭乗員一同に、いつもの通り、敵情、天候、目的地を伝えて、出発を命じた。

私はこの大任務の出発に際して、感情の乱れや高ぶりが少しも感じられないことを、われながら不思議に思ったが、他の搭乗員たちもいつもと変わりなく、見送りの将兵や整備員一同と帽子を振って別れた。

エンジンも快調に『晴空』は静かに滑走路を降り、南よりの微風を受けて、夕陽の東京湾本牧沖に三十三トンの巨体を運んでいった。

すでに見送りの将兵の姿も夕闇に霞んで見えない。午後五時三十分、もう一度、各部署の点検を確認して、離水の令を発した。エンジンを一杯に入れる。過荷重の巨体はなかなか浮かび上がらない。操縦桿に伝わる艇の重さは、操縦員には耐えられないひとときだ。

数分の苦闘の末、飛沫を上げて、巨体は飛び上がったが、なかなか上昇しない。これでは陸上通過は無理、ゆっくり旋回しながら観音崎灯台をかわして、洲の崎灯台に進路を取る。上空には積雲が厚く、大島を遥かに見ながら高度を三千米から四千米に、それでも雲の上に出ない。

五千米、息が少し苦しい。敵機の捕捉を恐れて無線封止、灯火管制をしながら、愛機は重荷に喘ぎつつ飛びつづける。夕陽はすでに西に沈み、艇内は夜光塗料の計器のみが、忠実に作動を続ける――」

南十字星の下に

「ようやく東が薄明るく、月も出た。雲の切れ間が現われて、なんと静かなことか。操縦をオートパイロットに切りかえ、各員に適当に休憩をとらせ、夜食をとる。途中なんの障害もなく飛びつづけ、敵の空襲の合間をぬってトラック島に着水した。

敵のサイパンからの往復攻撃に悩まされながらの燃料補給と整備点検は、基地の秋場（庄二）少尉（横浜市）の熱烈な援助を受けて、無事に終えた。

午後五時四十分、田村大佐の『立派に任務を完遂するように』との激励を受け、秋場少尉はじめ基地全員の見送りを受けて離水、一路ブインに向かった。当日は天候にもすこぶる恵まれ、『晴空』は雲上においていかなる時にも雲間を利用し、出来る限り退避態勢を取りながら、飛び続けた。

心は目的地ブーゲンビルの五万の将兵の上にはせる。一刻も早くこの医薬品と暗号書を届ける責任を果たしたく、南十字星を見ながら飛翔すること三時間半、突然、敵艦らしい白波を見る。

直ちに戦闘配置を命令し、私は双眼鏡を握りしめて、敵艦影を追うが、幸いにもそれは錯覚であり全員ホッとした。これは点々と浮かぶ珊瑚礁に砕ける白波で、遠方から見ると、航跡を残して走る艦艇に見えることがよくある。私は珊瑚礁によりブーゲンビル島に近づいたことを知る。

そのまま進路を進むと、強烈なスコールが襲って来た。その寸前、私は確かに右にブーゲンビル島の突端の山岳を発見した。スコールを避けて右に旋回しようとする鈴木上飛曹に、私は、左旋回を命じて、高度を下げさせ、海面すれすれに飛ぶとともに、全員に戦闘配置につかせ、目的地ブイン近くの敵戦闘機の攻撃に備えた。

また、同島の確認のため北上しようとしたその時、沿岸近くの海上に、敵の魚雷艇らしい三隻を発見した。敵船も本機を発見したらしく、右往左往ジグザグの運動をする。私は無理な戦闘を避けて上昇し、ブインの北端の岩壁を確認した。東方沿岸を大きく迂回しながら海峡に入った。すでに敵に捕捉されていることは当然と思わなければならない。

スコールの通過した後の静かなブインの海上に出た。飛行場らしきあたりを緩やかに旋回すると、暗い小さな燈がポツンと一つ灯された、味方の飛行場である。信号を送って来た。私は八艦隊付当時、この地点をよく熟知していたことを感謝した。飛行場上空より百度付近に夜間着水の姿勢に入った。

洋上は暗い。随分長い時間に感じられながらも、艇はスムーズに着水できた。反転して灯火の方向に向かって行くとボートが近づいてくる。錨を入れエンジンを止めた。

ボートの中では、何か大きな声で叫んでいる。まるで狂ったように叫んでいる。むりもない。半年ぶりの味方飛行艇を見て、どんなにか将兵が力づけられ、喜んでいるかと思うと、私の胸の中は一杯になって来た。

キニーネの運搬は思ったより早く、基地員の協力によって順調に進み、作業に来た兵士たちは我々の手をしっかり握り、有難うの連続だった。艇内にこぼれ落ちたキニーネを綺麗に舐めるように持ち帰った。ブインの将兵が食糧以上に、どれほどキニーネを必要としていたかがうかがえた。しかし、我々が着水する数分前に猛烈な敵の攻撃を受けたとかで、心が落ち着かない。

島の指揮官からは上陸されたしの信号を受けたが、全員は整備に追われているし、いつ敵の攻撃があるかも知れない。指揮者として艇を離れるべきかどうか、判断に迷った。

しかし第八艦隊司令長官鮫島中将から再三の招きをうけて、私はボートに乗り移った。粗末な椰子の葉の兵舎には、それでも二列にテーブルが置かれ、何か白布が掛けられていた。左側に陸軍の将官や将校と、右側に海軍将校たちが着席していた。そして私は中央の席に着かせられた。

長官は病気のため出席されなかったが、副官が伝言を伝えられて、主計長が丸テーブルの白布をとると、そこには目を見張るようなデコレーションケーキが置いてあった。その上には〝ありがとう〟と文字まで入っていた。副官の説明によると、我々のために主計長みずから腕をふるって椰子、バナナ等で作った戦陣にあっては最高級のもてなしで、いかに我々の飛来が待ち望まれていたか、痛いほど感じた。

総員起立し椰子酒がつがれ、主計長の音頭で我々に感謝の言葉が述べられた。矢継早に内地の様子とか、今後も是非ともこの行を続けて貰いたいといった質問が続いた。私も許される限り何回でも飛んで来ることを誓って、帰りの準備を急いだ。

私は今でも思う、あの当時の情況の下で良くやれたと、また『晴空』の性能がいかに優秀であったかを、つくづく感じさせられた救出行であった」（堤四郎、前出『海軍飛行艇の戦記と記録』）

「晴空」は、昭和十八年はじめに海軍から試作指示のあった輸送用飛行艇で、川西では十三試大艇の試作一号機（機首が延長されていない型）の艇体を上下二段に区切って、六十四名分の客席を設け、暖房、防音、換気、照明などの諸装備をもつ輸送艇に改造した。

これがH８K１-Lで、すぐ制式採用されて、折りから生産ラインで流れていた二式大艇一二型（H８K２）と併行して生産されることになり、仮称「晴空」三二型（H８K２-L）として、昭和十八年中に十機、昭和十九年に二十四機が生産された。

さらに二十年に一機だけ完成した「火星」二五乙型エンジンつきの二式大艇二三型（H８K４）を輸送用に改造した「晴空」三三型（H８K４-L）があるが、すでに二式大艇そのものの生産が打ち切られたため量産はされなかった。

なお、後日、堤少尉らの任務完遂にたいして、とくに豊田連合艦隊司令長官から表彰状が贈られたが、それは同時に、戦争末期の不利な条件下で使われたがゆえに、その高性能をもってした活躍も報われることの少なかった飛行艇「晴空」にたいする讃辞と受け取っていいだろう。

第九章　未完の大器

全木製構造

二月、ガダルカナル島撤収、四月、山本長官戦死、五月、アッツ島玉砕、七月、南東太平洋方面への連合軍の大反攻開始と、連合軍の強大な圧力の前に、人も物も莫大な消耗を強いられつつあった昭和十八年夏、海軍はあたらしい大型飛行艇の計画をはじめた。

ソロモン諸島およびニューギニアを中心とした激しい消耗戦は、一面において補給力の戦いでもあったが、もともと補給にあまり意を用いていなかった迂闊さに加えて、制海権も制空権もほとんど敵の手中にあったから、彼我の補給力の差が戦局を左右した。ガダルカナルの敗退も、結局はそれが最大の要因であった。

海路も空路も犠牲が大きいとあって、海軍が考えたのは夜間の大型飛行艇による隠密輸送だった。すでに一部では、二式大艇およびその輸送型である「晴空」が、その任務に使用されていたが、広大な地域に散らばった戦場の必要を満たすには余りにも微々たるものであった。

連合軍は進攻に先立ってまず飛行場を奪い（あるいは建設し）、C46、C47、C54などの輸送機の大群と、大量輸送はできるが回転のおそい輸送船とをうまく使い分けて、補給の効率を上げていた。

海軍の計画は、おそまきながら大型飛行艇の大量整備によって、補給力を強化しようというものだが、ややドロ縄の感なきにしもあらずだった。

もともと補給力の強化などというものは、そう急にできるものではないが、当時の日本はそれが実用になるまでにどのくらいの期間を要し、その間に戦局がどう変化するかなど考慮する余裕はなく、目前の急に間に合わせるためには、明日にも完成しなければならないような、実現性のうすい計画でも飛びつかなければならないほど追いつめられていた。

六発の巨人爆撃機「富嶽」でも問題になったように、大型飛行艇をつくるには大量のアルミ資材を必要とするが、戦闘機ですら極力木製化や鋼製化が考慮されていた折りでもあり、海軍はこの大型機を全木製とする計画を推進した。

それには、海軍航空技術廠（空技廠）材料部で海軍技師宇野昌一博士、野間口兼良技術少佐、高橋公元技手らによる硬化積層材（強化木と一般に呼ばれていた）の研究が、かなり進んでいたことが有力な根拠となっていた。

もともと、古い飛行機には木材が多く使われていたが、飛行機の性能の進歩とジュラルミンを主とする軽合金材料の発達、生産機数の増大などによってしだいに後退、開戦のころ海軍で使われていた木製機は、練習機と川西でつくった九四式水上偵察機だけという状態だった。

木製機でもっとも問題なのが主翼の桁であった。国産材では一本で大きい長尺物の角材が得られにくく、強度も外国産にくらべてやや落ちるところから、戦前では外国から最良のスプルース、アッシュ、マホガニー、バルサ材などを輸入して使っていた。

しかし、海軍では航空機材料の国産化への希望をすてず、日本本土はもとより、朝鮮、台湾、満州にいたる広範囲な木材の調査研究を、民間会社や林業関係各官庁の協力のもとに大々的に行ない、戦争になってからも絶えることなく続けられていた。

「――厳冬北海道の奥地森林伐採の時から、飛行機用として撰木区分する作業の監督ならびに検査に出かけた際、気温は零下三十度で、太陽も出ず、一ヵ所にじっと立っていると踵《かかと》が凍って痛くなり、しまいには感覚がなくなってしまう状態であった。また、猛烈な吹雪のため僅か四キロ位の道程を一日がかりで、崖と河畔の狭い道を危険をおかしながら、命がけで山から戻ったこともあった。

台湾に行ったのは最後の時だったが、すでに戦争が始まっており、基隆《キールン》出帆後、門司まで約三日間、出港後間もなく敵潜水艦に追跡されているという無電が入り、船中でなんとも言えぬ不安な状態になったこともある。

優秀船は軍隊輸送にとられた後で、ボロ船で時速一〇ノットしか出ない。船長は船橋見張室から食事にも離れず、警戒に当たっている。ジグザグコースで潜水艦を迷わせるため、門司までの時間はずっと長くなる。どうやって調べたか判らないが、潜水艦につけられているというので、船客はみな救命帯をつけたまま、いつでも飛び出せるようにして、夜寝るという状態だった。ようやく、門司近くになって潜水艦が追跡しなくなったということが確認され、船長がはじめて食事を食堂でとったのをみた。

台湾にはタイワンヒノキとよぶ檜の一種がある。これがスプルースに近似しているので、国産木材として早くから航空機用として一部に使われていたが、この調査、撰木に台湾の三大林業地すなわち、太平山、八仙山、新高の三地方にしばしば出かけた。

当時の我が国の勢力圏内の木材生産地には全部、関係者が直接出張、精密に調査したが、これは航空機用木材の規格がきわめて厳重であり、一般土建用木材の規格の観念とは大分異なるので、いちいち現地で担当者が直接調査し、また現地の木材専門家に説明して資料を得るという必要があったからだ。

このような努力によって、どこのヒノキは平均強度がいくらか、その数値の分布も判明していたから、明年木材がどれくらい必要かということから、現在の規格では製材歩留りがいくらだから、供給量はいくらくらいになるとか、どれくらいまで規格数値を下げないと、所要量が得られないかという点がよくわかっていた」

『航空技術の全貌』（原書房刊）下巻の中で、空技廠材料部の野間口兼良技術少佐はこう述べているが、質および量の点で多分に制約の多い天然木材に代わり、天然木材にある種の加工をした積層木材に期待がかけられ、ベークライト樹脂接着剤によって長さ一メートル前後の薄板を多数接合して、長さ数メートル、厚さ十五センチ、幅十センチくらいの翼桁用材ができるようになった。

積層木材は接着剤が入るため、天然のままの材料よりやや強度が高い。これをさらに強くしようというのが、硬化積層材だった。強化木とよばれていた硬化積層材は、普通、木材に合成樹脂を浸潤させたあと、熱を加えながら加圧硬化させたもので、木材の繊維細胞中に合成樹脂が入り込むために強度が向上した。

比重は一・三五だから水に沈むが（ふつう木材は比重が水より小さいから浮かぶ）、引張強度は四十九キログラム／平方ミリメートルで、ほぼジュラルミンと同じだから、比重約二・八のジュラルミンにくらべると、重量当たりの強度は約二倍ということになる。

こうした技術的研究の成果を背景に、新大型輸送艇計画は木製化を前提に、海軍航空技術廠と川西航空機との共同作業で進められ、十八年秋には一応可能性ありとの結論に達した。

若き力

昭和十八年十二月、海軍航空本部から川西にたいして、正式に「試製蒼空計画要求書」が渡され、開発がスタートすることになったが、このころから海軍は、飛行機を「一式」とか「二式」といった呼称をやめて、愛称で呼ぶように変わった。

これは航空本部にいたかつての二式大艇のテストの際の首席部員だった伊東祐満大佐の発案によるもので、戦闘機なら「烈風」「強風」、あるいは「雷電」「紫電」などのように〝風〟または〝電光〟、夜間戦闘機なら「月光」「極光」など〝光〟、爆撃機なら「彗星」「流星」「銀河」など〝星座〟といったロマンチックなものであった。

「蒼空」計画書を要約すると、

一、搭載量　武装兵員八十名または大型重量貨物六千キロ（十センチ・カノン砲、小型戦車、貨物自動車など）

二、構造は極力木製とし、軽合金の使用を最小限とすること

三、航続力二千カイリ（三千七百キロメートル）以上

四、片舷二基減軸飛行可能なこと

五、試作機数　十機

であり、木製という点を除けば、すでに九七式、二式と経験をつんできた川西の設計陣にとって、それほど困難な要求ではなかった。

このころ、川西の設計部も世帯が大きくなり、菊原設計部長のもとに在籍約千名、応召などで軍隊に行った者を除いても六百名ぐらいいたが、大部分は戦闘機の「紫電」および「紫電改」にかかりっ切りだったから、設計は第三設計課だけでやることになった。

課長の竹内為信は松江の出身、父は海軍の軍人で、日露戦争のとき軍艦「日進」の艦長だった。艦長付の伝令手がのちに連合艦隊司令長官になった山本五十六で、かれは戦闘で負傷し、左の指二本を失った。

息子を海軍に進ませたかった父の意に反して、松江の高等学校から東大航空科に進んだ竹内は、就職えらびの意見を聞くため、父の紹介状を持って霞ヶ関の海軍省に山本を訪れた。かつての艦長付伝令手は少将に昇進して、海軍航空本部技術部長の要職にあったが、快く元艦長の息子を招じ入れた。

川西に入りたいと思うが、との竹内の問いに対し、「川西という会社はまだ歴史は浅いが、将来、大いに見込みのある会社だ」と山本は答え、かつはげましてくれた。

ちょうど海軍は航空技術の自立を目ざして、昭和七年から三ヵ年計画に入ったときでもあり、山本としても、一人でも多くの優秀な航空技術者が欲しい、と考えていた矢先でもあった。

入社に先立って、いちおう川西の東京事務所で選考試験があり、川西龍三社長と清水重役が面接にあたった。清水に、「君、酒のむか」と聞かれたので、「はい、好きです」と答えたら、「ハハー、お前は灘の酒（灘は川西の工場に近い）がのみたくて、川西に入りたいんだな」いとわれた。

昭和八年四月、菊原より三年おくれて入社した竹内は、その後、宴席のたびに川西社長から、「この男は灘の酒がのみたくて会社に入ったんだよ」と言われ、閉口したという。

入社したその日から、主翼小骨の強度計算をやらされた。設計課長の浜田栄をはじめ、川西の人たちは心底から飛行機が好きで、つねにあたらしいものに挑戦しようという旺盛な好奇心にあふれていた。いかにも飛行艇をやる会社にふさわしく、ガッガツ、コセコセとは縁遠い社風も、かれの気に入った。

入社した年が八試大艇（設計のみで中止）、翌九年にのちに九七式となった九試大艇、そして二式大艇と、飛行艇ひとすじに進んできた竹内は、主力が戦闘機に移ってしまった設計陣の中にあって、最後の飛行艇設計の大任を負うことになった。

とはいえ、威勢のいい戦闘機設計陣にくらべると、陰の存在的な飛行艇の設計は、やや肩身のせまい思いがしないでもなかった。

第三設計課は課長が竹内、次長が徳田晃一技師で、人員はおよそ百名余り、それもほとんどが二十歳台の若者ばかりだったが、かれらの意気は技術の未熟さを補って余りあるものがあり、未知の難題が山積していたにもかかわらず、設計は急ピッチで進められた。基礎設計の段階で出来上がったアウトラインは、全備重量四十五トン、全幅四十八メートルで、二式大艇よりひとまわり大きいものとなった。

問題は四十五トン

入社十二年目、すでに経験充分な竹内は、この巨人機の構造を極力単純明快なものにしようと考えた。

艇体は木製のモノコック構造、艇体上部におなじく木製二本桁箱型構造の主翼主構造をのせ、二階建て構造の艇体前部二階に乗員室と輸送部隊士官室、一階は兵員室もしくは重量物積載スペースとした。

艇首部は大型車両の出し入れができるよう、大きく左右に開く観音開き式で、戦後の米軍大型輸送機ダグラスC124などが採用した構造を、早くも実施しようとしていた。

主翼の桁は上下両端部の硬化積層材を四枚のウェブ(織物、板)でサンドイッチした多ウェブ式箱型桁、外板は厚さ八ないし十ミリのヒノキ合板、艇体は主翼桁の通る肋骨(バルクヘッド)に硬化積層材、一般肋骨には普通積層材をつかい、外板は主翼と同じヒノキ合板という構造とした。

「蒼空」は飛行場施設などない前線でつかわれるので、洋上繋留が建て前だったから、防水とともに吃水線以下の艇底部にはとくにセルロイド合板を外張りするようにした。

エンジンは、当時、もっとも生産余力のあった三菱「火星」二二型、公称出力千六百八十馬力をつかい、プロペラも軽合金をつかわず中空鋼製、もしくは木製シュワルツ式とする方針で、研究試作が進められた。

この結果、ジュラルミン材はエンジン、ナセルまわりに少しつかうだけで、ほぼ完全な全木製構造の巨人飛行艇の設計がまとめられたが、問題は何といっても空中で四十五トンもの機体を支える、スパン四十八メートルにおよぶ長大な主翼の桁だった。

試作図面の出図は昭和二十年一月に終わり、試作一号機の部品や組み立て治具の製作もはじまっていたが、この時点で主翼桁のメドは立っていなかった。

竹内の設計メモには、昭和十九年十二月十七日に、空技廠担当者、航空本部、日本ベークライト社と川西による四者合同の「蒼空」用桁材研究会の記録があり、つづいて翌十八日にはそれぞれ七メートル、十メートル、十四メートルの熱プレスの製作予定についての記述が見られる。

さらに暮れも押しつまった十二月三十日の打ち合わせでは、松下木材で試作した一ミリ厚のカバ合板を積層して、厚さ四十五ミリ×高さ二百ミリ×長さ十四メートルに仕上げた桁用材について、打ち合わせが行なわれている。これはたいへんな進歩で、長尺物を一度にプレスできることを意味しているが、それが出来る以前はひどい状態だった。

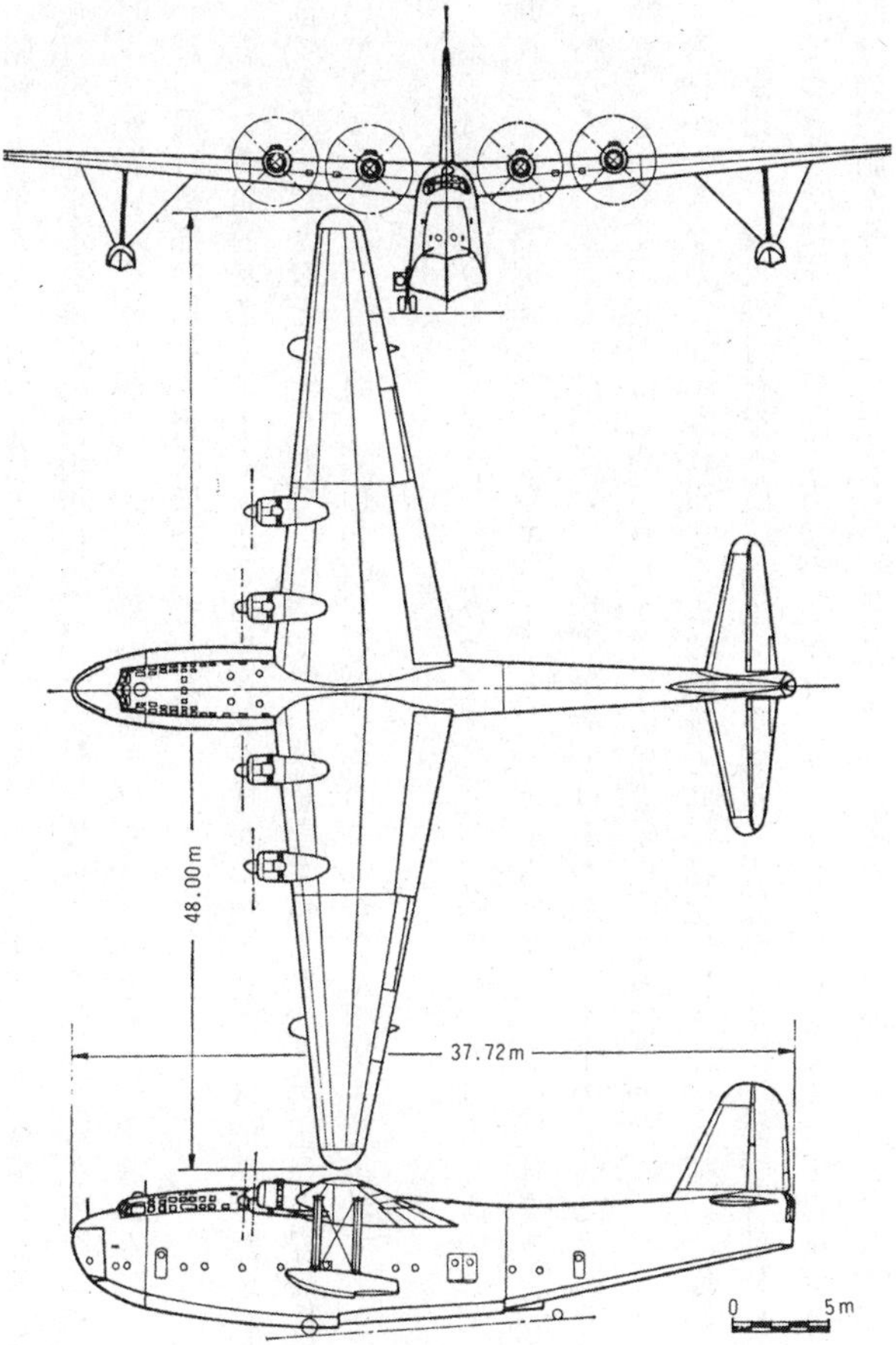

試作輸送飛行艇「蒼空」(H11K I-L)

昭和十九年の末ごろ、「蒼空」の担当をしていた空技廠の金子英郎飛行兵曹長は、飛行実験部水上機班長の益山少佐から、「飛行機部にメインスパー（主桁）のテストピースが届いたそうだから、強度試験の手順の打ち合わせをやって来るように」と言われ、飛行機部の現場事務所に行ってみた。

五センチ角、長さ二メートルほどのサンプル材が十数本立てかけてあったが、その前で女子工員がひどく叱られているので、わけをたずねると、その工員が掃除をしていてうっかり二、三本倒してしまい、そのうちの一本が真ん中辺から折れてしまったという。

金子はびっくりした。たしかに大切なサンプルを破損したのはよくないことだが、倒れたくらいで折れるとしたらエライことだ。とても四十五トンの巨体を支える主翼の桁なんぞに使えるわけがない。偶然の事故ではあったが、金子の報告で大さわぎとなり、さっそく調査がはじめられたが、原因は意外なところにあった。

素材が大きな力で加圧されると、板の繊維方向に細胞中にふくまれていた樹脂（ヤニ）が出る。長尺の材料を一度に加圧できるプレス機械がなかったので、部分押しをしてつぎつぎにずらしていく方法がとられたが、プレスの仕方によっては前回分と次回分の樹脂が一ヵ所にたまり、固まってもろい部分ができる。ちょうど人工的に節をつくったことになるが、たまたまその節の部分が重なって接着されていたためというのが結論だった。

この桁材をつくったのは日本楽器浜松工場だったが、大阪の松下航空に大型の高圧プレスがあるとわかり、すぐに工場を変更して試作がつづけられた。

もたつく桁材の試作をよそに、木型審査の方は順調だった。木型とはモックアップともいい、金属製の実機をつくる前に各部の検討を行ない、あらかじめ悪いところをつぶしてしまう目的でつくられる木製の精密模型で、たいていは実物大でつくられるところから、実大模型とも呼ばれた。

なにぶんにも「蒼空」は機体が大きいので、木型審査用の模型は部分的につくられ、操縦席部分を除いては五分の一縮尺でつくられた。

木型審査に立ち合った金子飛曹長は、「機首は、ちょうどアメリカの上陸用舟艇LSTのように、左右にいっぱいに開き、道板（桟橋）を出して兵員または兵器をおろすという、いかにも川西らしい奇抜な構造だった」と当時の感想を語っているが、昭和十九年秋に開始された敵の四発超重爆撃機ボーイングB29による日本本土爆撃が、なんとか軌道に乗りかかった「蒼空」の試作に水をさすことになった。

空襲による破壊からまぬがれるために、各工場の疎開がはじまったが、川西の鳴尾工場にも、十九年十二月、緊急疎開命令がきた。しかも、燃えやすい木製部品のようなものは一切撤去せよ、というきついお達しであった。

そこで「蒼空」の試作工事はすべて四国に疎開して行なうことが決まったものの、せっかく鳴尾工場で進行中だった艇体肋骨、主翼小骨その他の主要部品をはじめ、艇体外板や主翼桁などの大型圧締治具の製作などは全部御破算になってしまった。

運ぼうにも輸送手段はなく、あらためて四国にある紡績から転業したばかりの不なれな新規協力工場でやり直しとなったが、ただでさえ困難な大型木製機の設計にくわえて、試作工場から外注工場までの面倒を見ることになった竹内の負担は倍加した。

しかも、残された数少ない飛行艇関係メンバーとして、ずっと問題にされていた二式大艇の艇体水洩れ対策もかれの仕事になっていた。

「蒼空」危うし

四国での「蒼空」試作の本拠には、飛行機がいなくなって空屋になっていた徳島県小松島海軍航空隊の格納庫がえらばれた。

家族とともに小松島に移った竹内は、工場長兼務となり第三設計課の人員を中心に試作体制の建て直しをはかったが、「紫電改」戦闘機関係優先の影響から、独立工場としての運営に必要な最小限のスタッフすら揃わず、本社からは見捨てられたかたちになってしまった。

これより先、軍需省は二十年一月十七日から三日間行なわれた会議で、「蒼空」の試作は「紫電改」に極力影響させないことと、鳴尾、甲南地区ではやってはならないことを決めていた。

また、「二式大艇」および「紫電」（一一型で、これの改良型が二一型「紫電改」）の生産打ち切りと、中島飛行機から転換生産である夜間戦闘機「極光」を月産三十機とすることも決定された。

「極光」は空技廠で設計し、中島飛行機で生産されていた陸上攻撃機「銀河」に斜銃をつけてB29邀撃用に改造したもので、飛行艇の生産中止の代わりに川西が生産を担当することになった。しかし主力を「紫電改」に動員された設計部の手薄さもあって、図面の整備がはかどらなかった。業《ごう》を煮やした元海軍中将の前原副社長は、たまたま出会った馬場敏治技師をつかまえてたずねた。

「どうしたんじゃ、早く図面を揃えるようにせい」

馬場はオレの担当でもないのにと思ったが、工場内を海軍式にすべて駆け足で通るように命じたり、棍棒を持った特務隊を見張りに立たせて違反者を監視させたりするなど、社員たちから恐れられていた猛烈副社長だけに、ちょっと考えてから思ったとおりいうことにした。

「設計もほとんど全員が休みもとらず、残業、残業で疲れています。そんなところへ飛び込みの、しかもよそでやったものをいきなりやれと言われても無理です」

果たして、前原の癇癪《かんしゃく》が爆発した。

「何だと、何が無理だ」

真っ赤な顔をして立ち上がったとたん、椅子が音を立てて倒れた。しばらく無言で馬場を睨みつけていたが、やがて自分でも納得したらしく、おだやかな声になって、

「設計もたいへんだろうが、出来るだけ早くやるよう担当者に伝えてくれよ」と言った。馬場は、この鬼副社長の意外な一面に触れた気がして、ホッとした。

海軍の生産計画は別表のような数字で、「紫電改」の生産は実に六千六百機にのぼっていた。だが、川西の生産担当の寺島技師の予想によれば、「蒼空」は四十機にたいして下期にやっと五機、「極光」が四百八十機にたいして八十機、「紫電改」にいたっては六千六百機にたいして六分の一の千百機という大きな隔りがあった。

周囲の「蒼空」にたいする空気がややさめかけている様子が明らかに感じられていたにもかかわらず、この「蒼空」部隊に兵員を満載してサイパン島を奪回するのだと

	上　半　期	下　半　期	計
H 8 （二式大艇）	0	0	0
H11 （蒼空）	10	30	40
P 1 Y 2 S （極光）	180	300	480
K 2 J （紫電改）	3000	3600	6600

いう竹内たちの夢は、いささかもゆるがなかった。人がなくとも、物がなくとも、とにかく与えられた仕事をやりとげるんだとばかり、八方手をつくした。

地元の妹尾徳島市長は、竹内らの熱意に打たれて徳島県翼賛壮年団の全面的協力を約束してくれた。事務部門も、翼賛壮年団の副団長以下、商店主、町会議員、農家の人たち十人ほどが奉仕的に引き受けてくれることになり、最小限の体制をととのえた小松島工場は四月一日に、やっと動き出すことになった。

こうして、未知の小松島に何とか足がかりをつくるのに成功し、さあこれからという矢先、竹内はまたしてもいやなニュースを聞いた。

親工場である鳴尾製作所内部に、「紫電改」の生産に全力を注ぐため「蒼空」の試作をすぐに中止すべし、という意見が高まっているというのだ。

「そんな馬鹿な、せっかくここまで漕ぎつけたのに」

さいわいこの意見は軍需省の反対で立ち消えとなったものの、上半期に予定されていた発注分の十機は一、二号機のみ推進し、あとは指示を待つことになり、計画の後退はだれの目にも明らかになった。

破局は急速に近づきつつあった。五月、甲南製作所被爆、六月、鳴尾製作所被爆と、空襲による親工場の被害が続出し、もはや小松島の分工場どころではなくなっていた。人も機械も材料も、すべて来なくなり、南方地域の島に置き去られた軍隊同様、小松島試作工場は何もかも自給する以外に道はなくなってしまった。

開発管理の妙

七月に入ると事態はさらに悪くなり、これまで通過のみだった敵機の空襲が、徳島地区にも及びはじめた。こうなったら生産どころではない。せっかく集めた機械や材料の再疎開、防空壕掘り、食糧自給のためのさつま芋つくりなどに追われる毎日となってしまった。

しかも、以前から継続して研究をつづけてきた機体のもっとも重要な材料である、長さ十二メートルの主翼桁用硬化積層材は、松下航空工業や日本楽器などの努力にもかかわらず、生産のメドが立っていなかった。その原因は、フェノール、フォルマリンなどの原材料の入手難という、当時の日本のすべての産業に共通した弱点にあった。

こうなっては気ばかり焦ってもどうにもならず、ついに自身の手で「蒼空」を葬らなければならないと竹内は決心した。

鳴尾の本社に寄って橋口部長の諒解をとり、軍需省の指示を仰ぎに上京すべく七月二十九日に大阪から列車に乗ったが、途中は空襲の連続で東海道本線は不通となり、歩いたり支線を迂回して乗りついだり野宿したりの苦行の末、じつに二昼夜かかって東京にたどりついたのが七月三十一日だった。

翌八月一日、竹内は久我山の立教女学院に疎開していた軍需省航空兵器総局に行って、渡《わたり》飛行機課長に会い、ことの次第を話した。

軍需省では試作を命じた手前もあって、自分の方から言いそびれていたものが、担当者の方から申し出てくれたのでホッとしたといった様子で、あっさり「蒼空」の試作打ち切りを認めると同時に、その余力を「紫電改」の生産、とくに木製化促進に向けて欲しいとの指示があった。

こうして、竹内以下第三設計課全員の悲願だった「蒼空」計画の中止が本決まりとなり、同時に川西航空機の飛行艇開発のピリオドともなった。

「設計当事者としては、最終的には自信をもって試飛行に臨み得る心境にいたっていたが、何分にも未経験の新材料と新工法によるこの飛行機が、果たして重大事故も起こさずにすんだかどうかを、今日の冷静な気持で振り返ってみたとき、正直いって一抹の不安がある。

戦後聞くところによると、アメリカでも同じような構想の木製大型飛行艇が、かのハワード・ヒューズ（ミステリーに包まれた大富豪）によって開発され、一応試験飛行まで行なったが、何かの理由で中絶してしまったという。『蒼空』が何らかの痛恨の記録を残さずに幻と消えたことは、かえって幸いであったかも知れない。

この飛行機は、もし試作に成功すれば月産十機ペースの量産が予定され、そのための国家的動員体制の計画もあった。しかし、使用される主要資材は極上質のヒノキ材およびマカンバ材で、大木の中から素性のいいホンの一部しかとれないという歩どまりのきわめて悪いものだった。

だから平時の感覚なら、経済的にも資源的にもとうてい成り立たないものを、戦時下の非常時という特殊感覚からあえて強行しようとした、いわば資源的特攻作戦ともいうべきものだった。これが実現せず、貴重な森林資源を温存することができたのは日本のためによかったと思う。

こう考えてみると、『蒼空』は実現しなかった方がよかったことになり、何のために精魂を傾けたかの疑義も出そうだが、決してそうではない。全体的にこの『蒼空』の思い出は、悔恨よりはむしろ快いものが多い。

そのひとつは、あの約二ヵ年にわたる開発を通じて、日本海軍のシステム的開発を体験したことだろう。

海軍航空本部がシステム・オルガナイザーとなり、軍令部の意向にそって航空技術廠および民間各社を結ぶ強力な開発システムをつくり、ひとつの新しい戦略目的を達成するために資材、機体、エンジン、プロペラ、関連兵器、基地施設にいたるすべての計画をうまくコントロールして進めていたのは、みごとだったと思う。

緊迫した当時の空気の中で、そのシステムの一環として機体の設計試作を担当し、全精力を傾けた思い出は忘れることができない。また、このような無謀とも思われる企画に挑み、最悪の条件の中でとにかく設計完了までもって行ったことに、ひそかな自負をおぼえる」

「蒼空」を追悼する竹内の弁だが、海軍の開発管理のうまさについては、「紫電改」の担当だった馬場敏治も肯定する。

「権威をかさに着てカラ威張りする人もいたが、われわれと直接ふれ合う担当者には、空技廠飛行機部の疋田技師（遼太郎、のち豊田中央研究副所長）、佐野技師（多喜雄、のち日本電装専務)、飛行実験部の志賀少佐、山本大尉など、こわいけれども話の筋道のわかる優秀な人材を配していたようだ。とくに、二式大艇の主務部員だった伊東祐満大佐(当時、少佐)は人格、技倆とも敬服すべき人だった」

外部との共同プロジェクトにおける担当人事の成功ということになるが、これには社長川西龍三の人柄と、行きとどいた配慮によるところも大きかった。

彼は心の底から飛行機が好きで、海岸にあった飛行詰所によく顔を見せてはテストの様子を聞き、夜は夜で海軍のパイロットたちを接待して、酒席の間にもかれらの意見に耳を傾けて、少しでも飛行機を良くしようという熱意にもえていた。こんなことが海軍側の若手の実務担当者たちの心をとらえ、川西の担当者とのコミュニケーションにも好影響をもたらしたものだろう。

今ならさしずめ酒食供応ということで問題になるところだが、当時の海軍と川西は互いに飛行機を良くしようという共通した目的意識のもとで、いい意味の蜜月関係にあったといえよう。

第十章　落日の賦

弾痕二百三十発

艇首に一、艇体中央両舷に各一、後上方に二連装一、尾部に一、合わせて六梃の二十ミリ旋回機銃と、下方に一、ほかに予備三、合わせて四梃の七・七ミリ機銃をもつ二式大艇一二型（H８K２、昭和十八年生産の十八号機以降）は、昭和十八年から十九年にかけて合計百十三機もつくられた。

二式大艇は四千カイリに及ぶ長大な航続力と、この強力な武装を買われ、ほかの飛行機ではやれない困難な長距離作戦の任務をしばしば負わされた。

昭和十八年十二月に、ベンガル湾アンダマン諸島のポートブレヤーを基地として、インド洋西北部の無人環礁に着水して潜水艦から燃料補給をうけ、インド洋西岸のコチンを偵察する作戦が計画されたことがある。

ウォッゼからフレンチ・フリゲートを経由して、ハワイを空襲した作戦につぐものと期待されたが、重すぎて離水に失敗、艇体は大破して、佐々木孝輔大尉以下の搭乗員を潜水艦で救助するという結果に終わった。

たった一機や二機で攻撃したところで、なにほどの効果が得られるものでもないが、よもやと思っていたところにまで日本機がやって来た、という心理的な圧迫をくわえるのが狙いだった。

基地があればそこから、それでも及ばなければ洋上で潜水艦から補給をうけてまでして、やっと手のとどく長距離を飛ぶこと自体が、当時の技術ではたいへんなことだったが、行った先での敵機との遭遇は、その任務をさらに危険なものとした。

たしかに、二式になって戦闘能力の向上は見るべきものがあった。九七式のときはB17に手痛い目にあったが、防弾と強力な武装、それに速度の優越もあって、二式ではこわくなくなった。

B17より新型のB24とでは互格だったが、このころになるとどちらでも互いの任務に忙しくて、すれちがっても素知らぬ顔でやり過ごすことが多くなった。しかし、戦闘機だけは依然としておそるべき敵だった。

内南洋すなわち日本委任統治領の東南のはずれにあるギルバート諸島は、開戦後、いち早く日本軍が占領し、昭和十八年十一月に、マキン、タラワ両島が日米両軍六千名以上の死傷者を出す壮絶な戦闘の末に米軍に奪い返されるまで、日本からもっとも遠い最前線基地として、ハワイとオーストラリアを結ぶ連合軍補給路に睨みをきかしていたところだ。

そのマキン、タラワがまだ日本軍の手中にあったころ、ここから東南約千二百カイリ（二千二百キロ）にあるフェニックス諸島のカントン島を偵察に行ったことがあった。前々日、一式陸攻がマキンの陸上飛行場から出たが未帰還となり、代わりに二式大艇が行くことになったものだ。

機長は玉利義男大尉（東京都）、偵察だけでなくあわよくば爆撃をと、翼下に六十キロ爆弾十六発をつんで出発した。この機体は防弾タンクおよび防弾鋼板を取りつけた最初のころのもので、これがはからずもその強烈な実験飛行になろうとは、玉利大尉以下クルーたちのあずかり知らぬところであった。

途中、平穏な飛行がつづいたが、カントン島に近づくころから霞がひどくなり、確認のため高度を四千から五百メートルに下げた。なお前方に目をこらしていると、突然、機の左右を雨のような火の束が走った。

操縦を副操にまかせ、指揮官席上方の見張用の透明ドームから後方を見た玉利は愕然とした。双胴のロッキードP38戦闘機が三機、後方から迫ってくるのだ。すぐに爆弾を海中に落としたが、左翼の一弾がどうしても落ちない。かまわず機首を下げ、海面すれすれまで降下した。飛行艇の弱点である下方からの攻撃を避けるためだ。

P38も急角度では海中に突っ込むおそれがあるので、浅い角度から、一機ずつ攻撃して来た。敵機の発射の頃合いを見はからって、玉利は横スベリを命じた。フットバーを思い切り蹴ると、機体はジワーッと蹴った方向にすべる。とたんに反対側をザーッと火の雨が通り過ぎる。

だが、ときにかわし切れず、バケツを叩くような音がして敵弾が命中する。胴体内燃料タンクを貫通し、オイルパイプも切れてガソリンとオイルが吹き出した。タンクは防弾ゴムが作用してすぐ漏洩が止まった。

風防ガラスを破って飛び込んだ弾丸で、計器板が破壊されてしまった。エンジンも一基やられて火災を起こしたが、自動消火装置がはたらいて消しとめた。割れた風防ガラスの風で、まともに正面を向いていられない。

銃座で応戦していた偵察員の河野清一郎飛曹長が足をやられて倒れた。そのうち、もう一基のエンジンの回転が落ち、煙を吐きはじめた。各銃座ではなおも応戦、ついにP38の一機が煙を吐いて攻撃から脱落した。

　しかし、交戦をはじめてから時間もだいぶ経過し、エンジン二基が駄目になって、機速もガックリ落ちた。最後はいさぎよく体当たりをと、玉利は操縦員に命じて巨大な艇体を敵戦闘機に向けた。

　この反撃におどろいたか、あるいはしぶとい飛行艇に根負けしたか、残る二機も基地に向け反転して行った。

　ふと下を見ると、敵潜水艦らしいのが浮上して、海上を航走している。飛行艇のエンジン二基が停止し、煙の尾を引いているところから、てっきり不時着するものと思い、待ち構えているらしい。爆弾は一発残っているものの落ちないので、機銃掃射をやったらあわてて潜航した。

　時計を見ると、じつに空戦時間四十分。機体は満身創痍だが、負傷した河野飛曹長をのぞき

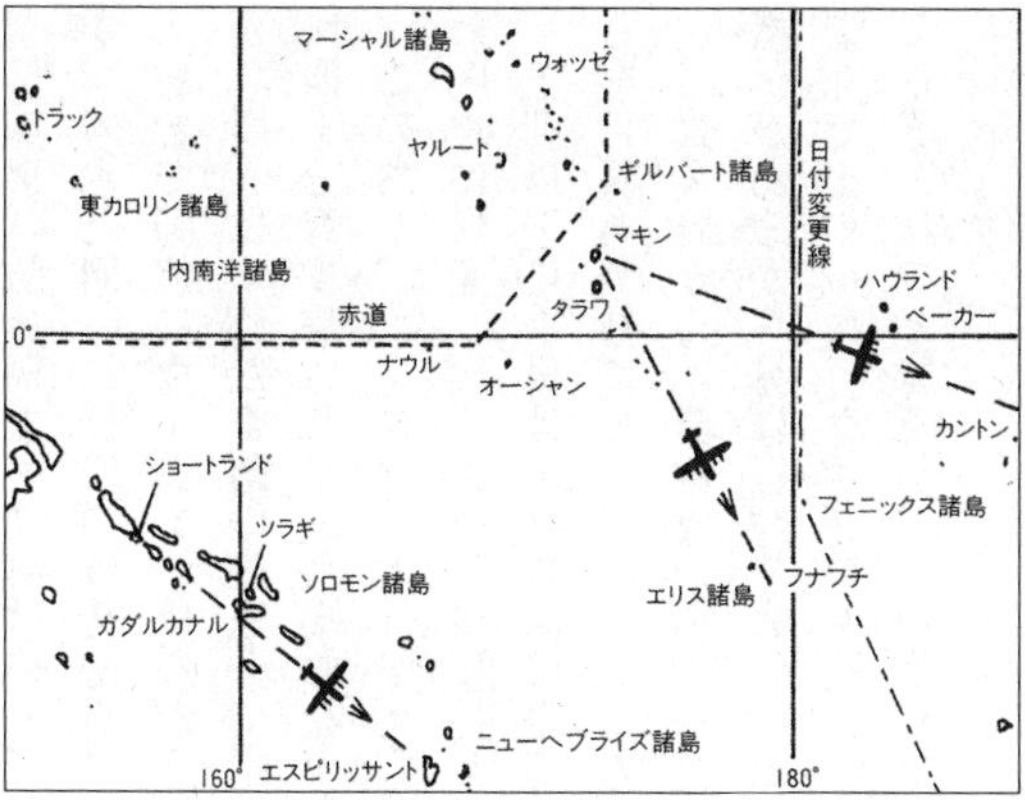

全員無事。防弾鋼板の効用は絶大だった。海上を這うようにして基地にたどり着いたが、着水と同時に艇底の破孔から水が浸入してきたのでそのまま海岸に乗り上げた。

あとで弾痕にマークをつけながら数えたら、何と二百三十数個所もあった。すべてが急所をはずれた奇蹟の生還とでもいうべきものだが、それにしても双発戦闘機三機に四十分も攻撃されながら墜ちなかった二式大艇もタフだった。

このあと、エンジンをのせかえ、破損個所を応急処理した玉利機は、代機更新のため内地に帰還、川西甲南工場に持っていった。

玉利以下搭乗員はエプロンに整列し、川西の人たちに挨拶した。はげしい戦闘のあとを目のあたりにして、つくった人びとは感激した。

二式大艇から「紫電改」の設計に変わっていた馬場敏治技師は、「ひどくやられた機体があるから見に行って来い」といわれ、実機をチェックしたところ、主翼の桁が弾丸でえぐられ、ウェブにも孔があいていた。工員が印しをつけた弾痕を数えながら、よくぞこれでと驚嘆し、あらためて軍用機の艤装の重大さを思い知らされた。

カントン攻撃では、金子英郎飛曹長が夜間爆撃で大きな戦果をあげたが、このほかにもフェニックス諸島より西にあるエリス諸島の南の端のフナフチ攻撃、あるいはそれ以前のショートランドからのニューヘブライズ諸島エスピリッサント攻撃など、敵の後方基地にたいして、本来の哨戒任務のほかに長距離爆撃機としてさかんに使われた。

昭和18年暮れ、金子英郎飛曹長は前線のヤルート島から空技廠飛行実験部に転任した。写真は、激闘を共にしたクルー

しかし、これもマキン、タラワが占領されると駄目になり、ヤルートを中心とした哨戒飛行にもめっきり未帰還機の数がふえはじめた。

このあとの飛行艇隊は、戦局の後退とともに縮小の一途をたどり、昭和十九年六月十五日、米軍のサイパン島への上陸で八〇二空の大部分が玉砕、九月二十日には戦力を消耗しきった八五一空も東港で解散し、昭和十七年四月以降、ずっと三航空隊できた飛行艇隊も、ついに八〇一空一隊だけになってしまった。

昭和十九年十一月、詫間基地に集結した八〇一空は、翌二十年二月十日に第五航空艦隊に編入され、あらたに一式陸攻の攻撃第七〇三飛行隊の増援を得て、索敵専門部隊となった。二式大艇十二機、搭乗員二十組（二百名）をもつ最後の飛行艇作戦部隊だった。

最後の一機

十三試大艇ができて試験飛行がはじまったとき、鳴尾では手狭と考えた川西では、飛行艇専用の大工場建設を開始した。とくに組み立て工場は月産六十機を目標に生産ラインを六列とるため、柱間隔六十メートル、間口二百メートルで奥行き百八十メートル、天井高さ十四メートルという大きなものだった。昭和十七年春に完成して甲南製作所となり、量産六号機からの二式大艇はすべてここでつくられた。

初代製作所長となった中村正清によると、「昭和十八年に九十機（輸送機型の「晴空」をふくむ）つくったのが最高で、もっとも能率があがった月には三日に一機ずつ海軍に引き渡したことがある。しかし、十八年末になると資材不足で、飛行艇より戦闘機をつくれということになって生産はダウン」してしまった。

記録によると昭和十九年は二式大艇一二型（H８K２）三十三機、「晴空」三二型（H８K２‐L）二十四機で、昭和二十年に入って二式大艇一三型（H８K４）と「晴空」三三型（H８K４‐L）各一機をもって生産を終えた。

最後に甲南製作所を出たのがH8K4の5171号機か「晴空」H8K4-Lの539号機のいずれかは不明だが、それが昭和二十年二月十六日であることだけは、関係者たちの悲しい記憶からはっきりしている。

この日は、朝から底冷えのする陰鬱《いんうつ》な曇り空だった。海軍の飛行実験部から領収にきた三名と、便乗の川西社員二名をのせた大艇は、甲南の沖を飛び立って、横須賀に向かった。

直線で約五百キロ、ほんのひと飛びの航程のはずであった。しかし、やがて川西にもたらされたのは、安着ではなく、墜落全員死亡の悲しい報らせであった。不幸にもこの朝、敵機動部隊延べ六百機の艦載機が関東地方を襲ったが、無線機をつんでいなかった大艇にはこの情報が伝わらず、神奈川県茅ヶ崎沖合の相模湾上で、敵戦闘機によって撃墜されたのだ。

死亡した川西社員は労務部の本間与吉郎厚生課長と、もう一人は竹内第三設計課長の部下で「蒼空」の主翼設計責任者だった宗全祐《そうまたすけ》技師だった。

宗は空技廠での会議のために、竹内の代わりに横須賀にいく途中の災難であった。大学を出て入社四年目、両親と早く死別してお婆さん子だった宗には、前年十二月に結婚したばかりの新妻がいた。

宗の死を「蒼空」設計陣の疎開先である四国小松島で聞いた竹内は、「あまり大きなショックを受けなかった。〝戦友の屍を乗り越えて撃ちてし止まん〟という気持だった」というが、今になってみると自分の身代わりに有為な若者を死なせたことが悔やまれてならないと語っている。

夜間レーダー索敵

川西における二式大艇の生産が中止されて、機材の補充が皆無となったため、飛行艇の八〇一空は貴重な存在となった。なぜなら、八〇一空の属する第五航空艦隊（五航艦）は夜間攻撃を主とする総力特攻部隊で、レーダーをもち夜間索敵能力のある大艇隊は五航艦の唯一の眼であったからだ。

日本で飛行機にレーダーをつんだのは、ガダルカナルをめぐる攻防が最高潮に達していたころ、八五一空の九七式大艇三機が最初だった。はじめのころは不なれのうえに信頼性も低く、無用の長物といった感が強かったが、その後の改良によって性能も向上し、昭和十九年秋の台湾沖航空戦で、九〇一空の九七式大艇が夜間哨戒で敵機動部隊を捕捉触接に成功していらい、急速にその効果が認められるようになった。

八〇一空大艇隊の主任務は、沖縄をふくむ九州南方海域の夜間レーダー索敵で、天候のいかんにかかわらず実施という苛酷なものだった。被害の多い昼間をさけての夜間行動であったが、レーダーと飛行艇伝統の特技ともいうべき天測の組み合わせにより、目標発見の頻度と報告精度の高さは特筆すべきものがあった。

正確に艦隊の居場所をつきとめてやって来る日本の攻撃隊が、飛行艇に誘導されていることを知った米軍は、夜間戦闘機をくり出してきた。かれらは香川県詫間を出て南下する二式大艇をねらって、豊後水道南方から宮崎県都井岬付近にアミを張って待ち伏せした。

敵の夜間戦闘機はレーダー射撃を主としたが、これをさけるために、空技廠で考案したアルミあるいは錫箔のテープを一メートルから二メートルくらいの長さに切ったレーダー欺瞞紙をバラまく方法が使われた。大艇は敵夜間戦闘機の無線電話に周波数のダイヤルを合わせておき、電話傍受音の拡大でその接近を知り、見張りを厳重にする。かれらは大艇の排気炎を目標にしていたので、かならず艇尾方向から接近して来た。衝突防止のための機首灯をつけているので、接近の様子はよく分かった。

尾部射手は敵機の機首灯を見ながら、射撃がはじまるタイミングをはかり、操縦員に連絡する。大艇は尾部から大量の欺瞞紙を放出すると同時に、横スベリ操作を行なう。電波をよく反射する欺瞞紙に向けて敵のレーダー射撃が行なわれ、曳光弾は大艇のわきを抜けてむなしく夜空に消えて行くことになる。
この方法は夜間戦闘機の射弾を回避するのにつかわれただけでなく、南方敵基地爆撃のさいにも、しばしばテープ投下によって敵のレーダー射撃を混乱させた。また、テープは風に乗ってかなり広い範囲にひろがり、ゆっくり降下していくので、レーダースクリーン上にあたかも大編隊のような像としてあらわれるので、一機あるいは少数機でゲリラ攻撃にいくさいに、敵をあざむくのに有効だった。もっとも、同じ方法は米軍側でもつかい、B29の本土来襲のさいには、こちらのレーダー陣が混乱させられた。

夜間のレーダー合戦は、双方秘術をつくしての戦いであったが、数にまさる敵夜間戦闘機のため、大艇隊の被害もしだいにふえて行った。しかし、カントン攻撃の玉利大尉機のように、孔だらけになりながらもしぶとく帰ってきた大艇もあった。

昭和二十年三月十七日夜半から十八日にかけて出動した木下悦朗少尉(埼玉県狭山市)を機長とする九五号艇も、そうした不死身の一機だった。木下機は敵夜間戦闘機六、七機と交戦し、エンジン一発停止、被弾百数十発、戦死一名(川瀬飛長)負傷数名の損害をこうむりながら、全弾を撃ちつくして志摩半島にたどりついた。

途中、エンジンに火災を起こしたが、消火装置で消しとめている。これも二式大艇の強靱さをまざまざと示した一戦であった。

四月一、米軍は日本本土進攻の第一歩として沖縄本島に上陸、大艇索敵隊の任務はいよいよ重要さを増した。

だが、すでに生産中止とあって機数の増加は望めないので、九〇一空から増援の九七式大艇四機を加え、大艇十六機、搭乗員二十六組によって八〇一空から分離独立、あらたに詫間航空隊が編成され、歴戦の日辻少佐が最後の飛行隊長となった。

詫間空には、このほか「瑞雲《ずいうん》」の偵察三〇二飛行隊、零式三座水上偵察機の水偵特攻隊が編入され、沖縄決戦に備えることになった。

もっとも、零式三座水偵は使いやすいうえに自動操縦操置をもち、レーダーおよび磁気探知機をつんで、大艇ほどではないが夜間索敵能力もあったので、五航艦長官宇垣纏中将が、「特攻に使うのは惜しいから残しておけ」といって出撃をひかえさせたいきさつがあった。

したがって詫間空は、全機が哨戒索敵にあたったわけだが、索敵というのは「発見」を報じて帰って来るだけではなく、接触の任務もあったので、危険の確率はきわめて高かった。昭和二十年二月から終戦までの半年の間に、五航艦の大艇二十八機、百八十三名が失われたことがよくそれを物語っている。

被爆炎上

これより少しさかのぼるが、昭和二十年一月中旬に行なわれた海軍との打ち合わせでは、H8（二式大艇）およびK1J（紫電）の生産を打ち切り、双発夜間戦闘機「極光」は月産三十機に押さえ、「蒼空」試作も控え目にして、K2J（紫電改）の生産に主力を注ぐことが決まっている。

このため九七式大艇をつくった鳴尾製作所では「紫電改」、二式大艇をつくった甲南製作所では、「極光」の生産に拍車をかけられ、二月十七日の横須賀航空隊、三月十九日の三四三空の奮戦など、「紫電改」戦闘機のあいつぐ活躍は、暗い戦局の前途にわずかな希望をもたらした。

そして中島、三菱などの工場がたびたびの空襲でかなりの被害を出していたにもかかわらず、川西は無キズのまま五月を迎えた。

「このままでは終わるまい」と、誰しもがそう思っていた矢先、よそで撃墜された一機のB29から発見された敵の日本空襲用地図が川西にもたらされ、それを見た甲南製作所長の中正清は仰天した。

太平洋全図にはじまり、日本全土、関東、中部、関西、四国、九州とずっと細分された最後に、阪神地区の拡大写真が出てきた。それには迷彩したはずの甲南製作所が、ノコギリ型の屋根から煙突一本にいたるまで、はっきり写っていた。そのうえ、爆撃予定が五月十一日であることまでわかった。

中村はすぐ工場疎開を決意し、五月九日夜から部品や材料を昼夜兼行で工場外に搬出させた。もちろんそれまでにも疎開準備を進めてはいたが、爆撃予定日が明後日とあって、にわかにピッチが早まった。搬出完了は十一日午後四時ごろの予定だったが、敵機はそれより早く午前中にやって来た。

空襲警報が発令されると、女子および動員学徒はすぐ工場外に退避させたが、川西社員および正規従業員はそのまま止《とど》まっていた。

雲が低く敵機の姿は見えなかったが、高射砲の射撃開始で敵機接近を知り、総員退避が発せられた。一分もたたないうちに、「ザーッ」という投下音が聞こえ、製作所構内は破壊音と爆音につつまれた。ラジオは聞こえなくなり、煙と炎で空が暗くなった。

爆撃は二波にわたり、第二波が去って二十分後に空襲警報が解除された。五百ポンド爆弾が主で、製作所構内に四十二発、ほかに建物の屋根で炸裂したものが二十発あった。

爆撃による死者百四十二名、行方不明二十名、防空壕に入っていた者に死者はなく、第一波の去ったあと外に逃げようと、壕から出たところにやって来た第二波による被害がほとんどだった。

なれぬこととて死者の始末に手間どり、消火作業のおくれと重なって混乱が起きた。火葬前に死者の持物をしらべたところ、かなりの現金を持っている者がいた。いつどうなるかわからない不安な時代、自分の身ひとつが唯一の頼りなのであった。

米軍側の記録によると、この日マリアナ基地を出発したのは第五八、七三、三一四の三ウィング百二機で、目標に達して爆撃に成功したのは九十二機、一機平均五・一トンの爆弾を投下したことになっている。

甲南がやられて一ヵ月後、今度は鳴尾と明石製作所が爆撃された。甲南より機数は少なかったが、一機平均約六トン近い爆弾をおとされてこれまた完全に破壊され、日本防衛の頼みの綱である「紫電改」の生産は完全にストップしてしまった。

このときも、B29が空襲にやって来ることが事前にわかっていた。「強風」「紫電」「紫電改」などに装備されて威力を発揮した「空戦フラップ」をはじめ、清水さんに頼めば何でも解決してくれると、設計側にとって救いの神だった研究部の清水三朗技師は、鳴尾の組み立て工場長になっていたが、監督官の鈴木順二郎少佐を夜おとずれた際に、翌六月九日、空襲があることを聞かされた。すでに日本本土上空の制空権さえ奪ってしまった米軍は、予告爆撃を行なう余裕すらあったのだ。

清水はその晩、工場にとまり込み、翌朝は出勤する者をみな止めた。さしあたりすることもないので、その日、組み立てる予定の「紫電改」の不足部品をしらべに工場正門の外にある倉庫に行き、帰ろうとして門の前まできたときに敵機がやって来た。

すぐ門の脇のタコつぼに入って上を見ると、きれいに並んだ編隊が頭上を通過していく。

「ハハー、敵は間違えて宝塚の工場に行くな」

と思い、タコつぼから飛び出して本社の玄関に向かって走り出したとたん、「シャー」という衝撃音とともに黒いビールびんのようなのが、上から沢山降って来た。たったいま通り過ぎた編隊から投下された爆弾だったのだ。

「やっぱり間違いじゃなかった」

第二次大戦に登場した四発爆撃機の傑作・アメリカ陸軍B29爆撃機。川西をはじめ日本の航空機産業の息の根をとめた

チラと頭のすみでそう思いながら地面に伏せたとたん、一大轟音で何が何だかわからなくなった。気がついて起き上がろうとしたが、土砂に埋まって起きられない。やっとの思いで這い出したら右手首がブランと下がり、動脈から血がピュッピュッと吹き出した。すぐ三角巾で止血し、もうひとつの三角巾で腕を首から吊った。神経がマヒして、痛みはまったく感じない。第二波がやって来たのでタコつぼに入ったが、あとふたたびわからなくなった。

「清水さん、ここでチョン切るぞ」

医者がそう言ったのをかすかにおぼえていたが、「工場長がやられた」というので、皆で大さわぎしたことをあとになって知った。右手首はもう一度、切り直して傷口を縫うべきだったが、「少しでも長い方がいいだろう」と医者がそのままにしたため、あとで化膿し、文字どおり戦争の傷あととして、戦後も全治までかなり長い間、清水を苦しめた。

エピローグ

戦時中、米軍は識別のため、日本の軍用機のすべてに女性名をつけて、コードネームとしていた。たとえば零戦は「ジーク」、「隼」は「オスカー」、一式陸上攻撃機は「ベティ」、九七式大艇は「メーヴィス」といった具合で、かれらは二式大艇にたいしては「エミリー」(Emily)と名づけていた。

「エミリー」は航空母艦で米本国に送られることになり、横浜基地で積み込まれた。二式大艇には主翼中央の重心点付近に吊り上げ金具がついていて、機体を吊り上げるようになっていたが、この装置が使われたのはきわめてまれだった。

空母で太平洋を渡った「エミリー」は、首都ワシントンの南約百五十マイルの大西洋岸にあるノーフォーク海軍基地におろされ、再飛行にそなえて徹底的な分解修理が行なわれた。

残されていた弾痕の修復、操縦系統、燃料系統、油圧系統、電気系統などのチェックが行なわれたが、部品不足のため水メタノール噴射装置は取りはずされた。このため、テスト期間中に離昇最大出力を発揮することはできなかった。

修理後、NATC（海軍飛行実験部）のあるパトクセンに運ぶため、二人のパイロットがノーフォークに派遣されて来たが、二人とも第二次大戦中は飛行艇パイロットで、とくにそのうちの一人、トーマス・コノリイ中佐（のち中将）は太平洋方面で、四発のPB2Y中隊の指揮官として日本軍と二年間闘った男であった。かれの中隊は一九四四年に、サイパンとエニウエトクの間の海上で「エミリー」を二機撃墜したという。

「その日のエミリーの離水は、軽い搭載物とおだやかな風、静かな海上など好条件のおかげで、非常にすみやかだった。飛行艇は一瞬のうちに空に上っていた。総出力約七四〇〇馬力のエミリーの四発エンジンは、その当時の軍用飛行艇としてはもっとも壮観な離水を実現してくれた。

この日の飛行のために数ヵ月もかかり切りだった二人の主任メカニックは、この成功に狂喜した。一二〇〇〇フィート（約三千五百メートル）まで上昇を続け、北方に機首を向けた。

問題はまったく起こらなかった。たった一つ勝手がちがうことといえば、操縦席のうしろについているエルロン・タブ操作装置がノブを右に操作すると左翼が下がり、左に操作するとその逆という、予想に反した作動をしたことだ。

水平飛行に移って、エンジンを一八〇〇回転に落とした。

B24四発爆撃機の海軍型PB4Y‐2一機が、安全保護と写真撮影のために一緒に飛んだ。すべてが非常に順調だったので、コノリイ中佐は馬力を上げて、エミリーが高速飛行ではどのようなものか、試してみようと決心した。

かれは標準定格出力の約二六〇〇回転まで馬力を上げた。とたんに故障が起こり、メカニックの一人が、一基のエンジンの潤滑油圧力が油圧系統の故障でゼロになったとどなった。中佐は大いそぎで右側のエンジン一基を止め、ほかのエンジンを心配して巡航速度におとした。ところが、少したって今度は左側のエンジン一基が止まってしまった。

すでにポトマック河を飛び越え、パトクセンに近づいていた。速度は減ったが、残った二基のエンジンで、楽々とパトクセンの水上飛行場に下降し、なめらかに着水することができた。

そこで三つ目のエンジンが止まった。エミリーは外側の一基のエンジンで、救命艇が来るまで丸い円を画いて海上をまわっていた。そして最後のエンジンも止めたこの大きな疲れ切った飛行艇は、不本意ながら水上飛行場まで曳かれて行くことになった。

これはアメリカで行なわれた、エミリーの最初にして最後の飛行だった」(Robert C. Mikesh「航空ファン」一九六五年九月号)

一九四六年(昭和二十一年)五月二十三日に行なわれた二式大艇最後の飛行の模様であるが、この後、故障したエンジンを修理して八月二十二日からテストを再開したが、水上滑走に関するものだけで、飛行テストは行なわれなかった。

途中、再度のエンジン故障などもあって、一九四七年一月三十日のテスト終了までに、計八回、のべ十二・六時間の水上テストが行なわれたが、テストはこの誇り高き貴婦人に敬意を表して、日の丸のマークをつけて行なわれたという。

のちに米海軍は、かれらが持っていた四発飛行艇PB2Yコロナドと同じ重量とした場合の二式大艇の性能比較数値を発表しているが、ほぼ同じ大きさのコロナドに対して、二式大艇は最高速で約三十パーセント、航続距離で約四十パーセントも上まわり、二万フィート(約六千メートル)までの上昇時間は三分の一以下、離水時間は半分以下で、圧倒的な優位を示している。

飛行試験結果のレポートには二式大艇の欠点も挙げられていたが、第一は日本でもわかっていた離水時の水上安定、すなわちポーポイジングの問題、第二は艇体の強度に関してであった。艇体の強度をもし米海軍のコロナド程度まで上げたら、性能も落ちるだろうという評であった。

アメリカ海軍コンソリデーテッドＰＢ２Ｙ「コロナド」——大戦後の米軍の性能テストで、二式大艇は同機を圧倒した

「設計思想として、米国と私たちと、はっきりちがうところです。つまり頑丈につくって、十年たっても使用できるものにするか、少し寿命は短くなっても軽いものをつくるかの違いです。二式は後者の点になっています。
二式の自重は他の飛行艇と比較して、はるかに軽くできています。これは飛行機設計の根本である構造設計の違いにあるわけです。二式は百八十機ほどつくったのですが、強度的な問題は特別おきませんでした。

しかし十年以上もたせようとすると、ちょっと問題になってくるでしょう。飛行機の自重の軽重というのは、外形の決め方や構造設計の上手下手で一応は決まるのですが、そのもう一つの前の段階で、この飛行機を何年つかうかということが決められなければなりません。その辺をどう決めるかで、実際の自重に開きがでてくるわけです」（菊原）

耐用年数にかかわる問題であるが、この点ではっきりした結果が出たのが零戦だった。

零戦の主翼桁のフランジ材には、当時、住友伸銅所で開発されたＥＳＤ（超超ジュラルミン）押し出し型材が使われていたが、この新材料は引張強度がふつうのジュラルミンにくらべて約五十パーセント、超ジェラルミンにくらべても約三十パーセントも高い画期的な材料だった。

ＥＳＤの採用は零戦の重量軽減に大いに貢献したが、この材料には時期割れ（力をかけてある時間放っておいたとき、材料の結晶粒子間に腐蝕が起きて割れが入る現象）が起きやすい性質があった。

零戦の設計主務者だった三菱の堀越二郎技師は、この欠点をわきまえた上で使用部分を限定して使ったから、戦時中はこのESDについて何ら問題は起きなかったし、ほかの日本機にもかなり使われた。

戦時中、アメリカに十二機の捕獲零戦がわたり、うち一機が完全修復されて日本にもやって来て飛んだ。この零戦はずっと屋内展示されていて程度は上等の部類だったが、それでも他の零戦と同様に、主翼の桁フランジ材は腐蝕を示していたため、桁はあたらしくつくって入れ替えなければならなかった。

軍用機とくに戦闘機の場合は、消耗が激しいから十年ももてば上等で、二十年、三十年後の飛行など考えなくてもいいわけだが、二式大艇が強度的な点で耐用年数に問題があるかどうかについても疑問があるようだ。

二式大艇設計のさいに、菊原のもとで全体のまとめをやっていた馬場はこう語っている。

「たしかにアメリカの飛行艇は厚い板を使い、構造的に頑丈だったかも知れない。しかし、薄い板を使ったからといって、九七式大艇や二式大艇の艇底が変形したことはなかった。むしろ厚い板を使ったアメリカの飛行艇の方に痩せ（水圧でリブとリブの間の外板が凹むこと）が見られた」

軽くつくることが必ずしも強度が弱いとか、寿命が短いということにはならないのは、人間の体重と健康の関係に似ているかも知れない。

テストと評価を終え、エンジンもボロボロになった「エミリー」は、もはや巨大なスクラップでしかなくなり、ほかのテストを終えた機体と同様に処分されることになっていたが、幸いこの偉大な飛行艇を惜しむ人たちによって破壊をまぬがれ、保存されることになった。

昭和三十四年、米海軍の招きでワシントンにいった菊原は、案内されたノーフォーク海軍基地で、かれが手塩にかけたなつかしい二式大艇と対面した。

外翼部分、艇体内燃料タンクなどははずして室内に置かれ、巨大な機体はコクーン（ゴム性の塗料を吹きつけ、乾燥後「まゆ」のように全体が膜でおおわれて外気と遮断する処理）され、内部には特別のエアコンディショニングをほどこして、つねに湿度を三十パーセントに保ようにしてあった。

「こんなにまでして……」

二式大艇にたいする米海軍のなみなみならぬ好意を知って、菊原は胸を熱くした。

すでに用済みの、しかも展示の目的でもない大きな厄介物を、ただその目的のためにのみ最高の保存をしているのである。ワシントン郊外のシルバーヒルにあるスミソニアン国立航空宇宙博物館には、復元展示を待つ沢山の飛行機が保管されているが、これほど大切に扱われている例はない。

米海軍の担当者は、菊原のためとくにコクーンを切り開いてくれた。

「私は中に入ってみましたが、大変きれいにしてありました。米海軍では二式にエミリーという女性名をつけていますが、私はこのとき米海軍の首脳部の人たちに、『エミリーを生まれ故郷の日本へ帰してやってほしい』と頼みました。

まだ戦後の状態から完全に脱していない時期に、若い人たち、海上自衛隊の士官や会社の技術者たちがいくらか自信を失っている中で、自分たちの先輩がかつてこういうものを作ったということを知ってもらい、国民的自信を回復する一助にしたいと考えたからです。

一週間ほどしてエミリーを返すと返事してくれました。そして同時に、どのように運び、ど

昭和34年、アメリカ海軍の招きでノーフォーク基地を訪れた菊原（中央）は、大切に保管されていた二式大艇と再会した

こに置くのかという質問がありました。後者については日本に航空博物館ができるまで、われわれの甲南工場に置くと答えましたが、前者の質問については、要するに空母にのせて持って行ったのだから、それと同じことをしてもらいたいと頼みました。運搬について米海軍は、イエスともノーとも言いません。私が帰国してから海幕や外務省にこのことを話しました。

日本政府から手紙を出してもらって、それに対する返事がきて、『返す、ただし運搬は日本持ち』としてありました。

非常に困って、あらゆる方面に働きかけたのですが、適当な輸送手段が見つからず、結局、日本に持って帰ることを断念せざるを得ませんでした。

この間、米海軍もずいぶん努力してくれました。そして三年ほどしてから、私もついにあきらめて、外務省を通じて断わりの手紙を出してもらいました。それに対して、米海軍の返事は、『状況はよくわかった。二式大艇にふさわしい方法で合衆国内に永久に保存しよう』ということでした」（菊原）

この「エミリー」も、ついに日本に帰って来た。それが決まったのは昭和五十三年、ちょうど戦後三十三回忌の年にあたる。

それは九七式大艇百七十九機、同輸送艇三十六機、二式大艇百三十機、同輸送艇三十六機、合わせて三百八十一機の川西式大艇と、労多くして報われることの少なく、広大な太平洋の戦場に散っていった多くの飛行艇隊員たちの鎮魂碑であり、飛行艇にかかわりを持った人びとの勇気と英知をもの語る生き証人でもある。

いまは東京の東八潮にある「船の科学館」（現在は海上自衛隊の鹿屋航空基地史料館）に屋外展示されている二式大艇は、ふたたび羽ばたくことはない。しかし、かつてせましとばかり飛びまわった太平洋が、その名の通り、いつまでも平らかであれと見つめつづけることであろう。

付I　末裔《まつえい》たちの伝説

継承された技術

終戦時には数万名の従業員を擁し、九七式、二式を合わせて四発大型飛行艇を四百機ちかくも生産した川西航空機は、飛行艇メーカーとして世界のトップレベルにあった。

なかでも、最高時速四百五十キロ以上、八千キロ近い航続力をもった日本海軍の二式大艇は、鈍重で劣性能というそれまでの飛行艇の概念をくつがえしたものとして、戦後、本国に持ち帰ってテストしたアメリカ海軍当事者たちを讃嘆させた。そして日本を除けば、いまだにこの二式大艇を上まわる大型飛行艇は（試作機を除いて）実用化されていない。

唯一実用化された栄光の大型飛行艇というのが、戦後、川西航空機から名称を変えた新明和工業が昭和四十二年十一月に開発したＰＳ‐１およびＵＳ‐Ｉのシリーズである。

ある意味で二式大艇は、あまりにも優秀だった。その技術は充分、戦後においても生かされると考えられた。四面を海にかこまれたわが国にとって、飛行艇の将来性ありと判断した新明和工業では、九七式、二式の名設計者菊原静男が、戦後も飛行艇の研究をおこたらなかった。

戦後の混乱にもひと区切りがつき、世の中もようやくおさまった昭和三十年ごろ、新型飛行艇の開発を企図した菊原らは、ひそかにある研究を開始した。

当時、アメリカでは四発ジェット・エンジンのマーチンＰ６Ｍ「シーマスター」がテスト中だったが、世界的には飛行艇の開発は下火になっていた。と言うのも、陸上大型機の性能が向上し、大洋を無着陸で飛べるまでに航続距離が伸び、大型機を発着させせるに充分な飛行場の施設や技術が発達したからであった。また、近海の救難には性能の向上したヘリコプターが使われるようになり、飛行艇の活動範囲をいちじるしくせばめるようになった。

ひろい海面のどこからでも発着できるとする飛行艇にも、重要な欠陥があった。それは耐波性に欠ける——波浪にたいして弱いということで、耐波性能が優秀とされた二式大艇ですら、離水可能な最高波高は一メートルと言われていた。戦後、米海軍は双発のマーチンP5M「マーリン」飛行艇を使っていたが、T字尾翼を採用した近代的設計のP5Mにしても、最高波高は一・五メートルが限度だったのである。

そこで飛行艇の実用範囲をひろげるには、どうしても耐波性を向上させなければならず、そうしなければ新しく飛行艇を開発する意味がないと考えた新明和の技術陣は、まず海の波の風の研究からはじめ、ついで耐波性を向上させるための飛沫の研究をはじめた。

この研究の結果、戦前、二式大艇の艇体の研究のさいに〝かつおぶし〟とともに開発した溝型波消装置を発展させたものが完成、あらためて国内および国外の特許をとった。

もう一つの新型飛行艇に必要な技術は、高揚力装置の開発だった。この装置は主翼と尾翼の効率を高め、これによって離着水の速度を大幅に低下させることを目的としたもので、これも二式大艇をやった人たちによって、翼上面から圧縮空気を吹き出すことにより、従来の二・五倍の揚力を発生させる技術が開発された。

この技術で離着水時の速度を四十五ノット（毎時八十三キロ）まで低下させ、荒海に安全に着水したり離水したりする可能性、いわゆるＳＴＯＬ（Short Take Off and Landing）性が確立された。この高揚力装置と、先の波消装置の完成により、三メートルの波高がある荒海でもつかえる飛行艇の設計が可能となり、この二つを軸とした新飛行艇の基礎設計が昭和三十四年にでき上がった。

二十三年目の感激

この新型飛行艇の研究に注目した海上自衛隊が、その開発を検討した結果、昭和三十五年には防衛庁で正規の開発として採り上げることが決定された。

これと前後してアメリカ海軍もこの飛行艇に注目し、昭和三十四年に菊原が渡米してアメリカ海軍の援助を取りつけると同時に、実験に使うための飛行艇の供与を依頼した。

この結果、空軍がアリゾナ砂漠に保管していたグラマンＵＦ‐１「アルバトロス」水陸両用飛行艇を一機、海軍がゆずりうけて供与されることになった。アメリカ海軍によって整備されたＵＦ‐１はサンフランシスコ近くのアラメダまで飛び、そこから船で横須賀まで運ばれた。かつて二式大艇の量産が行なわれた新明和航空機製作所甲南工場にＵＦ‐１が到着したのが昭和三十五年暮れ、それから防衛庁の予算でこれまでの研究成果を織り込んだ改造をくわえ、二年後の昭和三十七年暮れにUF－XS実験機が完成した。

でき上がった姿は、もとの「アルバトロス」とはまったく違ったもので、尾翼はT型、艇体は大幅に改造され、主翼は延長されて四発となった。このUF－XS実験機は本物の縮尺四分の三のサイズに相当する、力学的相似模型ともいうべきもので、全備重量十四トン、操縦者二名のほかに搭乗員二名が乗って実験できるようになっていた。

実験は最後の大艇隊飛行隊長として二式大艇をアメリカ海軍に引き渡す大役を果たした日辻常雄一等海佐を中心に行なわれ、昭和三十九年の実験終了までに総飛行時間は百五十二時間におよんだ。成績は全般的に優秀で、本番の新飛行艇が期待されるすぐれた耐波性とSTOL性をもつものになることが確認されたため、PX－Sとして正式の試作が決定され、昭和四十二年十月に試作一号機が完成した。

十月十七日、機体の塗装も真新しいPX－S一号機は、小金貢、織田憲次両操縦士、松山喜佐久機関士搭乗で初飛行に成功した。昭和二十八年に基礎研究に着手してから十四年、昭和二十年秋、日辻少佐（のち海将補）の操縦で二式大艇が最後の飛行をして以来、じつに二十二年ぶりのことであった。

二代目社長として戦前、戦後のもっとも困難な時期を生き、最後まで飛行艇への夢をすてなかった川西龍三社長はすでに亡かったが、戦後二十三年目にして二式大艇の再来ともいうべきPX-S四発飛行艇の姿を目のあたりにした菊原ら飛行艇屋たちの感激はひとしおのものがあった。

世界最高の翼

海上自衛隊の対潜哨戒機としてつくられたPS-1の特徴は、STOL性能と耐波性にすぐれていることであった。STOL性はターボプロップの強力なパワーと、高揚力装置の進歩によるものであり、耐波性はシーステート五（波高十フィート）の荒れた海面からの離水が可能という画期的なものだった。

とくに波高三メートルの荒海で安全、確実に離着水ができる飛行艇などというものは、かつて世界のどこの国でもつくられたことはなく、またつくろうとしている国もない前人未踏の技術であった。

そのすばらしい耐波性が最初に実証されたのは、昭和四十三年四月に紀伊水道沖の外洋で行なわれた荒海離着水試験だった。四月十五日から二十三日にかけて行なわれたこの荒海テストで最もきびしかったのは、最後の二十三日だった。当日、波高は最大四メートルを示し、着水したPX-Sが、水上運動性試験のために護衛艦の周囲を一巡したとき、機体が巨大な波にかくれて艦上からその姿を見失うことがしばしばあり、まるでPX-Sが沈没しつつあるかのような錯覚を起こすことすらあったという。

このときの記録写真数葉を掲載したある航空専門誌は、その説明に《不時着して沈む寸前の写真ならいざ知らず、正常な状態で着水している飛行艇の写真で、波頭の上に尾翼の上端だけがわずかに見えるというのは、まさに古今未曾有《みぞう》であると書いた。

昭和四十三年六月には試作二号機も完成し、海上自衛隊に納入されたPX-S二機によるテストは、岩国基地に新設された実験航空隊で各種のテストが行なわれ、四十五年十月にPS-1として制式採用（使用承認）が決定された。

こうして待望ひさしい飛行艇の量産が、防衛庁の発注によって新明和工業甲南工場で開始された。甲南工場は川西航空機時代に、PS-1とほぼ同じ大きさの二式飛行艇を月に十二機ずつ生産する計画で、昭和十八年に建設された工場だ。したがって、年に平均三機程度ではとても量産などとは言えないが、それでも約三万四千平方メートルの総組み立て工場の中で、フレーム製作、艇体組み立て、主翼および尾翼の結合、最後のエンジン架装や内部艤装など、それぞれの工程にある飛行艇数機が列をつくっている情景に、「戦前派は今日までを回想して目頭を熱くし、戦後派は感激と興奮に作業の手を弾ませた」と新明和工業社史には記されている。

仰ぎ見る勇姿

このPS‐1は、技術上の多くの改良・進歩があり、近代化されたとはいうものの、基本的には日本海軍の十三試、つまり昭和十三年に開発がスタートした二式大艇の延長線上に位置するものだ。

それは開発コストをセーブし、リスクを最小とするために必要な考慮だったが、逆にこのことは二式大艇がいかに進んでいたかの証左であるとも言えよう。

PS‐1設計時の基本方針は、新規の設備投資をできるだけ避けるため、新しい機械を必要とするような構造を避け、むかしの二式大艇の構造様式を踏襲するというものであった。

したがって、重要な強度メンバーである主翼や尾翼のスパー（桁）はNC（数値制御）工作機械など新しい機械をもつ富士重工や日本飛行機に依頼し、新明和工業では従来の機械および手法で間に合う胴体の製作と全体の組み立てを受けもった。

PS‐1は、技術上の数々の成功に支えられて完成し、対潜哨戒飛行艇として二十三機が海上自衛隊に納入された。

大型救難飛行艇ＵＳ‐１――川西龍三社長亡きあと、戦後23年目に新明和工業が初飛行を成功させたＰＳ‐１の水陸両用型

さらに、降着装置をつけて陸上飛行場にも降りられるようにした水陸両用型の救難飛行艇ＵＳ‐１が十三機つくられ、離島からの病人の緊急輸送、遭難漁船員の救出などに活躍している。

その活動は地味で一般に知られることは少ないが、近年とくに晴れがましい二つの出来事があった。

その一つは平成四年一月、空中給油中に銚子東方約一千キロの洋上に墜落漂流したアメリカ空軍のＦ‐16戦闘機搭乗員を、海上に着水して無事救出したことだ。ヘリコプターではとうてい進出不可能な遠距離とあって、まさにＵＳ‐１ならではの壮挙であり、在日アメリカ軍はこのＵＳ‐１のクルー全員にたいし、勲章を贈ってその功績をたたえた。

もう一つは、平成六年二月の天皇・皇后両陛下の小笠原御訪問に際し、最初の到着地硫黄島から飛行場のない父島へ、そして父島から羽田空港への輸送の大任を果たしたことで、「オヤ、日本にこんな飛行艇があったのか」と、あらためてその存在を知った人も多かったようだ。

筆者は厚木基地への離着陸の経路にあたる茅ヶ崎に住んでいるが、US‐1の勇姿もしばしば見かける。今は世界でただひとつ残る大型飛行艇として、いつまでもその姿を仰ぎ見る日がつづくことを願ってやまない。

付II　日本飛行艇年誌

明治四十五年（一九一二年）

神奈川県追浜に海軍航空技術研究委員会が設立され、追浜の水上飛行場で河野三吉大尉による日本海軍最初の飛行が行なわれた。飛行機はアメリカから輸入したカーチス式水上機。

大正三年（一九一四年）

第一次大戦でドイツ軍の青島《チンタオ》要塞攻撃に、海軍から水上機母艦「若宮丸」とモーリス・ファルマン四機がはじめて参加。

大正五年（一九一六年）

四月一日、横須賀航空隊設立。

大正十年（一九二一年）
日本最初の航空母艦「鳳翔」進水。
イギリスから輸入したショートF5双発飛行艇が国産化され、初の制式飛行艇として数年間に約四十機生産。

昭和二年（一九二七年）
ドイツから輸入したロールバッハR1飛行艇をもとに、三菱と広海軍工廠で全金属製大型単葉飛行艇の試作を完成した（広海軍工廠は昭和三年）。この飛行艇の構造に使われたワグナー張力場理論は、のちに九七式や二式大艇の構造にも全面的に使われただけでなく、日本の金属製飛行機の発展に大きな影響をもたらした。
広海軍工廠で一五式飛行艇（H1H1）を完成した。F5の後継機として昭和九年までに四十五機つくられた。
十一月、川西機械製作所は川西航空機となり、海軍指定工場の認可をうけた。

昭和四年（一九二九年）
横須賀航空隊進信蔵大尉指揮の一五式飛行艇二機が横須賀～サイパン間二千五百四十四カイリ往復飛行に成功。

昭和五年（一九三〇年）

ショートＦ５飛行艇——大正10年にイギリスから輸入された当時の傑作機。広工廠で国産化された海軍初の制式飛行艇

ショート社の設計による九〇式二号飛行艇（Ｈ３Ｋ１）が、川西の鳴尾新工場で組み立て完了した。日本海軍として初の三発大艇で、館山（千葉県）に大艇隊が生まれた。

広海軍工廠設計の八九式双発飛行艇（Ｈ２Ｈ１）完成。

昭和六年（一九三一年）

広海軍工廠設計の九〇式一号三発飛行艇（Ｈ３Ｈ１）完成。

館山航空隊の九〇式二号飛行艇二機による館山〜サイパン間の第二次南洋諸島連絡飛行に成功。

昭和七年（一九三二年）

広海軍工廠設計の単葉双発の九一式飛行艇（Ｈ４Ｈ１）完成。広工廠と川西で約二十機生産。

昭和八年（一九三三年）

川西八試大艇の試作に着手、昭和九年一月、中止となる。

昭和九年（一九三四年）

八試大艇の設計をもとに九試大艇（H6K）の試作に着手。

四月、海軍航空廠が横須賀に開設され、海軍航空技術の総本山となる。

昭和十一年（一九三六年）

七月、川西九試大艇完成。

十月、海軍初の大艇隊である横浜航空隊設立。

昭和十二年（一九三七年）

九試大艇が九七式飛行艇（H6K1）として制式採用となる。この年の生産数二機。

昭和十三年（一九三八年）

川西十三試大艇（H8K）、中島十三試大攻（G5N）の競争試作に着手。

H6K1一機、H6K2八機生産。

H6K2を輸送用に改造した九七式輸送飛行艇H6K2-Lを試作、十五、十六号機はH6K3-Lとなる。輸送用は全部で三十六機生産。

ロールバッハR1飛行艇――性能は劣るが、構造面で日本の飛行機設計に大きな影響を与えたドイツの全金属製飛行艇

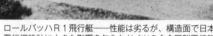

一五式飛行艇（Ｈ１Ｈ２）。ショートＦ５に代わる後継機として広工廠が設計試作し、昭和２年に作りあげた国産飛行艇

昭和十四年（一九三九年）

四月、大日本航空が九七式輸送飛行艇による横浜～サイパン～パラオ間の定期航空路を開設した。昭和十六年にはチモール島デリーまで延長された。大日本航空の所有機は十八機。

Ｈ６Ｋ２二機、エンジンを金星四三型に換装したＨ６Ｋ４十八機生産。

昭和十五年（一九四〇年）

十一月、東港（台湾）航空隊設立。九七式大艇二十四機配備。

十二月、川西十三試大艇（Ｈ８Ｋ１）完成。

Ｈ６Ｋ４三三機生産。

昭和十六年（一九四一年）

十二月、太平洋戦争開戦。

Ｈ６Ｋ４六十五機およびＨ８Ｋ２三機生産。

昭和十七年（一九四二年）

八九式飛行艇(H2H1)。一五式につぐ海軍の制式飛行艇。一五式を全金属化させた機体で、ともに長い間使用された

十三試大艇が二式飛行艇（H8K1）として制式採用。エンジンを金星五一～五三型に換装したH6K5四十九機生産。H8K1十一機生産、別に翼端浮舟を引き込み式にしたH8K3二機試作。

四月、川西甲南製作所完成。二式の生産を移行。

四月、あらたに第十四航空隊設立、飛行艇隊は各十六機ずつの三隊となる。

十一月、航空隊の呼称変更、横浜空は八〇一空、東港空は八五一空、十四空は八〇二空となる。

昭和十八年（一九四三年）

五月、前記飛行艇隊は九七式から二式に装備換えとなった。

十一月、輸送艇型の「晴空」H8K2-L完成。十機生産。ほかにH8K2の生産八十機があり、二式大艇の生産最高を記録す。

十二月、木製大型輸送艇「蒼空」H11K1-Lの試作開始

昭和十九年（一九四四年）

六月、米軍サイパン島上陸で八〇二空の大部は玉砕。八五一空も東港で解散し、飛行艇作戦部隊は八〇一空一隊のみとなった。

H8K2三十三機およびH8K2-L二十四機生産。飛行艇の生産を中止して、戦闘機生産に集中することに決定。

昭和二十年（一九四五年）

四月、全国にある飛行艇を四国詫間の八〇一空に全部集結、八〇一空から分離して詫間航空隊となった。飛行艇兵力は四月二十五日の時点で二式大艇十二機、九七式大艇四機。別に二式練習飛行艇が三機あった。

二月、H8K4、H8K4-L各一機ずつ生産。二式大艇の生産終了。

五月、川西甲南製作所被爆。

六月、川西鳴尾製作所被爆。

七月、川西宝塚製作所被爆。

八月十五日終戦。二十三日詫間で飛行艇隊解散。残存した飛行艇は二式が三機のみ。十一月、二式大艇四二六号機を米軍に引き渡すため、日辻少佐の操縦で詫間から横浜に空輸。

昭和四十五年（一九七〇年）

十月、新明和工業（旧川西）の対潜哨戒飛行艇PS－1、海上自衛隊に制式採用（使用承認）。二十三機生産。

昭和五十一年（一九七六年）

六月、PS－1改造の救難飛行艇US－1、海上自衛隊に制式採用。以後十三機生産。

昭和五十三年（一九七八年）

アメリカ海軍ノーフォーク基地に保管中の二式大艇、日本に返還決定。

文庫版のあとがき

ちょうど一年前、拙著『紫電改』の取材で新明和工業甲南工場を訪れた際、偶然にも海上自衛隊のUS－1救難飛行艇の一機が、オーバーホールを終えて工場を出て行くのに際会した。かつて二式大艇を量産した工場の前には作業にかかわった人たちが並んで旧海軍の伝統的な〝帽振れ〟で見送る中を、US－1は昔からあるスベリから静かに海に降りていった。

筆者の目には一瞬、二式大艇を同じようにして見送ったであろうざっと五十年前のできごととオーバーラップして見え、深い感慨を覚えたが、それが、この本を出すきっかけになった。

今から十五年前の昭和五十四年に、『最後の二式大艇』――海軍飛行艇の記録――

と題する本を文藝春秋から出した。この文春版はしばらくして絶版になったので、それから四年後の昭和五十八年にサンケイ出版から『二式大艇』――精鋭、海軍飛行艇――（第二次世界大戦ブックス）として刊行された。

こちらは文春版と違って写真をかなり多く使い、ページ数も少ないのでかなりの部分を削除してあった。それを最初の文春版と同じように復活させると同時に改訂を加え、さらに戦後のPS‐1（対潜警戒飛行艇）、US‐1（救難飛行艇）の話をつけ加えたのが本書である。

US‐1こそは日本にこんなすばらしい技術があった――否、現にこうしてあることの証《あか》しであり、九七式大艇いらいの日本飛行艇技術の集大成なのである。また日本海軍時代からの飛行艇運用技術も海上自衛隊に継承発展されており、そのルーツである二式大艇についてできるだけ多くの方に知って欲しいと願って、ふたたび本書を世に問う次第である。

平成六年三月二十一日

筆者

解説　――名飛行艇の魂を受け継ぐUS-2

元海上自衛隊・海将補　富松克彦

二式大艇の遺伝子

戦後、米軍は二式大艇を本国に持ち帰り徹底的に調べあげ、『日本は戦争には負けたが、飛行艇では世界に勝った』と前例のない航続距離と高速性能を誇った二式大艇を称賛したという。

その二式大艇は長らく米国のノーフォーク海軍基地に放置されていたが一九七九年日本に返還され、現在は海上自衛隊鹿屋基地史料館に展示・保存されている。

老朽化のため飛行艇の内部は非公開となっているが、機内のあらゆる計器やスイッチなど一つ一つに英語表記が付けられており、米軍が入念に調べあげたことが窺《うかが》える。

水陸両用救難飛行艇ＵＳ‐２（提供/海上自衛隊）

飛行艇の外洋での離着水は厳しく、波により機体を破壊される恐れもあり、その歴史は波との闘いの歴史でもあった。日本の飛行艇の歴史は一〇〇年を越えたが、この間の技術の進歩や運用経験の蓄積によりＵＳ‐２が作り上げられている。

しかし、この最新鋭機であるＵＳ‐２にも二式大艇の〝かつおぶし〟と〝かんざし〟が踏襲されている。

特に〝かんざし〟と言われる計器は、離着水時にパイロットが機体姿勢を保持し、ポーポイズを回避するためなどに利用するもので、コックピットの風防の外側に設置されており、その形状が〝かんざし〟に似ていることから、こう呼ばれている。ただ、ＵＳ‐２の開発時には統合計器を採用することから、この〝かんざし〟を撤去しようとしたが、パイロットからの強い反対があり最終的に残すこととなった。

パイロットはコックピットの外の目の前の波を見

ながら離着水するので、同時に見られる〝かんざし〟は不可欠。〝かんざし〟の横棒と水平線が一致するように機体の姿勢を保持しているのだ。なお、〝かつおぶし〟は着水時に海水飛沫が艇底に沿って跳ね上がらないようにするための装置で、形がかつおぶしに似ているためにそう呼ばれている。

また他にも二式大艇から受け継がれている遺伝子がある。それはパイロットの波を見て着水する技術・技量だ。

『この波はあぶない、この波なら降りられる』、これはAIでも処理が不可能な分野であり、今の飛行艇パイロットたちにも綿々と受け継がれている。

今でも語り継がれる二式大艇を製造した川西航空機は、戦後、新明和工業として一九六七年に海上自衛隊向けに対潜飛行艇PS‐1の製造を開始した。その後、救難任務を遂行する水陸両用の救難飛行艇US‐1が作られ、そしてさらにパワーアップされたエンジンを搭載したUS‐1Aへと進化してきた。

しかしそのUS‐1Aも既に運用開始から約三十年が経過しており老朽化に加え、シーレーン防衛で日本から一千マイルの海域において海上交通路を保護するため警戒監視活動を行なうP‐3Cに対しUS‐1Aはその行動域をカバー出来ず、新しい救難機が必要とされていた。このような状況の下、US‐1Aの後継機の開発が平成八年（一九九六年）に始まった。

次期飛行艇の四つの改善

救難活動は波、風、うねりなど自然界との戦いの中で行なわれることから、今まで築き上げてきた飛行艇の長所を活かす必要がある。このため現有機であるＵＳ‐１Ａの波高三メートルもの荒海に着水できるなどの長所をそのまま維持するためＵＳ‐１Ａを母機とし、いくつかの改善項目を盛り込んだ改造開発が選択された。すなわちＵＳ‐１Ａ改の開発が始まった。（注・改造開発であることからＵＳ‐２は開発が始まった時点ではＵＳ‐１Ａ改と呼ばれていた）

そしてその改善項目は、以下の四つである。

１、洋上救難能力の向上
２、飛行安定性／操縦性の改善
３、患者輸送環境の改善
４、信頼性／整備性の向上

これらの能力向上と改善を達成するため、以下の方針が定められた。

●ＵＳ‐１Ａの外形形状の継承（ＵＳ‐１Ａの優れた外洋離着水性能を損なうこと

なく、洋上救難能力の維持向上、装備の近代化を図る）
●長大な行動半径と高速化
●離着水時の安定性の向上
●機体各部の安全性、信頼性、整備性の向上
●搭乗員のワークロードの軽減及び搭乗員の養成期間の短縮
そして以下の五項目が開発項目として選定された。
◆艇体上部の与圧化
艇体上部のキャビン（操縦員室、収容室、搭乗員室）を与圧区画とすることにより、高高度での飛行が可能となる。これは悪天候下でも前線を越えての飛行が可能となると同時に輸送中の遭難者や患者に対する負担軽減にもつながる。
◆エンジンとプロペラの換装
離着水性能の向上、長距離巡航性能、速度性能の向上を図る。
◆操縦系統のフライ・バイ・ワイヤ化
飛行艇は着水時機体の姿勢保持が難しく、パイロットには高度の技量が要求されていた。自動操縦で経路角を安定させながら着水に向けた飛行を可能とし、安定性および操縦性を大幅に向上させることでパイロットの操縦負荷を軽減する。

◆統合型計器板の装備
計器をアナログ計器から液晶のマルチファンクショルに変更することで、情報を整理しやすくし、操作性、視認性等を大幅に向上させる。これによりパイロットのワークロードを軽減する。
◆主翼、尾翼、翼端浮舟、波消板等の軽量化
機体重量の軽減により離着水性能等を向上させる。

日本の主な航空機メーカーが参加

US‐1A改の開発は新明和工業を主契約会社として始まったが、新明和にとって開発はUS‐1以来約三十年ぶり。経験不足は否めなかった。

発注元の防衛庁（現・防衛省）もこのことを不安視し、川崎重工を主契約会社にしようとする動きもあったが、結局は主協力会社とすることで落ち着いた。しかし、開発において主協力会社というものはあまり設けられたことはなく異例の措置であった。そして、川崎重工のほか日本の主な航空機メーカーが集まって開発のための設計チーム（USMET：US-1A Modified Engineering Team）が編成されることになる。まさに日本の航空技術の粋を集めて開発は行なわれることになったのである。

当初こそ全般を総括する主任設計者は新明和が務めたが、防衛庁側が危惧した通り予算の超過や重量の増大など数々のトラブルが続き、途中で川崎重工からの出向者が務めることになる。ただ、開発の進捗とともに新明和の技術者も育って行き、初飛行後は再び新明和が主任設計者を務めることになった。余談だが、USMETに参加した各社の技術者たちはその後のP－1、C－2の開発でも活躍していくことになる。

開発は運用者である海上自衛隊からの要求を元に基本設計が行なわれる。基本設計では基本構想の設定、基本図の作成、計画図の作成を行なうとともに図面の妥当性を検証するために多くの関連試験が行なわれる。また、開発に伴うリスクを最小限とするため計画、設計、試験及び製造作業の各段階で、その成果についての技術審査が行なわれる。審査では官民で徹底的に議論、確認が行なわれる。

試験に関しては、通常の航空機開発で行なわれる風洞試験や鳥衝突試験の他に、フライ・バイ・ワイヤ化に伴う操縦系統リグ試験、与圧化される前胴部分だけを作って圧力をかける。実大構造試験に加え、飛行艇開発として特筆すべき内容として水槽試験が行なわれた。各試験により設計の妥当性を検証した上で、製造図が作成され、開発フェーズは試作機の製造へと移っていく。

試作機は試作01号機と呼ばれる全機静強度試験用の一機、試作02号機と呼ばれる全機疲労強度試験用の一機、そして飛行試験を行なう試作一号機、試作二号機の計四機が製造された。なお、試験には会社が行なう関連試験と、会社が製作した供試体を防衛庁が試験する技術試験がある。

飛行試験は試作一号機と試作二号機を使って、まず会社側が社内飛行試験で基本的な耐空性を把握する。そして、設計、関連試験の妥当性を実機で確認した後、防衛庁に試作一号機と試作二号機が引き渡され、技術／実用試験が行なわれる。

また、試作01号機と試作02号機の全機静強度試験、全機疲労強度試験は長期間にわたって行なわれる。特に全機疲労強度試験は社内飛行試験、技術／実用試験期間中も継続して実施され、十分な強度があることを膨大な数の飛行ケースで確認する一方で、試作一号機、試作二号機は全機疲労強度試験で確認された範囲で徐々に飛行領域を拡大して飛行試験を行なっていく。

そして技術／実用試験終了後、その結果を踏まえ部隊使用承認を取得することになる。US‐1A改はこの時点で初めて「US‐2」という正式名称を与えられた。その後、部隊での運用試験を経てやっと部隊運用が開始される。

なお「US‐2救難飛行艇開発物語」というUS‐2の開発秘話を漫画にしたものが出版されている。

コストと重量の戦い、開発途中での基本構想の見直し、あまり一般には知られていない木型試験や与圧胴体の試験、飛行艇ならではの水槽試験、開発を取り仕切る防衛庁の開発室などなど開発にかかわる様々のものが題材に取り上げられており、開発過程における担当者たちの苦悩が臨場感あふれる詳細なタッチで描かれている。

なお、漫画は超理系コミックとうたっており、漫画家、編集者の細部までのこだわりが伝わってくる。また漫画の後のコラムも充実しており、航空機開発を理解するのに役立つ。

性能向上による運用の改善

言うまでもないが、US-2の性能はUS-1Aと比べ格段に向上した。まず、大きな違いは洋上救難能力の向上だ。航続距離を増大させたことによりUS-1Aではカバーできなかったエリアまで救助が可能となった。

以下にUS-2とUS-1Aの運用の違いを列挙してみたい。

1、高高度での飛行が可能となったことにより天候によって飛行ルートが制約を受けることがなくなった。一例として、US-1Aは前線を避け、遠回りしながら悪天候下を飛行せざるを得なかった。しかし、US-2は対流性の雲の上を飛行可能なのだ。これにより、前線の上を飛行し、US‐1Aよりも早い速度で現場海域に直行することができ、迅速かつ効率的な救難活動が可能となった。
2、飛行艇は着水時には約五十ノットという極低速で飛行する。この状況下でエンジンが故障すると、US‐1Aではロール、降下率が著しく大きくなり操縦が困難となった。しかし、US‐2ではフライ・バイ・ワイヤ、エンジン故障補償、そして安定操縦増大機能により何事もなかったかのように飛行の継続が可能である。
3、US‐2の波高計は、波高、波長、うねり、風などの基本情報の収集と処理が自動化された。この刻々と変わる機体重量、風、波高、波長から着水制限表内での自機の位置を自動的に表示出来るようになっており、搭乗員のワークロードが大きく軽減された。
4、エンジン、プロペラが換装されパワーとプロペラ効率が向上した。洋上救難は日没までが勝負であり、巡航速度が約一・五倍となったUS‐2は救難出動命令から現場到達の時間が短くなった。
5、与圧胴体により騒音、振動が著しく低減された。気圧の変化もなく環境温度が快適に保たれ、搭乗員、患者への負担が大幅に軽減された。
6、フライ・バイ・ワイヤにより着水時の機体安定性が増し、パイロットのワークロードが大幅に軽減された。

7、着水後の水上航行における海水によるエンジンの汚れ（塩害）が格段に減少した。

8、プロペラの直径がUS‐1Aに比べ小さくなったため、水上運動中にプロペラが波頭に当たる危険性が少なくなり、エンジンを停止する必要もなくなった。これによりエンジン再起動の時間的なロスや再起動不能という危険性が無くなった。

9、エンジンがパワーアップし、離水時間が大幅に短縮され、離水中の波衝突による機体損傷のリスクが減った。

10、翼端浮舟を複合材化したことにより、同じ容積で重量が減った分、浮力が増加し、浮舟の沈み込みが少なくなった。このため、海面とプロペラとの間隔が保たれるようになり、水上運動性能が大きく改善された。

11、グラスコックピットの採用により パイロットのワークロードが軽減された。例えば、主要計器が一面に集約され視線移動が少なくなった。

US‐1AとUS‐2を比較すると性能が格段に向上しただけでなく、運用においても相当の改善がなされたことが分かる。

悪天候下での救難出動

『某月某日、午後、海上自衛隊第七一航空隊当直室の電話が鳴り響く。地方自治体からの救難情報を知らせる海上自衛隊航空集団司令部からの電話だ。当直士官からすぐさま報告を受けた飛行隊長はまず現場までの距離、天候、海象、遭難者の状況等から総合的に出動の能否を判断する。その判断をもとに七一空司令が決断し、空団司令部に報告する。最終判断を下すのは空団司令部で、空団司令官から出動命令が出される。

空団司令官の出動命令を受け、七一空司令は待機機長に出動を命じる。

救助に向かったUS‐2は現場海域に到着後、遭難者の捜索を行なうとともに海面状況を確認する。この時重要なのが波高、波長、うねり、風の状況であり、これに自機の機体重量のファクターを加えて着水の可否を機長が判断する。

「遭難者、発見」

機長は現場の海面状況によって救助方法を決定する。例えば通常、遭難者を救助する場合は船外機付き救助ボートかレスキューによる直接救助だが、着水が不可能な場合はライフラフトや救命品を上空から投下する間接救助となる。直接救助の場合はこの時点で、救助ボートを救助作業室で組み立てる。

着水直前、再び機長は海面状況を確認し、着水する。その後、機長はクリューに救助を下令する。着水後おおむね五分から十分の間には救助ボートをUS‐2から発進させ救助に向かう。

遭難者を収容した救助ボートは直ちに飛行艇に戻り、機内に移送する。医師またはメディックが遭難者の応急措置または観察を行ない、状況を踏まえた上でその後の飛行高度、ルートを選択し、離水させる。離水後は上級司令部から指定された空港または基地に向かう。

飛行中は医師またはメディックによる応急措置または介護措置が継続される。目的地到着後、遭難者を医療関係者に引き渡して任務が終了する。

US‐2はUS‐1Aと比べ格段に性能が向上しており、午後遅くの救難出動の下令ではあったが余裕を持って救助活動を終了することが出来た』

概ねこのような流れで、救難飛行艇は我が国の海洋と離島の安全に貢献しており、US‐1から数えて四十年以上の運用期間における救難実績は既に一千件を超えている。

US‐2の活用と今後の展望

US‐2は世界最高性能の飛行艇であり、海難事故の救助活動や災害派遣で活躍しているにも関わらず、あまり知られた存在ではなかった。

そのＵＳ‐２が脚光を浴びたのは平成二五年（二〇一三年）、太平洋をヨットで横断中に遭難したニュースキャスター、辛坊治郎氏を宮城県金華山沖約一千二百キロの洋上で救助したことだった。

報道によれば、救助要請を受けたＵＳ‐２が漂流中の救命ボートを発見したのが午後一時三十八分。しかし、現場海面は三メートルを越える高波のため着水できず。さらに一時間、着水可能な海面を探しながら海域を飛行するも海は荒れたままで、ついに燃料が限界となり止む無く引き返すことに。

午後五時六分に二番機が海域に到着するも海面は荒れたまま。そして日没ギリギリのタイミングで着水に成功。無事、遭難者を救助し、ＵＳ‐２の性能の高さと運用部隊である海上自衛隊第七一航空隊の隊員の技量を日本国内外に示すことになった。しかし隊員によれば、着水を判断した後はＵＳ‐２の性能を信じるだけとのことで、救難任務は隊員とＵＳ‐２の信頼関係なしには遂行できないものなのである。世界一の飛行艇「ＵＳ‐２」と同じく世界最高峰の技量を持つ七一航空隊。この抜群の救難能力は日本が世界に誇れるものである。

そして実際、世界各国から注目を集めている。日本国内だけでも一千人以上を救っているのだから、この日本独自の「飛行艇救難システム」を海外展開することは人道支援としても非常に意味がある。

我が国は戦後八十年平和を享愛してきた。その背景には日米同盟もある。しかし、米国は飛行艇の開発運用から撤退し、飛行艇を所有していない。平成四年（一九九二年）一月、US‐1Aが墜落した米空軍F‐15のパイロット・ドーラン大尉を救助した。ドーラン大尉は後に在日米軍司令官となる。もっと飛行艇を活用した日米の連携を深めるべきではないだろうか。

飛行艇を製造している国は日本、カナダ、ロシアの三ヵ国だけで、現在、中国が開発に取り組んでいる。これらの国の中で救難活動をしているのは日本だけである。つまり、飛行艇救難システムは我が国しか持っていないのである。「積極的平和主義」を掲げる我が国の国際貢献には飛行艇による救難、人道支援が最も相応しいのではないだろうか。

US‐2は現在、主に救難飛行艇として運用されているが、その用途は本格的な輸送任務の他、災害派遣、警戒監視、消防と多用途に活用できる潜在能力を有している。百年近い技術改善の歴史と外洋海難救助という厳しい運用環境下で培われたUS‐2は海洋国家日本が育てた象徴的な技術である。

そのUS‐2初号機が二〇二四年八月に除籍され、そのセレモニーが製造会社の新明和工業で行なわれた。初号機は約十七年間、救難任務などに従事した。SNS上にも多くの「お疲れ様でした」というコメントが並んでいた。

世界では約百五十機の中型飛行艇が消防任務で活躍しており、これに陸上機の消防機の約九十機を加えると消防機の市場は大きく、US‐2も現有の艇底燃料タンクを消火用水タンクへ換装すれば、既存の消防機を上回る性能を有する消防飛行艇として活躍出来る。

さらにUS‐2は水陸両用機であり、陸上の滑走路にも海面にも降りられるという柔軟性がある。災害等で滑走路が被害を受けて使用出来ない場合でも、近くの海面に着水して人員物資の輸送が可能だ。

近年、世界各地において多くの災害が発生しており、その都度各国で協力して被害者の捜索、救助、復興支援に当たっている。しかし、各国の対応がバラバラで装備も寄せ集めとなり迅速な支援はできていないのではないか。また、その内容も十分とは言えないのではないか。ロサンゼルスの大規模な山火事、地球温暖化により世界は今まで予想もしなかったような危険にさらされている。

そのような中、例えば、日本が中心になって島嶼国家の多いアジア太平洋地域の国々で装備や資金を出し合い、国際緊急援助隊を編成することが出来れば日本の目に見える形での国際貢献になる。そしてこの時、人員輸送、物資輸送、消防、医療と多用途に活用できるのは日本が世界に誇るUS－2である。

（筆者は防衛庁技術研究本部でUS－2の開発を担当）

参考引用文献＊菊原静男「日本の航空機開発の一つの流れ」日本機械学会誌七五巻六四六号＊菊原技師長談話「飛行艇とともに」新明和工業ニュース編＊「九七式大型飛行艇―日本傑作機物語」酣燈社＊「航空情報別冊・日本海軍機」酣燈社＊「世界の傑作機NO68 二式飛行艇」文林堂＊小森郁夫編「航空開拓秘話」航空開拓秘話刊行会＊木俣滋郎「孤島への特攻」白金書房＊Robert C. Mikesh「日本の華麗な貴婦人エミリー」航空ファン一九六五年九月号～十月号＊Edwin Hoyt「The Lonely Ships」Makay,1977＊岡村純編「航空技術の全貌」原書房＊堀元美「潜水艦・その回顧と展望」出版協同社＊浜空会編「海軍飛行艇の戦記と記録」＊渡辺英一「巨人中島知久平」鳳文書林

単行本　昭和五十四年四月　文藝春秋刊
文庫本　平成六年五月　光人社刊
新装版　文庫本　平成二十一年四月　光人社刊
DTP　佐藤敦子

NF文庫

最後の二式大艇　新装解説版

二〇二五年三月二十一日　第一刷発行

著　者　碇　義朗

発行者　赤堀正卓

発行所　株式会社　潮書房光人新社

〒100-8077　東京都千代田区大手町一-七-二

電話／〇三-六二八一-九八九一代

印刷・製本　中央精版印刷株式会社

定価はカバーに表示してあります

乱丁・落丁のものはお取りかえ致します。本文は中性紙を使用

ISBN978-4-7698-3395-6　C0195

http://www.kojinsha.co.jp

NF文庫

刊行のことば

第二次世界大戦の戦火が熄《や》んで五〇年——その間、小社は夥しい数の戦争の記録を渉猟し、発掘し、常に公正なる立場を貫いて書誌とし、大方の絶讃を博して今日に及ぶが、その源は、散華された世代への熱き思い入れであり、同時に、その記録を誌して平和の礎とし、後世に伝えんとするにある。

小社の出版物は、戦記、伝記、文学、エッセイ、写真集、その他、すでに一、〇〇〇点を越え、加えて戦後五〇年になんなんとするを契機として、「光人社NF（ノンフィクション）文庫」を創刊して、読者諸賢の熱烈要望におこたえする次第である。人生のバイブルとして、心弱きときの活性の糧《かて》として、散華の世代からの感動の肉声に、あなたもぜひ、耳を傾けて下さい。